把朋友变成男朋友的第一天

慕容素衣 著

时代出版传媒股份有限公司
安徽文艺出版社

图书在版编目（CIP）数据

把朋友变成男朋友的第一天/慕容素衣著. —合肥：安徽文艺出版社，2021.1

ISBN 978-7-5396-7050-8

Ⅰ. ①把… Ⅱ. ①慕… Ⅲ. ①长篇小说－中国－当代 Ⅳ. ①I247.5

中国版本图书馆 CIP 数据核字(2020)第 180849 号

把朋友变成男朋友的第一天
BA PENGYOU BIANCHENG NAN PENGYOU DE DI-YI TIAN

出 版 人：段晓静
责任编辑：周 康 王婧婧　　　　装帧设计：LE.W

出版发行：时代出版传媒股份有限公司　　www.press-mart.com
　　　　　安徽文艺出版社　　www.awpub.com
地　　址：合肥市翡翠路 1118 号　　邮政编码：230071
营 销 部：(0551)63533889
印　　制：杭州日报报业集团盛元印务有限公司　　(0571)86909347

开本：880×1230　1/32　印张：9　字数：260 千字
版次：2021 年 1 月第 1 版　2021 年 1 月第 1 次印刷
定价：39.80 元

（如发现印装质量问题，影响阅读，请与出版社联系调换）

版权所有，侵权必究

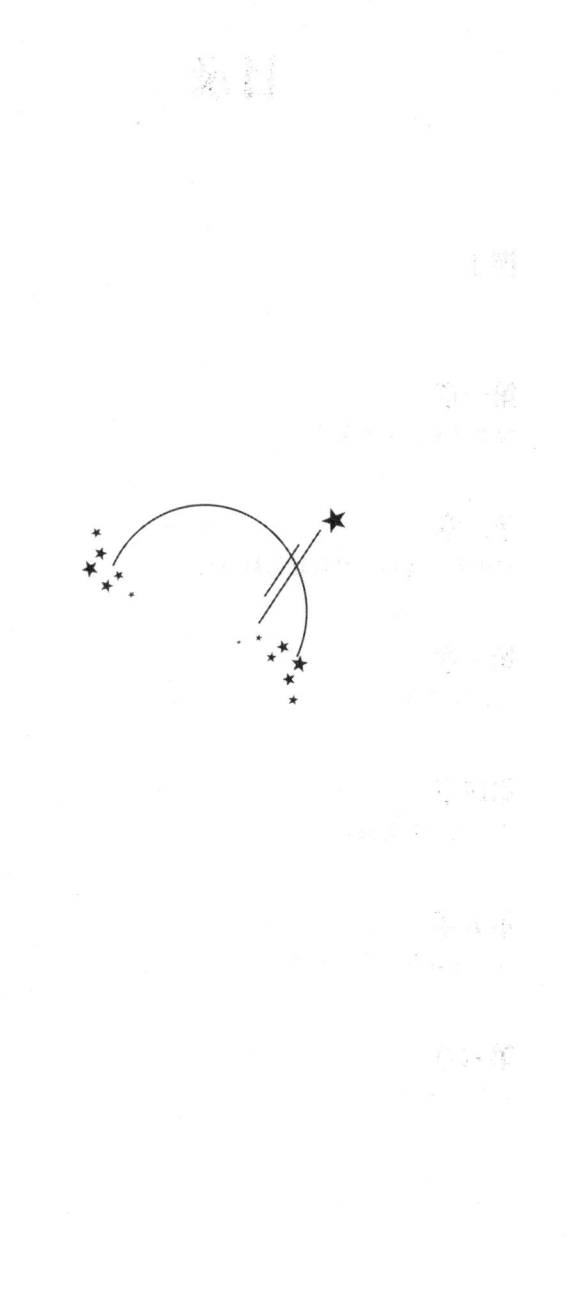

目录

楔子 — 001

第一章 — 003
初次见面，承蒙关照

第二章 — 024
那些年，我们一起住过的城中村

第三章 — 047
莫欺少年穷

第四章 — 072
不打扰是我的温柔

第五章 — 098
我不想让你一个人孤单

第六章 — 123
点亮一盏灯

第七章   144
只差一点点

第八章   172
感谢那是你，赠我空欢喜

第九章   192
重逢是比相遇更美好的事

第十章   207
这一次我绝不放手

第十一章   236
一万年太久，我只要现在

第十二章   261
往后余生都是你

尾声   275

楔子

一个人快到三十岁的时候，回想起年轻时所做的荒唐事，多半会感觉那不是真的。

偏偏世上有一类人叫作老朋友，那些你恨不得一笔抹消的旧账，他记得比你还清楚呢。

所以在某个深夜，程熙的名字在手机屏幕上不停闪烁时，我的第一反应竟然是想直接按掉。

五月天唱的一首老歌固执地响着，那是我的手机铃声。我愣愣地盯着手机，等待它变得沉默。

想想已经多久没见程熙了，一年，两年，还是更长？

人在夜晚格外脆弱，就在那首歌快要结束时，我终于按下了接听键。

程熙的声音从电话那端传来，明朗、热情，一点都没有变。他说他现在在斐济，躺在椰子树下晒太阳时忽然想起了我，于是就给我打个电话。他说今年市场不太景气，他的生意不太好做。他还说他在旅途中认识了一个女孩子，性格开朗活泼，和他很聊得来。

我说："哦，恭喜你啊！记得到时给我发请柬。"

"你想得太多了,就是一个聊得来的朋友而已,笑起来和你有点像。"程熙沉默了一小会儿,"和你刚刚认识我时差不多大。让我想想,你那时多大,二十一还是二十二?小昭,原来我们已经认识这么多年了。"

我淡淡地说:"太久以前的事,我都记不清了。"

是真的记不清了,还是根本不想记起?挂了电话之后,我的脑子一片混沌。混沌中有个光点,越来越亮,越来越清晰。

那是二十三岁的程熙的笑脸。

第一章

初次见面，承蒙关照

1

我对程熙的最初印象，就是他笑起来特别温柔，甚至温柔得有些过分。只要他一笑，眉目间就像有春风掠过，令人一看就忍不住生出亲近之感，以至于多年后无意中听到歌里唱"春风再美也比不上你的笑"，第一时间浮现在我脑海中的，就是他笑的样子。

认识程熙的时候，我只有二十一岁。

二十一岁，听起来像是人生的大好年华，其实"青春很美好"这种说法，更像是人追忆往事时产生的幻觉，尤其对于我这种孤身闯天下的人来说，青春和"贫穷""焦虑""迷茫"这些词语是脱不了干系的。那样一穷二白的青春，实在是没什么值得留恋的。

当时我大学刚刚毕业，从C城一个人来到G市，那正是G市欣欣向荣的时期，对我来说，地处南方的G市是一个遍地黄金的花花世界。最早南下的那批人，被称为"淘金者"，仿佛只要在G市打个滚，就沾了几分金光，从口音到发型再到穿着都变得洋气起来。

那时还没有高铁，当然有的话我也坐不起，我坐的是绿皮火车，还是最

把朋友变成男朋友的第一天

慢的那种,随身携带的只有一个箱子。火车晃晃悠悠地开了十来个小时,我连个座位也没有,只好蹲在厕所旁边,拿张报纸铺在箱子上当做自己的座位。一有人来上厕所,我就得马上起身避开,一路折腾得我腰酸背痛,骨头都要散架了。

好在我年轻,一出火车站看到路边高大的棕榈树和火红的凤凰花,马上爱上了这座有几分热带风情的城市。

可惜这座城市并不爱我。

来之前妈妈往我兜里塞了五百块钱,千叮咛万嘱咐让我揣在贴身的衣服里,再加上我做家教攒下的两百块钱,这就是我南下的所有财产。一开始我投奔了一个远房表姐,说起来,我们小时候还是一起长大的,算是有几分交情。一开始表姐下班还会顺道带点菜回来,大约一个星期后见我工作还是没有着落,就开始晚归,我还捧着手中的方便面,傻乎乎地问她:"要不要给你也泡一碗?"表姐淡漠地摇摇头,脸色比冰还冷。我尽量装作看不懂她的脸色,别过头去,眼泪却忍不住掉进了方便面桶里。

我第二天就搬了出去,她连面子上的挽留都没有。兜里只有这么一点钱,我自然不敢去住酒店,还好有种十元店,只要花十块钱就能住上一晚。一间小小的房间摆了三张高低床,沙丁鱼罐头一样塞满了人。

我睡在靠窗的一张床上,手暗暗捏着口袋,感受着里面钞票的硬度,才能稍微有一点安全感。七百块钱只有很薄的一小沓。十元店的空气很污浊,一股脚丫子味混合着汗臭味直钻鼻腔,被子湿湿的,也有股腥臭味,我连衣服都不敢脱,和衣胡乱卧倒,只盼着早点找到工作搬出去。

可是找工作并不顺利,来之前我觉得南方遍地都是机会,但事实并非如此。那时,几乎全国的人都往G市跑,到了南方人才市场一看,任何一个求职摊位面前都排满了人。求才若渴的也有,但人家求的都是懂技术、有经验的人。像我这种中文系毕业,不会说粤语也没有工作经验的人,并没有任何优势。

南方的六月热得流金铄石,我抱着投不出去的简历,走在热浪逼人的街头,满心都是焦灼。连着跑了一个星期的人才市场,尽管我找工作的要求一降再降,可连工作的门都没有摸到。公司拒绝我的理由有很多,不会说粤语啦,专业不对口啦,没有经验啦,有的时候,我觉得这些都纯粹是招聘主管看我不顺眼而已。有个招聘的直接跟我说,满大街都是大学生,他们不需要大学生,娇气,吃不了苦,他们要的是每天能在工厂待上十几个小时的普通女工。

这样消磨了十来天,我一日三餐的标准已经从盒饭降低到了方便面,兜里的钱还是越来越少。我急得满嘴都起了泡,简历也不敢满世界乱投了,毕竟,打印一张也要一毛钱啊,一份简历就得好几毛,都抵得上一个包子了。有一次,我看见自己的简历被某个招聘主管扔到了垃圾桶里,心疼得要死,赶紧上去把它抢救了出来,上面已经沾了一大坨污迹,我用纸巾擦了擦,还是舍不得丢掉。

当天的人才招聘已接近尾声,有个摊位还在坚守。病急乱投医,我没顾得上看招的是什么职位,拿着简历就火急火燎地扑了过去。

招聘人员和前面那个应聘者的谈话还没有结束,看见我这样唐突地出现,很不高兴地瞪了我一眼。

为了挽回他对我的好感,我急忙开始自我介绍,可不知道怎么搞的,越急就越说不清楚,都有点口吃了。

招聘人员很不客气地打断我说:"小姐,我们要招的是销售人员,要口齿伶俐的,您这样的不行。"

我还想争辩,却讷讷地说不出话来。

旁边忽然有个声音说:"别急,你慢慢说。"那声音十分柔和,我抬起头看了一眼,是前面的那个应聘者,他看着我,脸上是毫不设防的大大的笑容，我从来没见过有人对陌生人也能笑得那样毫无保留。

"我叫刘小昭，毕业于××大学中文系，是今年我校的优秀毕业生。我从高中就开始勤工俭学，读大学时的学费都是自己赚的，所以虽然还是应届生，却已经积累了相当丰富的工作经验。我发过宣传单，做过家教，在企业兼过职，还在报刊上发表过文章，如果您能够给我一个机会，我一定会不负所望的。"也许是受到了鼓舞，我一鼓作气地重新开始自我介绍，把前面说的那番话重述了一遍。这次发挥得很出色，不仅不口吃了，还说得井井有条、重点突出。

说完之后，我从招聘人员的眼中看到了赞赏的神色，然后，我看见他的目光落到了我的简历上，那里有一块很明显的污迹，他说："小姐，你口才很不错，可惜我们这个岗位只招一个人，销售需要较强的抗压能力，女孩子可能吃不了这个苦。"

我急忙辩解说："这个您放心，我家是农村的，我最大的优点就是特别能吃苦。"

招聘人员看看我，又看看前面那个应聘者，脸上露出为难的神色，最终还是对我展现了一个抱歉的笑容："不好意思啊，刘小姐，看得出你特别能吃苦，可是做销售的是公司的名片，作为公司的一员，我们还是希望这张名片越光鲜亮丽越好。"

等等，这潜台词，我怎么听着像是在暗示我不够好看呢，至少不如前面那个应聘者好看。十元店洗漱不方便，我身上的衬衣、牛仔裤已经穿了两天，早就皱巴巴的了，脸上更是脂粉不施——我根本没那个闲钱买化妆品。

我狠狠地看了眼竞争对手，不得不承认人家确实长得比我亮眼得多，一个男孩子，皮肤居然那么白净，眼睛居然那么大，长成这个样子，去参加选秀节目好了，干吗要来抢我的饭碗？一念至此，我不禁有些愤愤然了，于是下死劲剜了他一眼，他却还是一脸气定神闲地微笑着。

我又羞又惭,窘得有点想哭,可自尊心不容许我哭出来。我低声请求那个招聘人员再考虑看看,在得到了他客气的允诺后,我快快地撤退了。

走出人才市场后,我再也撑不住了,积蓄已久的眼泪终于夺眶而出,看着路上熙熙攘攘的人流,我只想找个角落痛哭一场。

时隔多年,我依然记得当时那种绝望的感觉。年纪轻轻的,却好像一下子走到了所有路的尽头,城市那么繁华,而我渺小得如同草芥,找不到容身之处。

就在不知该何去何从时,我感觉有人拍了拍我的肩膀。

回头一看,真是冤家路窄,身后站着的正是那个抢我饭碗的男生。他比我足足高一个头,居高临下地站在我后面,脸上仍然挂着那个招牌笑容,他笑着对我说:"嗨,刘同学你好,我叫程熙。"这也太过分了,就算争到了那个岗位,也不用故意到我面前来显摆啊!

"你怎么知道我姓刘?"我警惕地看着他,下意识地往后退了退。

"不好意思,刚刚你自我介绍时,我旁听了一下,但我记性不好,没记住你全名,只记得你姓刘了。"他一脸兴奋的神色。

旁听?我心情糟透了,冷冷地说:"这位同学,听别人说话可不是什么好习惯。"

他好像察觉出了我的敌意,连忙说:"那个刘同学……你别误会,我没有恶意。我刚刚跟那个招聘主管说了,那份工作不太适合我,他应该会给你打电话的。"

我吃了一惊,生硬地回答:"工作机会是自己争取的,用不着你让给我。"心里想的是,哪里会有这么好的人,只怕是得了便宜还在这里卖乖。

他可能没想到我这么不领情,挠了挠头皮,好一会儿才说:"你别这么敏感,我只是觉得,你这么能吃苦的话,一定比我更适合那份工作。"

我看了他一眼,没再说话,转身往路上走。

把朋友变成男朋友的第一天

才走出几步,他追了上来,非要塞给我一张纸条,说:"这上面有我的联系方式,有什么需要帮忙的尽管给我打电话。"末了还加了句,"那个招聘的人今天肯定忘戴眼镜了,你别被他的鬼话影响了心情。"

他是在安慰我吗?难不成他看上了我?我更加吃惊了,不置可否地点了点头就走了。

晚上回去,我足足在十元店洗手间肮脏的镜子面前站了五分钟,镜子里的女孩瘦骨伶仃,不到一米六的个头,满脸都是愁容,只有一双眼睛灼灼发光。除了尚算年轻之外,实在称不上美丽。

就这样的长相,完全不足以让人一见钟情得把工作让给我,还硬塞给我电话号码。所以当时我觉得,那个一脸笑容的男生,要不就是眼光有问题,要不就是脑子有问题。

后来认识他女朋友后,我才知道他眼光是绝对没问题的,至于脑子,估计问题比我以为的还要大。

忘记说了,几天之后,那个招聘人员倒是真的给我打了电话。那时我几乎弹尽粮绝,听说让我去上班,赶紧答应了。

挂了电话,我想起那个男孩子,觉得应该给他回个电话以表示感激。可在包里翻了半天,也没有找到那张小纸片,估计早就被我扔了。

想起那天对他态度很不好,我稍微有点儿歉疚,可这歉意被找到工作的狂喜冲淡了,很快就消失得一干二净。

说不定他根本瞧不上这份工作呢,我这样宽解自己。

这是我第一次见到程熙。后来听说,他比我的情况也好不了多少,因为找工作拖了段时间,在一个哥们那儿借住了一阵,住的时间有点长,结果人家差点撵他。

当然,这是我根据人之常情猜测的,他从来不说别人的坏话,哪怕别人对他再坏。

2

再见到程熙,已经是半年后。

半年里我新换了一份工作,去了一家软件公司,还是做销售,薪水涨了三成,工作量却几乎翻倍了。公司新成立不久,刚拉到一笔风投,还处于拼命搏生存的时期,老板肝火也旺,训起人来毫不留情,我们做销售的首当其冲,我自问还算任劳任怨,业绩也还算拔尖,可有时难免还是被训。老板不止一次说我:

"小昭啊,你看着蛮聪明的一个人,怎么有时就是一根筋呢?

"小昭啊,女孩子出来做销售,就得好好打扮一下,你穿成这个样子,我带出去哪会有面子?

"小昭啊,我叫你去应酬你不要不耐烦,你要知道,工作不仅是开会跑腿,也是请客吃饭。"

作为职场新人,我不知道在老板面前该怎么说,只得唯唯诺诺,有时他说得我烦了,我一边听着,一边将视线聚集在他一张一合的嘴上,心想要是我会隔空点穴的话,保准让他在一秒钟之内闭嘴。这样想着,我倒没上火,脸上反而浮现出一个奇异的微笑。我知道这份工作就像鸡肋,食之无味,弃之可惜,可问题是,哪还轮得上我来挑工作啊,再不喜欢,为了每个月五千块薪水也只有硬着头皮上了。

除了初入职场的压力外,最大的问题是孤独,我在这个城市没什么朋友,同事之间也仅限于点头之交而已。我努力工作,努力进修,努力参加同城活动拓宽社交圈,可还是觉得一时半会儿很难彻底融入这座城市。这城市如此巨大,我却如此渺小,渺小到微不足道,渺小到即使消失了也无人关心。有时我下班后,看见住宅楼的一盏盏灯次第亮起,却没有一盏灯是为我而亮的,那种心情,就像茫茫天地之间的一只沙鸥,天大地大,却找不到可以栖息的地方。

就是在这种状态下,我又遇见了程熙。

那本来是一次非常普通的工作饭局,客户据说是个老文青,怪我应聘时多嘴提了句自己爱好文艺、喜欢阅读,没想到老板还当真了,所以特意钦点了我过去作陪,还在电话里叮嘱我打扮得漂亮点。

对于这类应酬,我内心其实是抵触的,加上刚刚工作手头紧得很,并没有什么像样的衣服,我对着衣柜踌躇了一会儿,最后还是随便套了件藏蓝色的旧毛衣,这还是念大学那会儿买的,洗得已经有点发白了。化妆这门高难度的技术我还没有掌握,那时也不觉得需要掌握,毕竟化妆品价格实在太不菲了,我也买不起,只抹了点润肤油就出门了。

当我穿着旧毛衣,素着一张脸出现在市内一家星级酒店的包厢时,我清楚地看到老板眼里的嫌弃,可还有重要客户在场,他没有当场发作,而是费劲地对我挤出了一脸假笑。

包厢里放了张大圆桌,团团地围坐了十来个人。我去之前大家已经觥筹交错了一阵,酒席上乱哄哄的,我只顾得上迅速扫了一眼,都没来得及看清楚在座各位的长相,老板已经开始向客户介绍起我来了:"王总,这是小昭,她可是我们公司的才女,大学生哦,您别看她年纪小,读书时就在报刊上发表过文章呢。"不得不说,当着外人的面,我们老板还是挺会往自家员工脸上贴金的。

我刚坐下,赶紧又站起来,对着大家展示了个还算大方的微笑,还没来得及说上几句谦虚的话,就被老板安排坐在客户的旁边。

被称为王总的客户五十来岁,穿着件米白色的对襟中式唐装,戴着一副金丝边眼镜,看上去倒确实有几分老文青的气质。

他倒是不嫌弃我打扮得老土,反而问东问西的,很亲切的样子。我一坐下,他就很感兴趣地问我:"小昭同学,你这个昭,是昭明太子那个昭吗?"

我其实并不太清楚昭明太子是哪个昭,只是心中一凛,觉得这人好像挺厉害的，于是便打起十二分的精神，将肚子里那点有限的文学知识搜罗出来，好好地敷衍了他一番。

不承想这个王总只是看上去唬人，并没有我想象的那么深不可测，他多喝了两杯谈兴就高了，对着一桌子人猛侃文学，从莫言一直聊到余华，最推崇的文学作品是《平凡的世界》，认为古往今来，独步天下。

我正在喝汤，听到这，一口老鸭汤差点没当场喷出来。想着合同还没签，连忙硬生生吞下去，一张脸憋得通红。

"怎么，小昭同学你有异议吗？"王总像是看出了我的不以为然，忽然问道。

"没有啊。"我心说，就算有，也不敢得罪客户啊。

"那你小时候看些什么书呢，说说看嘛。"王总给了我一个鼓励的眼神。

"没看什么书。"我斟酌着，想怎么说才能够投其所好，结果还是老老实实地说，"我小时候没什么书看，无非是有什么就看什么。"

"比如呢？"王总穷追不舍。

我脱口而出："比如金庸、古龙的书吧。"

"看不出啊，你一个女孩子，居然喜欢看武打小说。"这下换成王总不以为然了，"我跟你说啊，小昭同学，喜欢读书是好事，可你这个文学品位嘛，还是应该适当提高一下呀，你们女孩子，老看些打打杀杀的小说不好，看看《穆斯林的葬礼》多好。"

我很想纠正他是武侠小说而不是武打小说，当然我什么也没说，而是一边点头如捣蒜，一边满脸微笑地望着他，像是望着一个崇拜的文学前辈。

王总对我的表现还算满意，他虽然瞧不上我的文学品位，可觉得我孺子可教，给了他很大的发挥空间。

光聊文学还是不够的，酒席酒席，肯定还是得喝酒。王总每次自己只抿一小口，却总是给我满上。

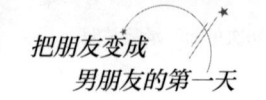

第一次倒上时,我二话没说,一仰脖子就喝光了。我是喝过酒的,老家盛产米酒,还在牙牙学语的时候,爸爸就用筷子头蘸着米酒喂我,如此这般,倒锻炼出了我的酒量。可这次是我生平第一次喝白酒,酒是好酒,辣也是真辣,一杯下去,呛得我眼泪都快出来了,可还是强装出一副云淡风轻的样子。

王总顿时两眼放光:"小姑娘不错啊,居然还能喝白酒,真是个女中豪杰呢。"说着就又给我倒了一杯,"再来一杯吧,大家鼓励下!"

老板带头响应,满座掌声如雷,大家都高呼着:"再来一杯!"

没办法,我只能再一口饮尽,这下惨了,酒劲儿轰地涌了上来,咽喉深处像是被火烧过,脑袋里嗡嗡作响。

"真是厉害啊!"王总才不管我的死活,又给我满上。

这时有个人忽地从他身后冒了出来,抢过他手中的酒瓶说:"王总,倒酒这种粗活就不用麻烦您啦,还是让我来吧!"

那王总本来就喝不了两杯,这下正好顺水推舟:"小程啊,这桌子上就你和小昭同学最年轻,你就代表我们公司多敬她几杯吧。"

"这个自然。"被称作小程的年轻人拿起酒瓶,先给自己倒了满满的一杯,再给我倒上。尽管有点晕乎乎的,我还是注意到了,他只是象征性地给我倒了一点,酒才刚刚没过杯底。我不解地望向他,抬头看见的是一张温煦的笑脸,等等,这人好像有点面熟啊,是在哪里见过吗?

"我先干为敬!"还没等我想起来,他已经一仰脖子喝光了杯中酒,我只得也跟着喝了,还好这次杯里的酒比较少,没有被呛到。

小程挺机灵的,没等王总授意,又如法炮制倒上了酒,还是老样子,他杯里的酒满得都要溢出杯面了,我的却只有浅浅一层。他背对着王总,正好挡住了酒杯,见我一脸狐疑的神情,他背着众人,飞快地向我一眨眼睛。我也算是个机灵的,尽管酒精上头智商有所下降,还是知道迅速拿起酒杯,和他草草碰了下杯就喝了下去。

如此又喝了一轮，有人好像看出了端倪，在旁边起哄说："小程你怎么回事啊？王总让你敬人家姑娘，你倒好，光顾着自己喝了，是不是见人家姑娘长得漂亮，动了怜香惜玉的念头？"

"有王总在这，怜香惜玉也轮不上我啊，我是没喝过这么好的酒，所以贪杯了。"小程晃了晃酒瓶说，"居然都喝完了，各位稍等一下，我去让服务员开瓶新的。"他说着就推开包厢门出去了。

恍惚间他好像过了好一会儿才回来，手里拿着一瓶新开的酒，脸上还是一脸的笑，对着王总说："王总，这次您放心，这瓶酒就我和小昭同学包圆了，您看怎么样？"

我心里冒出的第一个念头居然是，这酒贵得要死，一瓶酒抵得过我半个月工资了吧，就我俩全部喝完，是不是太浪费了点？

王总作为甲方反正不用买单，乐得见我们斗酒，当然连声叫好，把我灌醉也是他们公司广大群众所喜闻乐见的，于是一并跟着叫好。

小程给我倒酒时，我才反应过来，见他倒了满满一杯，更是心里一沉，暗想死了死了，刚刚才喝了几杯就上头了，这么一大瓶，这下怕是要醉死街头无人问了。

还没来得及多想，小程已经先喝了，我正在犯难，似乎看见他又对我眨了眨眼睛，不知道为什么，这个细微的小动作，竟让我产生了安心的感觉。我把心一横，抱着"死就死吧"的想法，端起那杯酒就喝了下去。酒一入口我就发现，这酒的味道怎么淡了许多，难不成五星级酒店也卖假酒吗？如果是我掏钱的话，肯定会去追究一下他们贩卖假冒伪劣产品的责任，但既然不用我掏钱，喝这种淡如水的假酒总比喝烈如刀子的真酒好。

一杯下去，我长嘘了口气，一颗心终于放了下来。小程给我满上时，又眨了下眼睛。那一刻我福至心灵，顿时领悟到，他这是让我配合他演戏呢。

013

把朋友变成男朋友的第一天

这次我就喝得没那么爽快了,而是推诿了好一会儿,一直到老板和王总都出面劝酒,我才扭扭捏捏地喝了下去。喝的过程中还紧皱着眉,以凸显出那酒是多么难以入口。

可能是我表演得还不错,一瓶酒喝到见底时,王总总算发了慈悲,当场把合同给签了。老板松了一口气,我也松了一口气,借口要接电话,溜到外面露台上吹风。

G市虽有"花城"之称,号称"四季如夏",到了十二月也已经有点凉意了。包厢里暖气开得很足,走出门来,被冷风一吹,我就忍不住一阵反胃,毕竟喝了大半瓶白酒,尽管有半瓶是掺了水的,那也是白酒啊。胃里一阵翻江倒海,我强忍了下,没忍住,奔到露台上的垃圾桶边蹲下就是一阵狂吐。

"你没事吧?"有个声音在我耳边低声问,有只手在我背上轻轻拍了拍,在这起风的冬夜,有股暖意从那只手上传过来。

"没事,吐了就好了。"其实这是我第一次喝醉,酒后呕吐的滋味真不好受,直到把胃里残存的一点食物都吐得一干二净,我才站了起来。可能是蹲得有点久,刚直起腰来就觉得天旋地转,脚下一软,差点摔倒在地。

还是那只手及时地伸出来,稳稳地扶住了我。我看过去,果然是小程,他正望着我,眼睛里满是关切,我张开嘴,试探着问他:"那酒?"

他扶着我,还没忘冲我挤挤眼睛,然后压低声音说:"我加了点料。"

我也压低声音:"我就说嘛,好歹也是五星级酒店,怎么会卖假酒呢?"

夜色中我俩对望一眼,都乐了。

他看着我笑:"会说笑了,看来酒醒了,你试试看能站稳不。"

我这才意识到,他还一直扶着我呢,想到这个我连忙做了个用力甩开他胳膊的动作,可用力有点过猛,差点又一个趔趄摔倒了。

他一把又握住了我的胳膊:"你刚吐完,悠着点啊。"

"真的没事了。"这回我抖了抖肩,不动声色地避开了他的手,风是凉的,我的脸却越来越烫,好像刚刚喝过的酒全都涌到了脑门上。

仿佛是察觉到了我的尴尬,他故意打趣我说:"那个,你酒量不大好,演技倒是挺好的嘛。"

"嘿嘿,既然做戏就要做足全套嘛。"我其实想说谢谢的,可话到嘴边就换了这么莫名其妙的一句。

他忽然来了句:"我看你刚刚总是想笑啊。"

"没有的事。"我急急否认完,又忍不住问,"你说什么时候?"

他咳嗽一声,清了清嗓子,用一种拿腔拿调的声音复述起来:"《平凡的世界》这本小说嘛,真是伟大的作品,不说绝后,至少是空前了,每次读的时候我都觉得自己就是孙少平,总是感动得热泪盈眶……"别说,他还真有点语言天分,模仿起那个王总的腔调来几可乱真。

"哈哈哈哈。"憋了一晚上的我不禁被他逗得哈哈大笑,笑声才出口,忙捂住了嘴,怕被里面的人听到了。

"没事,这会儿想笑就笑吧,可别憋成内伤。"他顿了顿,又加一句,"要是会隔空点穴就好了,不想听就随手一挥,定教他一秒之内闭嘴。"

我很吃惊,抬起头,眼前这个原本有点模糊的男人面目忽然清晰起来,夜色中他的眼睛特别亮,我不知道说什么好,嗫嚅着叫了一声:"程先生。"

"叫我小程就好。"他说,"我记得你的名字,小昭嘛,昭明太子的昭。"

"咳咳。"我装出一脸严肃,"我读书少,可不懂什么昭明太子,只知道是张无忌喜欢的那个小昭。"

他又笑了:"我们老板说的话你别往心里去,你品位挺好的,金庸小说当然比什么《穆斯林的葬礼》好看多了。"

我调皮起来,反问他:"那么你呢,你那个程是程灵素的程吗?"

"是啊!"我们相视一笑,那笑容的意味是,看来找到同道中人了。

这时候包厢里传来叫我的声音,我俩赶紧走了进去。饭局已经接近尾

声,大家都喝得差不多了,我们进去后没多久就散了。

王总似乎把我当成了一个文学小友,尽管喝得醉醺醺的,还不忘安排小程把我送回去,说天太晚了一个女孩子怕不安全。小程当即应承了,转过头来却有点窘地对我说:"小昭同学,可能得麻烦你打个车回去,因为我是骑电动车来的。"

"我不介意啊。"我指了指他停在路边的坐骑,"怎么,你的技术不允许在电动车后面多搭一个人吗?"

"只要你不介意,我当然没问题。"都是江湖儿女,他也挺爽快的。

"那就出发吧。"

"等等,你穿得太少,夜里风有点大。"他踌躇了一会儿,忽然将他身上那件外套脱了下来,严严实实地罩在了我的身上,根本不给我推辞的机会,"这会儿也没别的办法了,凑合披着挡挡风吧。"

"那谢谢了。"我赶紧催他出发,以掩饰不经意间又红起来的脸。

他发动了电动车,我轻轻跳上车,伸手紧紧攥着他的衣角,心里竟出奇的安定。十二月的风果然有点凉意,幸好他的外套里衬是灯芯绒的,还带着他的体温,于是风吹到身上也觉得没那么冷了。

到了我住的小区后,他就礼貌地告别了,我犹豫了一下,还是把外套还给了他。等他走了我才有些后悔,言情小说中的女主都会留着男主给她披上的外套,这样一借一还之间,兴许就可以成就一段美满姻缘,我却傻乎乎的,不仅还了外套,还连他的手机号码都没敢要一个。转念一想,他不也没要我的手机号码吗?这说明了他对我完全没有意思,所以我当然也没必要通过工作上的途径辗转去要他的联系方式了。

不过我还是有点儿遗憾,至少我应该问问他叫什么名字,那样的话,日后我想起这个曾给我带来丝丝暖意的陌生人,记起的就不是公式化的"小程",而是一个独属于他的名字了。我猜想,他的名字一定很好听。

3

没想到会这么快再次遇到程熙。

作为一个外来务工人员，一大烦心事就是租房。我所在的公司不提供宿舍，房子就成了问题。城区稍微像样点的房子都租金不菲，我一开始只得和一个女同事合租一套两室一厅。

两个女人住在一起难免有点小摩擦，最让我受不了的是，女同事老是把形形色色的男人往房子里领。深夜，偶尔从隔壁传来刻意压抑却依然清晰的调笑声，针一样扎着我的耳膜。某个夜晚，我正迷迷糊糊地准备入睡，女同事的某位男友突然推开门，肆无忌惮地盯着我，双方对峙了足足有半分钟。尽管后来有惊无险，女同事也解释是男友走错了门，我还是坚决搬了出去。

出于经济方面的考虑，我后来还是和人合租，但合租伙伴总难如人意，这个喜欢昼伏夜出，那个不爱清洁卫生，两个非亲非故的人住在一起，少了感情的黏合，生活习惯总是合不上拍。

去杨坂村找房子之前的短短半年内，我已经搬了三次家，身心俱疲，只想找个地方好好安顿下来，所以这次我不打算和人合租，准备一个人租套一室一厅的房子，哪怕贵点呢。比较来比较去，我决定在杨坂村租个房子，这里离我当时的公司近，坐公交车只要十五分钟左右。

杨坂村是Ｇ市最著名的城中村，处于中山一路和Ｇ市大道的"夹缝"中，地理位置好，交通便利，配套齐全，尽管房子有点旧，还是挺抢手的。走进村里，只见全村密密麻麻的都是自建楼，楼与楼之间的距离相当近，据说打开窗户，就可以和隔壁楼的住户握手，所以被称为"握手楼"。

去之前中介就给我打"强心针"，说这房子如何如何好，每天都来好几拨人看房，让我看中了赶紧定下。走到那一看，可不是嘛，恰好中介公司的另一个工作人员带着个小伙子在看房呢。乍一看，那个小伙子还挺眼熟的。

我还在发愣，他就已经跟我打招呼了，脸上随之绽放了一个很大很大的笑容。

这个笑容提醒了我,我很开心地说:"呀,原来是你啊!"虽然我仓促间完全想不起他姓什么了。

"是啊是啊,人生何处不相逢!让我想想,你叫什么名字。"他看见我似乎也蛮开心的,"我想起来了,你叫小昭,昭明太子那个昭!"

"明明是张无忌心爱的小昭,波斯明教教主小昭!"

"你来看房子啊?"

"是啊,这么巧你也来看房子吗?"

"是啊是啊,真是太巧了!"

话刚说完,我们都意识到这完全就是废话,可即便说的都是废话,也说得挺开心的。

我提议说:"我们先看看房子吧。"

他点头表示同意:"好啊好啊!"

房子很小,如果粗粗扫一眼的话,花五分钟就看完了。这房子是杨坂村最常见的那种农民自建楼,一共有四层,每一层都被划分成很多间小小的"鸽子房"。但鸽子虽小,五脏俱全,像我们看的这间就在三楼,楼层适中,有单独的卫生间,还有厨房,配套也比较齐全,客厅里除了桌椅外,居然还有一张橙红色的布艺沙发。我暗自盘算着,如果妹妹暑假过来的话,可以睡在这张沙发上。

房东姚姨是个五十来岁的中年妇女,生得矮矮胖胖的,一脸和气,看起来就是很好说话的样子,我随口说了句要是有个洗衣机就好了,她马上表示这个可以由她来添置。租房子,最重要的就是房东好打交道,如果说之前我对这套房子还只有五六分心动,这时就已增加到八九分。我很满意,偷偷看了眼小程同学,发现他似乎也是很满意的样子。

那么问题来了:和上次找工作一样,我和小程同学又看中了同一套房子。

"房子都看过了,你们谁想租呢?"带我来看房的中介问我们。

我没吭声,毕竟上次已经抢了人家的工作,这次不好再先下手为强。

他还是那么大方,毫不犹豫地表示房子由我租好了,他继续找就是。

也不知道是脑子里哪根筋不对,我叫住正要离去的他,提议说:"要不我们合租?"其实这只是一句客气话,谁都看得到,这房子只有一室一厅,我们两个孤男寡女的怎么住呢?

我以为他肯定会谢谢我的好意,然后我就算还了他一个人情了。没想到他打量了一下房子,居然点头说:"好的。"然后加了一句:"如果你不怕不方便的话。"我后来才知道,他所谓的不方便指的是什么。

"没什么不方便的。"我脱口而出。事后也曾为自己的不矜持脸红,毕竟那时我见他才两次。可能在潜意识中,我早把他当成了一个可以信赖的人。房东姚姨也表示没有异议,她果然是个好说话的人。

就这样定了下来。他慷慨地把房间让给我住,自己住客厅,房租八百,我觉得我住房间应该多出点,在他的坚持下,最后还是对半分,谈妥后当即就和姚姨签了合同。

签合同时我们各签各的名字,我这才知道他叫程熙,熙熙攘攘的那个熙,确实是个很好听的名字。他的字龙飞凤舞的,我的字则是工工整整的,两个名字并排挨在一起,看上去相映成趣。

当天我们就搬进来了,他先把自己的行李搬了过来,再热心地提出要去帮我搬。好在我也没什么可搬的,一只皮箱加几个塑料袋而已,搁在他的电动车上有点岌岌可危,我怕掉下来,就找了根带子,把皮箱牢牢地绑在最后面,中间一小块空当,足够我挤进去坐好。

程熙帮着我忙活,连连竖起大拇指夸我:"小昭同学,你文可绑箱子,武能喝白酒,简直是万能的啊。难怪王总说你是女中豪杰呢,失敬失敬!"

"岂敢岂敢!"我向他抱抱拳,很配合地摆出一副女中豪杰的做派,"怎

把朋友变成男朋友的第一天

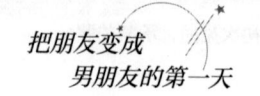

比得上你貌似忠厚,实则狡诈呢?"

"我哪里狡诈了?"他一脸问号。

"往酒里掺水啊!"

"那还不是见不得他们欺负你一个女孩子,真是枉做了小人啊!"

……

一路说说笑笑的,很快就到了杨坂村,这个家倒是搬得挺轻松。这里说是一个村,其实就相当于一个社区,里面有超市、银行、社区医院、饭店、洗脚店、美容美发店,居然还有麻将馆和棋牌室。我们把行李放下后,又下去添置了点东西,无非是锅碗瓢盆、洗漱用品之类的。

村头有卖姜花的,程熙兴冲冲地跑过去买了一把,告诉我:"才两块钱,多便宜!"

"买这个还不如买把葱呢!"我故意扫他的兴。

"乔迁之喜,买把花助助兴嘛!"也是服了他了,租个小破房子都能扯什么乔迁之喜,真是个无可救药的乐天派,他的兴看来是很难扫了。

回去后,我开始收拾房间。前一任房客走了有段时间了,地上的灰尘和窗上的污垢都有点多,我倒了点洗衣粉在桶里,拧了块抹布就开始劳动。程熙一开始还有心一起劳动,但他一动手就暴露了其毫无做家务的经验,房间本来就小,他在那瞎帮忙,反而给我添了不少乱。

"你去找个瓶子把姜花插起来吧。"反正活也不多,我索性支开他。

这下各得其所,我扫地拖地,他四处寻找,总算找出个玻璃瓶子,装上半瓶清水,把那束花插了起来。姜花是南方最常见的花,价钱便宜,两块钱能买一大把。如此廉价,香气却十分浓烈,用我们老家的方言来形容,香得直碰鼻子。

总算忙完了,程熙递给我一瓶水,抱歉地说:"辛苦你了,你看我什么功劳都没有。"

我接过水，见盖子已经拧开了，就咕咚喝了一大口。

"这就是你最大的功劳了。"我指了指瓶中的姜花。

经过收拾后还算窗明几净的小房子，摆上这么一瓶洁白馥郁的花儿，还真是赏心悦目啊！

那天晚上我本来想做饭的，程熙按住我："你都忙了一下午了，还是出去吃吧。"

他还是骑着电动车，后面载着我。车子七拐八拐的，路越走越偏僻，拐了很久才来到一条幽僻的小巷子里。他把车停稳，招呼我下车。巷子里只有一间面店还亮着灯，门脸很小，连灯箱都没做，只在门口用毛笔写了一个大大的"面"字，墨汁淋漓，饶有古意。

天空下起了小雨，小巷僻静，一灯如豆，简直就是古龙小说中的意境。

程熙带着我熟门熟路地走进去，也不看菜单，张口就叫："老板，来两碗牛肉面。"

我暗自打量了一下，小店真是简陋，摆放着朴拙的木头桌椅，桌面上黑乎乎的，积着一层陈年油垢，看上去起码有一个月没有擦过了。

不一会儿，面端上来了，装面的粗瓷碗有一个小脸盆大，面条雪白，葱花碧绿，牛肉切得比纸还薄。程熙往面里搁了两勺辣椒油，也不问我，给我也加了两勺。

"你怎么知道我吃辣？"我很惊讶。

"上次饭局，我看你一晚上也没吃什么。我们C城人，天天吃G市这种清汤寡水的菜，肯定不习惯。"

我心里微微一动，没想到多日前的一个平常饭局，他居然还记得我什么都没吃。

他吐槽完，埋头吃起了面。忙了一天，他看来是真饿了，那么一大盆面条，三下五除二就吃了一多半。

把朋友变成
男朋友的第一天

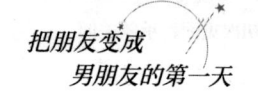

我拿筷子拨弄着碗里的面条,说:"看你吃面的样子,就觉得这面一定特别香。"

"你尝尝就会知道是真的香。"他吃得头也不抬。

我尝了一口,果然如此,加了辣椒油的面条味道特别浓郁,但分量实在太足了,等程熙吃完后,我碗里还剩下小半碗。见他眼巴巴地盯着我的碗,脸上露出意犹未尽的神情,我忍不住把碗里的面条都拨给他。他倒也不嫌脏,依然风卷残云地很快吃完了。

我抽出一张纸巾给他,他一边抹汗一边笑着说:"等咱以后有钱了,就一人点两碗面。"

"吃一碗倒一碗吗?"

"不,还有一碗给巷子口的小猫小狗吃啊,让它们也尝尝这面有多好吃。"说到这,程熙忽然小声说,"你看那个老板,像不像个退隐江湖的绝世高手?"

我盯着柜台后的老板看了一阵,发现此人虽然身材矮小,但一双眼睛偶尔睁开时,确实称得上精光四射。刚刚吃的面如此筋道,揉面的人得有一身的力气,说不定的确是个练家子呢。

我也小声地把这些想法都说了出来。

程熙笑得弯了腰,说:"我就是开个玩笑,你还当真了啊。我刚刚那么说的时候,还怕你骂我脑子有问题呢。"

我笑笑不说话,心里想的是,不要紧的,就算你脑子有问题,说不定有一天,也会遇到另一个和你相似的人。

聊起来才发现,原来他就比我大了两岁,我们的成长轨迹竟如此相近。

就在我把武侠小说一本本藏在课桌里,然后将桌子挖个小洞往里面看以躲避老师雪亮的目光时,他正在给从租书店租来的书包书皮,《笑傲江湖》外面包上了数学书的书皮,上数学课的时候可以大大方方拿出来看。5毛钱一本租来的小说，可不能轻易让老师没收了。

我在家打沙包的时候，他在练拳法。为了打好醉拳，他偷了爸爸的米酒喝，结果醉得东倒西歪，在晒得滚烫的操场上昏睡了一下午。

念中学时，我有义结金兰的小姐妹，他当然也有拜过把子的小兄弟。我和小姐妹只是纸上谈兵，他和小兄弟在当年可是实打实地结伴打过架。

我们都爱打武侠类网游，在"金庸群侠传"里，他叫令狐冲，我自然还是叫小昭。聊到这里，他很兴奋地表示以后我们可以组对闯荡江湖了，不过，令狐冲和小昭，似乎有点不搭哎。

有一点我没有告诉他，我虽然叫小昭，可最喜欢的金庸小说中的男主角却不是张无忌，而是令狐冲。可别说，他身上还真有点令狐冲的气质，就是表面上看起来嬉皮笑脸，其实骨子里却一腔正气。人家都是伪君子，令狐冲却是个假浪子，外表有多不正经，内心就有多深情。

回去的路上，他吹着口哨，我哼着歌，哼的是《沧海一声笑》，两个人都很快活。

那天晚上，我们并没有彻夜长谈，我睡在房间里，他就将客厅那张布艺沙发打开睡在上面。他睡着以后，会轻轻地打呼噜，我就在这呼噜声中，在姜花浓郁的香气中，很安心地睡去。

第二章
那些年，我们一起住过的城中村

1

我们租的这种房子，大家私底下戏称为"格子间"，一个大房间被精明的房东隔成一个个小格子，每层楼都有好几个小格子。这种格子间，多住着些刚刚毕业的学生或者混得不好的白领，这些人在这里暂时过渡一下，等到工作稳定了薪水涨了，多半会找个好点的小区搬走。

我和程熙占据了一个"小格子"，左边的格子里是个刚入行的记者，姓王，我们尊称他为王哥，他除了睡觉外基本很少出现，所以我们交集也比较少。右边的格子里住着一对小情侣，也刚从大学毕业，男的叫张正，人瘦得像竹竿，偏偏最爱穿宽袍大袖，仿佛刮阵风就能被吹倒，此君学的是艺术专业，在一家小公司当画图师，可人家的自我定位是未成名的画家，并坚信总有一天会成名。女的叫宋倩儿，学英语的，进了一家外贸公司，薪水什么的在我们这一拨人里算是拔尖的，长得也还可以，特别会打扮，化了妆后俨然是个明艳照人的都市丽人。乍一看两人差距还挺大的，未免给人以鲜花插在那啥上的观感，熟悉后才知道，他们从大学开始就谈恋爱了，感情基础比较牢靠。

大家年纪都差不多，又是邻居，于是很快就混熟了。我不是那种自来熟的性格，热情可能都消耗在工作上了，在生活中反而对人有种淡淡的疏离感，除非是很熟的朋友，才会敞开心扉。程熙就不一样了，一副热心肠，没两天就主动去和张正说话，一来二去的自然就熟了。宋倩儿是个开朗健谈的，在她的感染下，我的话也多了些。

关于她这朵鲜花是如何插在那啥上的，宋倩儿后来不止跟我说过一次，连细节我都耳熟能详了。那一天，还在读大三的宋倩儿为了避雨走进电影院，恰好电影院在放一个悲伤的爱情影片，她看得正入神时，邻近的黑暗角落里传来咯吱咯吱吃爆米花的声音，在安静的影院中特别刺耳。循声望去，原来是一个瘦瘦的男生，留了个爆炸头，乍一看就像顶了满头的爆米花。这声音让她很不爽，于是借着电影的微光默默地对他行了几秒钟的注目礼。

那个男孩识趣地停止了咀嚼。过了一会儿，一个爆米花袋子突然伸到了宋倩儿的面前，爆米花独有的香味一个劲往她鼻子里钻，她愣了愣，不客气地抓了一大把。

爆米花吃完了，电影也一步步走向高潮，男女主角在命运的捉弄下不断错过，宋倩儿的眼泪哗啦啦地往下流，又是那个男孩，体贴地递过来一张张纸巾。

最后，看着两位有情人在纽约街头相遇，宋倩儿一下子泪雨纷飞，习惯性地伸手去接纸巾，角落里一个声音弱弱地说："不好意思，纸巾用完了，要不你用我的袖子擦擦？"她望着他忍不住笑了，两人就这样自然而然地开始了。老实说我听完后还莫名其妙，傻乎乎地问她："那你到底喜欢他什么呢？"宋倩儿想了想说："因为他总是能让我笑吧。"你看，人年轻的时候真是单纯啊，喜欢一个人的理由是多么简单。

我们四个人没事就聚在一起，因为都没什么钱，进行的活动无非是在电脑上看看碟，或者打打牌之类的。周星驰的电影都被我们看遍了，宋倩儿很

025

把朋友变成男朋友的第一天

喜欢《大话西游》，我却觉得这部神神道道的，有点故弄玄虚，还是《国产凌凌漆》《唐伯虎点秋香》那种的比较对我胃口，其实我是看不太懂《大话西游》到底想表达什么，当然我没好意思说出口。

每到周末，程熙总是会把各类狐朋狗友往家里领，把这套小小的房子变成一个home party（家庭聚会）的据点。一开始他们老叫外卖，后来发现我能烧菜，就用甜言蜜语引诱我当他们的免费厨娘。

一伙人吃饱喝足了就爱发疯，吵得能把屋子抬上天去，为此，我们没少被其他住户投诉。第二天这群人作鸟兽散，只留下程熙和我两个人清理一屋子的啤酒罐、水果核。累倒是没什么，我只是替程熙打抱不平，难道他看不出，他的那帮朋友就是吃定了他？一有空就来蹭吃蹭喝的，等到有事时谁也不帮他。

很明显程熙并不这么觉得，不然他就不会这样傻乐傻乐的了，我看他最开心的时候，就是帮朋友们倒酒看着他们喝光。他还曾问我："小昭，看着你做的菜被大家一扫而空，是不是特别开心？"

我想了想说："是挺开心的。"这话本来是骗他的，可一说出口，我自己也当了真。可不是吗，的确挺开心的，特别是每次酒足饭饱，看程熙抱着吉他大声唱歌时。

年轻的时候，我们没有钱，但是我们有相濡以沫的爱人，有肝胆相照的朋友，那时候的世界多么好，天地间没半点伤心的事。

程熙喜欢一个叫五月天的乐队，老是唱他们的歌。在我听来那些歌远远称不上动听，他告诉我五月天的歌动人的不是旋律，是情怀。好吧，我承认我无法体会歌中所谓的情怀，我只是单纯觉得他唱歌的样子还有几分帅气。

五月天的歌里，他似乎偏爱那首《倔强》："我不怕千万人阻挡，只怕自己投降，我和我最后的倔强，握紧双手绝对不放。下一站是不是天堂，就算失望不能绝望……"因为这首歌恰恰符合他当时的心境吧，也符合我们所有年轻人的心境,尽管道路曲折、前途渺茫,我们却坚信未来一定会很美好。就算有过失望,也从来不曾绝望。

来来去去的,那些歌我都会跟着哼了。歌就是这样的,听着听着就觉得顺耳了,其中有一首《温柔》尤其打动我。

头一次听到程熙开口唱出"走在风中,今天阳光突然好温柔"的时候,我忽然有些恍惚,像是回到了很多年前,我守在小小的黑白电视机前,看一部叫《红楼梦》的电视剧,剧里的宝哥哥算是我人生的第一个梦中情人了。说来可笑,七岁的我连"贾"字都不会写,只会翻来覆去在旧台历上写"假宝玉"三个字,惹得姑姑姑父一顿嗤笑。姑父问我是不是长大以后要嫁贾宝玉这样的男人,我斩钉截铁地回答说是的。我还只有七岁,已经明白自己喜欢什么样的男人,他会和宝玉一样笑容永远温煦,声音永远温和,我生气的时候,他会饱含柔情地叫我一千句"好妹妹"。

这也许是我一直没有恋爱的原因吧。因为我从小就生活在一个很粗糙的环境里,周围的男人也被生活磨砺得很粗糙,他们不打自己的妻子女儿就是好的了,哪有可能去呵护她们、哄着她们?

我以为温柔的男人已经绝迹了,直到我遇见程熙,才知道世界上真有宝玉那样的男人。和宝玉一样,他的温柔纯粹是出于天性。

我们就这样住在了同一个屋檐下。孤男寡女,待在同一套房子里,可我们的合租生活平淡无奇,一点也不像偶像剧里那样浪漫美好。总体来说,程熙是个不错的合租伙伴,没有不良嗜好,也不会把屋子搞得乱糟糟的。

每个星期喝空的啤酒瓶,照我的意思,得收集起来卖给收废品的,好歹也能换几个钱。可程熙呢,一转身就把这些瓶子送给了小区里扫垃圾的阿姨。我猜想,他家境肯定不错,所以对金钱毫无概念。但既然这样,为何还要和我合租?兴许是为了替我省钱。事后才听他说,那时他穷得要死,租的房子又刚到期,也是事急从权了。

把朋友变成男朋友的第一天

程熙对人对物都有种毫无节制的热情。我们住的楼下活跃着一群野猫，平常靠翻垃圾桶为生。程熙搬过来后，常常会下楼去喂它们，用的是超市买的猫粮。我偷偷看过标价，并不便宜，便告诉他炖点小鱼什么的喂猫就行，营养不比猫粮差，还省钱。程熙淡定地告诉我，他不会炖。没办法，这个重任自然又落到了我肩上，谁让我多嘴呢？

那些野猫被炖小鱼喂得膘肥体壮，口味也变得刁钻起来，整天在楼下晒太阳，连垃圾桶也懒得翻了。唯一运动的时候是看见程熙出门了，它们就会争先恐后地往他脚下钻。我笑称他是个"猫司令"，他马上给我取了个外号叫"鱼婆子"，整天炖小鱼嘛。依这个反应速度，看来他也不是真傻啊！

和以前的合租经历相比，跟程熙合租称得上愉快，他很会照顾人。作为一个对工作很有热忱的新人，以前我都会尽可能留在公司加班，可程熙回家后如果看不到我，会马上给我打电话确认回家时间。有时我加班太晚，他还会骑电动车来接我回去。我跟他说没必要这样，但他坚持说女孩子一个人太晚回家不好。

初入职场，都想好好表现，我们回去后常常累得筋疲力尽，只想随便找点东西填饱肚子，去得最多的就是楼下的沙县小吃。他看起来瘦，食量可不小，可以轻松地吃掉两笼蒸饺加一碗拌面，还有一盅汤。

他和南方人一样，吃饭总得喝点汤。有次去得太晚，沙县小吃只剩下一盅汤了，他把那盅汤推到我面前，我喝了半盅嫌腻不喝了，他拿过去继续喝，用的居然是我喝过汤的勺子。我心里跳了一下，想提醒他说"勺子我用过了"，可看他面不改色的，又不好意思说破了，只得任由他一勺一勺地把那盅汤喝完。

汤的味道我早已忘记，左右就是那几种汤，不是花旗参炖乌鸡，就是猪肚炖莲子，或者是排骨炖山药。但他低着头一口一口喝汤的样子，我现在还记得。

同样记得的，还有那次我们一起走回去的经历。那天我加班到很晚，他骑着电动车到我公司时，电瓶恰好没电了，他让我先坐公交车回去，我不肯，说反正只有三四站路，就陪你慢慢走回去吧。

南方的冬天只是微凉，星星在云中闪烁，像流萤。这是个感受不到季节变化的城市，我们的头顶，宫粉紫荆还在不知疲倦地开着，空气中流淌着桂花蜜一样的香气。他推着电动车，我把手插进衣服口袋里，边走边漫不经心地聊着。

忘记聊什么了，只记得那天的天气太好，深夜的天空居然是蔚蓝色的，星星在头顶对我们微笑。别看只有几站路，可真正走起来得大半个小时，偏偏那天我穿的是高跟鞋，我们主管要求做销售的必须穿高跟鞋，而我还没穿习惯，走到后半程，脚后跟都磨出泡了。程熙察觉出了我的不适，到了楼下，他让我先等等，他去买点东西。很快他就回来了，拿着几张创可贴，让我贴在脚后面。我照他说的做了，果然走路没那么痛了。

这件事很小，却让我很感动。我是在训斥声中长大的，回想起我前面二十一年的人生经历，似乎从来没有被男人这样细致地对待过。是程熙，让我第一次体会到了被一个男人温柔以待是什么样的滋味。

他给我的工作也帮过一些忙，有阵儿我在保险公司做，开始一份保险也卖不出去，每天都急得在街上瞎转，关键时刻是他出于义气买了份保险，帮我熬过了最惨淡的时期。这件事更坚定了我认为他是富二代的想法。那段时间，我下班后往回赶，每每都会看到他在阳台上冲我挥手。我们住的房子在三楼，从远处我看不清他的表情，却能确定他一定满脸都是笑。我也朝他挥挥手，快步往家里走去。没错，以前住过的地方都只是寄居的房子而已，这是第一处让我有家的感觉的地方。我和程熙不是情侣，可他让我感到温暖。我们像是两叶浮萍，偶尔漂在了一起。在异乡漂泊的日子里，能够和一个让你心生温暖的人住在一起，已经足矣。

把朋友变成男朋友的第一天

回家早的话,我会顺便在下面的小摊买好菜,做一顿晚餐,程熙一定会很捧场地把饭菜一扫而光,饭后还会抢着洗碗。买菜的时候我已经习惯了顺手买一把姜花,插在瓶中,屋子里于是总有股姜花特有的香气,凉凉的,闻起来使人欲醉。在这香气中,我做菜,学英语,靠在床头看两页书;程熙则听歌,弹吉他,发短信。我还记得,昏黄的灯光下,他嘴角含一抹笑意,倚在沙发上发短信的样子。灯光下他的剪影格外好看。

他的短信好像特别多,有时还会在半夜打电话,一打就是一两个小时。

说来惭愧,我有试过听他在说什么,但他声音总是压得很低很低,实在是听不清楚。饶是如此,还是能够猜得出,应该是给女孩子打电话吧。

有一次他正在冲凉,手机在外面大响,我叫他接电话,他在卫生间喊了句:"你代我接一下!"

我拿着他的手机,只见屏幕上来电方显示着"小师妹"三个字,按了接听键后,那边直接叫了一声"熙哥哥",声音是清甜的,软软糯糯的,尾音拖得长长的。这个小师妹,一定是个很会撒娇的女孩子吧。我顿了顿,才告诉她程熙现在不方便接电话,等会儿再给她打过去。

等程熙冲完凉出来,我对他说:"刚刚你小师妹找你。"

他展颜一笑,一派光风霁月地说:"哦,那是我女朋友。"

这家伙,果然是有女朋友的,难怪他有时节假日会消失几天,说是去看朋友,奇怪的是我怎么从来没想过他看的朋友是女朋友呢?

我问他:"多嘴问一句,你女朋友不介意你和其他女孩子合租吗?"

程熙说:"不会啊,她很信任我的。"

他走到走廊上去回电话了,电话拨通的那一刻,借着廊灯的光,我分明看到,笑意从他的眉梢眼角涌出来,藏也藏不住。

不知道为什么,我心里忽然有种怅然若失的感觉。那天晚上,我一直在思考一个问题,那就是:令狐冲爱的到底是小师妹还是任盈盈?其实这个问题直接问一墙之隔的室友就行了,我却舍近求远,向远在北京的大学好友余安安求问。

十五岁就读遍了金古梁温的好友给我回了条短信:当然是小师妹。令狐冲的心里,从头到尾就只有一个小师妹好吗?(PS:你是不是喜欢上人家的男朋友了?)

当然没有。我连忙矢口否认,打出这四个字后,又加了一行:你当我脑子有问题吗?

余安安没再回短信,那晚我辗转反侧,一晚上都在搜肠刮肚,凭记忆搜索《笑傲江湖》后半部的剧情,只为了找出令狐冲最终忘掉小师妹岳灵珊,转而爱上任盈盈的证据。这表现,还真有点像脑子不正常的。只恨那时候还没有智能手机,不然我肯定立刻开始在手机上重读这部小说。多年后有了个叫某乎的网站,我头一次登录就是搜索"令狐冲爱的到底是谁",结果大部分网友都和余安安英雄所见略同,气得我发誓以后再也不登录了。

除了纠结这个外,我还很好奇,让程熙心动的女孩子,到底是什么样子的呢?那个昵称叫作小师妹的人,声音那么甜,人一定也很好看吧。

2

谜底过了一阵才揭开。

一天我下班回家后,顺道去菜市场买了点菜和水果,拎着几个沉重的塑料袋吭哧吭哧爬上三楼,由于两手都被占满了,我只好站在门外大声叫程熙的名字。

他在屋里应了一声,却没有像以往那样飞奔着来开门。过了好一会儿,门才打开,程熙站在门后,满头都是汗,眼睛亮晶晶的。

见我盯着他看,他不好意思地问我为什么。

我笑着告诉他:"这位同学,你身上的T恤穿反了。"

程熙挠了挠头，他一尴尬就喜欢挠头。

我隐约猜到了，问他："小师妹来了？"

他居然脸红了，满脸通红地点了点头。

我走进来后才注意到，家里多了一个女孩子。她站在客厅中间，冲我微笑着，这一笑真是耀眼，原本灰扑扑的陋室顿时明亮起来。

程熙边接过我手里提着的东西，边介绍说："这是林施施，我女朋友。这是小昭，我……"说到这儿他卡住了，可能是不知道如何介绍我，如果说是室友，未免惹人遐想。我赶紧替他解围："哥们！"

程熙连忙表示赞成："对对对，我们是哥们，好朋友。"

我这才顾得上打量施施。她的长相很古典，一张雪白的鹅蛋脸看上去稍稍有点婴儿肥，但更显得肤如凝脂，她的眉眼是真正的柳眉杏眼，盯着人看的时候眼睛里像有水在脉脉流动，我从来没见过那样水汪汪的大眼睛，真是我见犹怜啊！

"呀！你就是小师妹啊。"我惊叫了一声说，"你长得真像《红楼梦》里走出来的女孩子。"

施施的脸色本来就有点红，被我这么一夸，就变得更红了。

程熙忙对她说："小昭很直爽的，熟了你就慢慢习惯她的说话方式了。"

我瞪他一眼："你的意思是怕我欺负你女朋友吗？"

程熙朝我吐了吐舌头，施施倒是不以为忤地说："没事儿，这样挺好的，我其实很喜欢直来直去的人。"她的声音和她的人一样饱含柔情，听起来让人如沐春风。

都是年轻人，很容易打成一片。趁程熙去换衣服时，我和施施已经聊得火热了。

程熙换好衣服后问我们："你们在聊些什么啊，聊得这么嗨？"

我说："正在聊你读书时往女生课桌里塞癞蛤蟆的糗事呢。"

程熙干咳两声，辩解说："不会吧，我哪会这么没绅士风度？"

施施笑他："到现在也不见得多有风度。"

"你和小昭才混了多久，怎么就学了她一张利嘴？"程熙摆出一副痛心疾首的样子来，逗得我和施施大笑。

晚饭程熙提议要出去吃，我说都买好菜了，不如今晚就在家里吃。施施有些为难地说她不会做饭。我安慰她说，没事，我来做就好。

我捋起袖子，系上围裙，风风火火进了厨房。施施跟进来问要不要帮忙，我说好呀，结果发现她既不会洗菜，也不会切肉，只好请她出去，换了程熙进来打下手。他边洗菜边叮嘱我说，施施吃不了太辣，让我放辣椒时悠着点。

我正在切洋葱，那个味道很呛人，呛得我眼泪都快出来了，我忍不住用手去抹眼睛。

程熙见了，一把捉住了我的手，让我别抹，越抹会越辣。洋葱先搁着，等他来切就好。

我不听，固执地埋头继续切着洋葱。嘴里有句话差点要冒出来，你不用对我这么好，真的不用。

六十分钟后，四菜一汤成功出炉，剁椒蒸鱼红亮诱人，糯米排骨肉香扑鼻，紫苏焖鸭鲜辣适口，再配上绿油油的白灼菜心、黄澄澄的香菇鸡汤，卖相之佳连我这个主厨都大感有面子。

菜一端上来，施施就拍着手说："菜做得真好，都是熙哥哥喜欢吃的，难怪他常常说你是万能的小昭呢。"

她叫他熙哥哥，用那样甜蜜的口吻。我笑不可抑，没忘了向程熙挤眼睛。他正在夹菜，见我挤眉弄眼的，一不留神，手里的筷子没拿稳，掉到了地上。

我起身去厨房给他拿筷子，回来时见他已经吃上了，手里拿着的，是我

用过的筷子。见我脸色有点怪异,他解释说,菜太好吃了,根本停不下来。

那顿饭大家都很捧场,程熙吃了三碗饭,施施吃了大半条鱼后还意犹未尽,又下了点面条放在汤里捞着吃。她不停地称赞我的厨艺,并问我有什么秘诀。

我笑而不语,心想:秘诀也没别的,只要你和我一样,七八岁就开始做全家几口人的饭,保证厨艺差不了。

但是那又如何呢?看着程熙替她细心地剔着鱼刺,再把剔好了的鱼肉夹到她碗里,我总算明白了,人和人是不一样的,像施施这样的女孩子,根本就不需要亲自洗手做羹汤,自然有人为她鞍前马后。难怪程熙说她不会介意他和其他女孩子合租呢,她长得这么好看,对他又是全身心的信赖,自然信心十足了。

而我能够依靠的,只有这一双手而已。

是夜我冲完凉刚刚躺下,就听到门被轻轻敲响,打开门,施施站在外面,红着脸说:"我跟你一起睡好不好?"

我应了声"好",想了想又加了一句:"要不我把房间让给你们吧,我睡客厅?"

施施的脸更红了。

程熙坚决地摇了摇头,他的理由是女孩子就该和女孩子睡一间房,不然不成体统。

那晚我和施施几乎通宵未睡,彻夜聊天。准确来说,应该是我问,施施答,通过这一个晚上,我对她和"熙哥哥"之间的故事有了深入的了解。以下的故事出自施施的叙述,细节和评价则出自我的自动脑补。

程熙和施施是典型的校园情侣。我出生于农村,他们则是在一个二线城市长大的。那个城市有大江,有诗墙,还有一个很大很大的湖,有了这些作为背景,他们看似普通的校园爱情也增添了几分诗意。

他俩是真正的青梅竹马，两个人都出生于公务员家庭，他的父亲和她的母亲是同事，他俩从小到大读的都是同一所学校、同一个班，双方父母的交情很好，还总拿彼此的孩子开玩笑说要定个娃娃亲。程熙小的时候还是个不解风情的愣小子，读幼儿园时曾干过往施施书包里塞癞蛤蟆的事儿，把她吓得大哭。

施施其实和程熙同一年出生，只比他小了半岁左右，因为名字里有个施字，他一直称他小师妹。在他心中，她就是个需要人照顾的小师妹。他从小就开朗、有主见，施施就像条小尾巴一样跟在他后面，两个人整天黏在一起。他去偷果子，她就站在树下给他放风；他去河里摸鱼，她就给他提桶。（听到这里我想，为什么不一起下去摸呢？多好玩啊！）

施施从小就长得漂亮，读小学时已经有男生给她写情书了。有一次还被一个小混混挡在了路上，非要跟她交个"朋友"。她吓得大哭，还是程熙挺身而出，攥着小刀要和小混混血拼。最后总算把小混混吓走了，代价是他的手臂被划了一道口子，足足缝了八针。

两个人就这样两小无猜地长大了。到了念中学时，两个人一下有了性别观念，不再像以前那样整天腻歪在一起。施施毫无悬念地长成了校花级别的超级美少女，而且是美貌和才华并重的美少女，刚进初中就考了全校第一，风头一时无两。学校的校长不知是出于爱美还是惜才之心，拿着一箱苹果主动上门拜访，表示想认施施做自己的干女儿。这个故事直到现在还被很多人津津乐道。

程熙呢，比较起来就要平凡一些，才艺还算出众，成绩却平平（我想的是，他这么贪玩，成绩会好才怪）。也许是出于自卑，他渐渐疏远了施施。

等到中考时，原本成绩很稳定的施施发挥失常，没有考进重点高中，而是进了一所普通高中。所有人都为她遗憾，包括程熙，她却很开心的样子。后来她告诉他，其实那次考试她并不是发挥失常，而是特意空了四十分的题目没做，因为如果不这样的话，以她的分数肯定会去重点高中，而她想去的是普通高中。

她不用说他也知道是为了什么。对此，程熙很痛惜，也因此收敛了爱玩的本性，把心思放在了学习上。他人本来就不笨，成绩上升得很快，等到高三时，基本追上了施施。

两人相约考北京的一所大学，程熙考上了，可惜施施这次真的发挥失常，没考上第一志愿，而是被南方的一所大学录取了。

他们的恋情总算可以昭告天下了，却不得不面临着异地恋的考验。分离没有冲淡他们的感情，反而加深了他们对彼此的眷恋。他们每天都要煲电话粥，或者视频聊天，一有假期，程熙就坐几十个小时的火车南下来看她。

"对于我们来说，没有什么比在一起更珍贵。"施施告诉我，程熙大学毕业后，本来有一个留校的机会，可是他放弃了，只为了到南方来和她团聚。

她还告诉我，程熙父亲很早就下海经商了，好像最近生意出了点问题，至于具体是什么问题，程熙不肯告诉她。

我平时是一到点就非睡觉不可的，很奇怪那晚并没有困意，一直等她说完困得睡着了，我还在黑夜中睁着眼睛。直到凌晨时分，我才在晨光熹微中睡去。

3

第二天是周六，我感觉刚入睡不久，程熙就在外面敲门，说要带我们去爬白鸿山。

"你们去吧，我就不去当电灯泡啦。"我翻个身准备睡个回笼觉，施施却不肯，硬是把我拖了起来。

她穿着裙子过来的，爬山不大方便，我便找出自己的衣服给她换上。她真是个天生的衣服架子，即使穿着最普通的白T恤和牛仔裤，仍然是那样亭亭玉立，令我想起初春时开得正好的玉兰花，那样洁白芬芳，满带着春天的朝气。同样穿着白T恤和牛仔裤的我，勉强算是朵姜花吧，最廉价的那种，还是开了一晚上的，已经有些蔫头耷脑了。

换好衣服他们就准备出发，我说等等，赶紧拿出一个容量比较大的背包，把家里的小蛋糕、雪饼之类的零食搜罗了一番装上，又削了几个苹果用透明饭盒装好，也放了进去。

"山上这些都有卖的吧？"程熙问我。

"大少爷，你真是不知稼穑艰难啊！山上有是有，但肯定贵很多啊，价格至少翻倍，还是带上去比较划算。"我大概花了五分钟，把要带的东西收拾妥当了。

"小昭你真是居家小能手啊。"施施想帮忙又不知道如何插手，只好在旁边表示膜拜。

"都是被生活所逼呀。"这句话我是当玩笑说的，但程熙看向我的眼神却有点疼惜。出门的时候，他从我背上拿下那个装满东西的背包，背在了自己身上。

走到门口恰好遇到了张正和宋倩儿这对小情侣，他们听说我们要去爬白鸿山，当即表示很感兴趣。于是一行五个人，兴冲冲地往白鸿山的方向杀去。严格来说，应该是两对情侣加一个明晃晃的电灯泡。

G市没啥名山大川，也就白鸿山稍微像样点，可最高的主峰海拔也才三百多米，这高度和那些知名的崇山峻岭完全没法比。除了本地人之外，可能很少有人听说过白鸿山的名头，但G市人还是挺以这座山为豪的，总说这是块风水宝地。

平时工作挺忙的，尽管在G市住了大半年，我们还是初次来爬白鸿山。到了山脚下才发现，周末来爬山的人还蛮多的。G市本地人爱运动，他们把爬山称为"行山"，没事就爱呼朋唤友地一起去行山。可能正因如此，白鸿

山还收起了门票,也许是为了防止人流量过大。

张正和程熙两个人抢着去买门票,张正那小身板,自然抢不过程熙。很快他买了五张门票过来,一人一张发给了我们。

"门票多少钱啊?"我问他。

"进山门票才五块。"他笑得露出一口白牙,"超级无敌便宜吧。"

我差点骂他傻,看看施施在旁边,就忍住了,但还是说:"就这么一座小山坡,还收门票,我老家大把这样的山,一分钱都不要。"

张正抢白我:"喂喂,刘小昭同学,别拿你们老家和 G 市比行不,你们老家山泉水还不要钱呢,这里矿泉水都得一两块一瓶。"

"对了,你们稍等一下。"程熙像是突然想起了什么,跑向了山脚下的小卖部。片刻之后拿了几瓶水回来,边装进背包里边对我说:"山下的水肯定比山上的便宜,我这个逻辑没错吧?"

"机智!"我冲他竖竖大拇指,"孺子可教也!"

"可这背着多沉啊。"施施拎了拎他背上的包,有点心疼她的熙哥哥。

我忙说:"放心吧,等下他背不动了,大不了我替他背。"

施施不信:"你一个女孩子哪有这么大力气?"

"我七八岁的时候就背着这么高的背篓上山摘茶叶了。"我比画了一下,"茶叶装满之后,死沉死沉的,比这个背包重多了。"

"所以你被压得这么矮吗?"张正故意打趣我,我身高只有一米五八,他老拿这个说事。

我反唇相讥:"张正,我提醒你,下个月台风就要来了,你可得当心点。"

"当心什么啊?"张正马上反应过来了,"你是说我太瘦了,当心被台风刮走?"

"才不是呢。"我一本正经地说,"我是提醒你,嘴欠的人自有天收。"

"哈哈哈哈,小昭,我爱死你了!"宋倩儿在一旁为我鼓掌喝彩,"这人嘴贱了二十几年,总算有个人可以收拾他了。"她好像忘了,当初她还告诉我,自己就是被张正的毒舌打动的呢,觉得他特别酷,真是各花入各眼。

"小昭同学你可以啊,才做了几天销售,就修炼得这么牙尖嘴利的。"张正嘴还挺硬,"要不是看在你是女孩子的分上,我保准能把你怼哭。"

"那就放马过来啊,看谁先哭。"我这人是遇强则强的性子,嘴上当然毫不示弱。

"行了行了。"程熙推推张正,"你一个大老爷们,别老拿毒舌当有趣。光耍嘴皮子功夫干吗,小昭是做销售的,嘴巴自然要厉害点,你一个画画的,也要学包龙星吗?来来来,这里有块石头,你先把它说得点头了吧。"

包龙星是周星驰电影《九品芝麻官》中的主人公,一张利嘴能令海水翻腾、死人复活,这片子上周我们才重温过,所以程熙一说,大家都想起了包龙星对着大海苦练口才那一幕,于是不约而同都笑了,刚刚有点紧张的气氛马上缓和了。

张正这个人啊,心不坏,就是总喜欢拿人开涮,你要不配合,他还说你不懂欣赏他的语言艺术。其实在我看来,程熙才是真正的语言艺术高手,说话机灵而不刻薄,风趣而不犀利,刚刚他看似随意的一句话,就起到了四两拨千斤的作用。

爬山的时候,他还特意落后几步,对我说:"张正那人说话有口无心的,你别往心里去啊!"

我忙说:"你不提我都忘了,小师妹在前面等着你呢,快去陪她吧。"他看我一脸满不在乎的样子,这才去追赶施施了。

脸上可以装出满不在乎,可我心里毕竟还是有点不大好受的。张正那玩笑开得有点扎心,在身高方面,我一直挺自卑的,尤其是和别人对比的时候。现在我眼前走着两大美人,宋倩儿是山东人,标准的模特身材,足足有一米六八;施施据我目测至少也有一米六三,而且身材匀称,背影特别好看,

039

把朋友变成男朋友的第一天

属于"增之一分则肥,减之一分则瘦"那种。和她们一比,我就像根豆芽菜,还是发育不良的那种,真叫人沮丧啊!

我决定化沮丧为动力,于是一鼓作气,跑到了他们前面。我小时候是惯于翻山越岭的,转眼间就将这两对情侣甩得远远的,总算眼不见为净了。

白鸿山本来就不高,我很快就爬到了半山腰,到了主峰的北入口,就在那里歇口气等他们。过了大概十分钟,张正拖着宋倩儿到了,宋倩儿累得气喘吁吁,一边摆手一边说:"不行了不行了,再爬下去腿要断了。"

"你长这么高,却原来是个银样蜡枪头啊!"我笑她。

宋倩儿没反应过来,倒是张正听懂了,对我说:"她读书少,哪里知道《红楼梦》里的典故,你就省省吧,别对牛弹琴了。"

"张正你说谁是牛呢!我看你皮痒痒了是吧!"宋倩儿笑着往张正身上捶了一拳。

"哎呀!有人要谋杀亲夫,小昭救我!"张正挤眉弄眼,做出一副好痛好痛的样子。

我趁机损他:"哎哟喂,你可是堂堂的画家啊,虽然是未成名的,好歹有点正形好不?"

说说笑笑间,程熙和施施也手拉着手赶到了,施施走起路来一瘸一拐的,到了就很抱歉地说:"真不好意思啊,让大家久等了。"

我忙问她:"你脚怎么了?"

"可能是磨出泡了。"早上施施换了我的衣服,可鞋子码数不合适,我脚比她长,所以她脚上还是穿着自己的皮鞋,稍微有点跟,走久了肯定会累。

程熙扶着她在石凳上坐下,帮她把鞋脱掉,只见脚后跟处果然磨出了大大的血泡,左右脚都是。

我四周看了看说:"这山上也没药店啊,到哪儿去买创可贴呢?"

"没事,我带了。"程熙说着从随身背的小包里掏出了两张创可贴。

我被他的细心震撼了："你怎么会记得带这个？"

"都怪我，脚经常磨破皮，程熙他都习惯了。"施施一脸的不好意思，她还是很有分寸的，当着我们的面，没有再称他"熙哥哥"。

"怪我怪我，刚刚来的时候就该给你贴上，在山脚说着话给弄忘了。"程熙不知从哪找来一根荆棘的刺，然后一手握着施施的脚，一手拿着刺轻轻挑破她脚后跟的血泡，再细致地贴上创可贴。整套动作如行云流水，看得出经验十分丰富。

"施施你脚真白，传说中的纤纤玉足啊！你用的哪种去死皮膏？回头介绍给我啊。"宋倩儿惊叫出声。

张正则说："程熙你不能这样啊，你对你女朋友太好，回头有人要是以你这个为标准，我日子可就难过了。"

我没吱声，心里想的是，这朋友和女朋友的待遇毕竟还是不一样啊。上次我脚磨破了，他给我买创可贴，我已经感动得无以复加了，没想到他对女朋友可以好成这样。

同样一件事，作为旁观者，我们三个人的观感居然如此迥异。

接下来我们面临一个问题，那就是还继续往上面攀登吗。矗立在我们面前的，是号称全G市最陡、最直也最长的一大段石阶梯，我抬头望了望，没有望到顶。

施施脚磨破了，显然不可能继续爬山了，宋倩儿也累得不想继续前进了，我和张正都跃跃欲试，程熙抬头望望山顶，又低头望望施施，决定放弃登顶，就在这里陪她。

"不用的啊，都到这里了，不爬上山顶多遗憾呀。你和小昭他们一起去爬嘛，这里还有宋倩儿陪我啊。"施施不忍扫程熙的兴，连连撺掇他去。

宋倩儿也开玩笑地揽过施施，拍着胸脯说："去吧去吧，林施施有我罩着呢。你放心，要是有人劫财劫色，我宁肯牺牲自己的色相，也不会让色狼

动她一根汗毛!"

话都说到这里了,程熙也不好意思拂了她们的好意,于是从背包里拿出两瓶水递给她们,还留下了一堆零食,又细声地叮嘱施施少活动,注意脚上的伤。

"走啦走啦,别跟我上演什么执手相看泪眼,竟无语凝噎,有你们话别这点时间,我们可能都要爬到山顶了。"张正不耐烦了,一把拖起程熙就走,我忙向施施她们挥挥手,疾步跟了上去。

爬过白鸿山的人都知道,那段登顶的石阶不仅长,而且陡,走在上面需要随时注意脚下,这样爬起来特别累。才爬了百来个石阶吧,张正已经按捺不住地抱怨起来:"这破石阶怎么就看不到边啊,不会是传说中的天阶吧。"

"你说对了,顺着这石阶一直走一直走就会走到白云深处的仙界。"我边说边发力,抢到了他们两个男生前面。

"刘小昭,你故意的是吧,还白云深处呢,你当自己是葛洪吗,我看你是准备白日飞升吧。"张正一边喘着粗气,一边还不忘和我斗嘴。

"行了行了,把嘴皮子上的力气都省下来用在脚底下吧,这台阶还真难爬。"程熙背着包,喘息也有点粗了。

我提议说:"我来背吧。"

程熙怎么都不肯,张正也在一旁说:"算了,刘小昭,你本来就矮,回头别让背包给压得更矮了。"

"那你背一下呗。"

"饶了我吧,小昭姑奶奶,我只想马上下山,现在撤退还来得及吗……好像来不及了。"张正大口大口地喘着气往下面一指,顺着他手指的方向,可以看见窄窄的石阶上,忽然不知从哪来了这么多人,大家都挤在上面,缓慢地攀登着。

看来我们是骑虎难下了,上也上不得,下也下不来,既然如此,就只能铆足力气，吭哧吭哧地往上爬了。

我借口自己渴，趁程熙打开背包时拿出了两瓶水，一只手拿一瓶，好歹给他减轻点负担。

又这样爬了一阵，张正往石阶上一坐，喘着粗气说道："不行了，我真的是不行了……我就在这里卧倒装死得了，伟大而光荣的登顶任务就交给你们了。"

"起来吧你，坐在这就不担心被人踩成肉泥吗？"程熙一直在负重前行，也累极了，但还在勉力支撑。

"我不起来。"张正就势往旁边一滚，坐在了石阶旁的泥土上，"我就在这喘口气，等你们下来。"

"好吧，实在不行，你就圆润地滚下山吧。"我丢给他一瓶水，"不行，你太瘦了，只怕没办法圆润地滚下山。"

张正白了我一眼，他实在太累了，没有力气回嘴了。

和他挥别后，我们继续往上。我还好，气息还算平稳，程熙已经累得连说话的力气都没有了。上山至今一直是他背着包，没有像张正那样卧倒装死已经很了不起了。

我们前面有个小姑娘也走不动了，她男朋友牵着她的手，半拖半拉地往前走。我心中一动，也起了效仿的心，但我主动去拉一个男孩子的手，也未免太不矜持了，何况人家男孩子的女朋友还在半山腰等着，可是看着程熙累得满头是汗，我又不忍心。

犹疑间，我忽然看到石阶旁有一根小木棍，可能是被路人丢弃的简易登山杖，我赶紧捡了起来，一端塞进程熙手里，另一端自己拿着。

"小昭你干什么？"

"给你减轻点负担。"

"这样有用吗？"

把朋友变成男朋友的第一天

程熙虽然这么问,但还是任由我这样做了。我也不知道有没有用,但我想还是有点用的吧,至少心理上有个安慰,知道旁边有一个人是乐意替自己分担的。

我走在前方,程熙跟在后面,我们之间隔着一根木棍的距离。到了最后那段台阶,我们都累得说不出话来了,就这么一前一后,沉默地、坚忍地往上爬着。

还好终于爬到了尽头,顶端矗立着一块石碑,上面写着"琼霄岭,海拔382米"。站在白鸿山最高处,程熙兴奋得脱口说道:"大功告成!"

这话一出口,他就觉得有些不妥,因为这是韦小宝经常对双儿说的话,后面那一句就是"亲个嘴儿"。

我当然不可能去和他亲个嘴儿,只能大笑着走过去,举起手来和他击了个掌。

站在白鸿山顶,可以俯瞰整个 G 市,真有一种杜甫诗中"会当凌绝顶,一览众山小"的感觉。从高处,可以看见这城市一栋栋高楼拔地而起,山间起了点雾,一缕缕白云在半山腰间逸出,衬着满山盛开的三角梅、紫荆花,一派欣欣向荣的气象。

一阵山风吹来,真令人心旷神怡,我站在风中,怔怔地出了会儿神,直到程熙问我:"小昭,你在想什么呢?"

"我在想如果我们刚刚半途而废,就吹不到这山顶的风,看不到这么震撼的全景了。"我伸出手,指向山下的 G 市,"这山可能和我们家后山差不多高,但站在我们后山,绝对看不到这么多高楼大厦,生活在这里的人一定很幸福吧。"

程熙说:"我们现在就生活在这里。"

我轻轻叹了口气:"但我们只是异乡人而已,连一间属于自己的房子都没有。"

"会有的。"程熙俯瞰着脚下的城市说,"总有一天,我们会成为这里的主人。"山顶上的人很多,可能是为了避免其他人听到,他说这句话时特意压低了声音,但语气是笃定的。

受了他的感染,我也变得确信起来,我并不信什么努力就会成功之类的励志鸡汤,但是我信他。

爬了这么一阵山,我们都饿了,就把背包里剩下的零食水果都分着吃了。山顶上有卖茶叶蛋的,三块钱一个,对比之下,程熙连连夸我:"果然不愧是万能的小昭啊,你告诉我,有什么是你不会的吗?"

我笑笑没有回答,其实我不会的东西多着呢,最最缺失的一点,可能就是撒娇吧。苦惯了的人,词典中就没有"撒娇"这个词。

山顶上有一座锁爱台,其实就是竖起了一个铁架子,供情侣们挂情人锁,上面已经锁满了大大小小的铁锁,刻着情侣们的名字。据说这样做,就可以锁住男女之间的爱情,让他们天荒地老永不变心。我一直觉得这种行为挺傻的,要是这锁真的能锁住爱情、锁住命运,那就没那么多分手和变心的人了。

然后我就看见程熙去买了把锁,还从卖锁的人那里借来一把小刀,一刀一刀地在锁上刻起字来。我不用凑过去看,也知道上面刻的是他和施施的名字。刻好之后,他将那把锁系上红绸,再虔诚地挂在了那个铁架子上。如果不是我在旁边围观,我猜想他一定会双手合十,虔诚地许个心愿吧,现在他估计只敢在心里默祷了。

做完这整套流程后,他对着我不好意思地笑了,说:"你一定觉得我挺傻是吧?"

"没有啊。"我嘴里否认,心中却暗暗好笑。

"你还累吗?"他问我。

我知道他一定是惦记着他的小师妹了,忙说:"休息了一下已经满血复

活了,我们下山吧。"

琼霄岭后面本来有一条较平坦的路下山,但因为半山腰还有人在等着我们,我们只能选择原路返回。爬了半天的山,再从一级级石阶上面下去,那酸爽,登过山的人一定深有体会。程熙下山的速度明显加快了,我想那不是因为他的背包变轻了,而是因为下面有他牵挂的人。

这会儿人少了很多,张正这厮公然在一棵树下打起了瞌睡,他倒是挺随遇而安的。我们叫醒他后,三人一道下山。到了石阶入口处,宋倩儿和施施正在那翘首以盼呢。这会儿已经一点多了,大家只吃了点零食水果,都饿了,再也无心游览,一门心思只想下山。我依然一马当先,宋倩儿和张正走在中间,程熙和施施落在最后,一路窃窃私语说个不停。到最后施施实在是走不动了,程熙索性背她下山。虽然那段距离不足五百米,但已经足以让我们惊叹爱情的力量实在太伟大了,竟然让一个刚刚还累得要瘫倒的人转眼就化身为大力士。

后来我又爬过很多次白鸿山,站在最高处却再也没有那种全世界就在我脚下的感觉。我不会忘记,那时我身边还站着一个男孩,对着山下的城市自信满满地说:"总有一天,我们会成为这里的主人。"我还记得,阳光将他的脸照得熠熠生辉。如果说在此之前,我还不时有打退堂鼓的想法,可从那一刻起,我暗自下定了决心,一定要在这里扎下根来,总有一天,我也会成为这里的主人,把这座陌生的城市变成我的城市,不,我们的城市。

第三章
莫欺少年穷

1

我和程熙合租的那段时间,也是我们初入社会最彷徨、最无助的时期。我们太希望能够在这个城市站住脚了,可是外面的世界浪头一个比一个大,打得我们措手不及。

程熙似乎有点焦躁,印象中他总是在换工作,哪份工作都干不长久。他念的大学牌子响,人也生得高大,长相、口才都不差,难免就有点心高气傲,一心高就容易挑剔,在哪都觉得自己大材小用了。

他干过销售,做过策划,还曾经在一家知名经济类报纸的数十个应聘者中脱颖而出,获得了留用的机会。结果在那家报社待了三天,他就辞职走人了。他跟我说,待在那里的人都是凌空虚蹈的,关注的讨论的都是吓死人的经济大数据,事实上那些人并无任何实战经验。这不是纸上谈兵吗?他觉得这样的工作太过务虚了,而他需要的,是投入广阔无边的实际生活中去。

老实说我不能认同他的看法,要是有这么好的工作机会摆在我面前,我一定会好好干。管它务虚还是务实呢,工作体面,挣的钱多,那才是最实际的事情。

在我看来，程熙的问题是家境太好，人生太顺，如果他像我一样，好不容易才能找份工作，也许就会倍感珍惜了。

我也不是不跳槽，初入职场那会儿，也换过几份工作，而且每次都是从一个行业跨到另一个行业，跨度还挺大。但我和程熙不一样的地方在于，我换工作考虑的都是很实际的问题，比如说新工作待遇是否更好，发展前景是否更广阔。

实际点没什么不好的，举个例子来说，我的第一份工作是底薪一千二，第二份工作就涨到了两千。等我跳槽到一家新兴的地产公司做销售时，月薪头一次突破了八千。这家公司叫美居，才刚成立不久，势头很猛，在地产界被誉为"三小龙"之一，G市正是公司的大本营。我完成这个飞跃，只用了不到两年的时间。考虑到我既无出众的美色，也无过硬的学历，这也算是不小的进步了。

每个初入职场的人都想要有一个人生导师吧，说起来，程熙还算得上我半个师父呢。我刚进美居公司时，业绩老上不去，连续两个月都是垫底，急得嘴上都起了燎泡，每天都泡在售楼部很晚才下班，回家了也在那儿给客户打电话。

程熙不忍见我如此焦虑，就主动和我探讨问题到底出在哪里。我记得他说："小昭，你有没有考虑过换个岗位。你做销售是很棒，我觉得没有你卖不出去的东西，但我觉得，你其实并不是特别享受和人打交道这个过程。我倒觉得你做营销或者策划会很好，因为你脑瓜子灵活，主意特别多，相对来说，这类工作需要和人打交道的机会稍少些。"

这个建议马上被我否定了，我说："不行，销售目前是我们公司钱拿得最多的职位。"开玩笑，我这份薪水可不仅仅是养活我一个人，还得顾着一大家子人呢，个人喜好只能暂时让位于生存压力了。

"既然这样，要做的话，就得做第一流的销售。"他继续帮我分析，"小昭，敢打敢拼你已经远超一般人了,现在你需要的是一点策略。"

他叫我坐下来,拿出一张纸,在上面写下自己的优劣势。我当时备受打击,写下的全是劣势,比如口才不好,不够专业,不会说粤语,等等。我写完后,他拿过我手里的笔,在优点那一栏唰唰唰连写下几个词语:勤奋,聪明,真诚,肯吃苦,不怕输。然后他告诉我,这些都是实打实的硬件,我硬件并不差,至于我说的那些劣势,是完全可以攻关的。

他也不会说粤语,于是我们两个人就结成了学粤语互助小组,下班后,经常对着本土电视台狂练粤语。

粤语可以说是全中国最难懂的方言了(没有之一),我刚来的时候一句话都听不懂,完全是从最简单的"雷吼"开始学起的。好在我颇有几分语言天赋,加上脸皮也厚,出去买菜什么的总是硬着头皮说粤语,这样几个月下来,居然也说得像模像样了,当然不能细听,细听还是有些老家口音的。程熙在这方面没什么天分,而且他脸皮比我薄得多,所以进展比较慢,很长一段时间都停留在"识听唔识讲"(会听不会说)的阶段,只会说一些诸如"几钱一斤""你食佐饭未"之类的简单对白。不过他是个很好的陪练,至少在我发音错误百出时,从来都不会嘲笑我,而是耐心指出。

除了语言关之外,我还有个障碍是不大爱笑。这点和程熙形成了鲜明对比,他天生是个笑模样,而我总是绷着一张脸。有一次他特意跑去我们售楼部,远远地观察了我一阵儿,回来后问我:"刘小昭同学,你觉得身为一个销售人员,最重要的是什么?"

我绞尽脑汁,列举出了诸如"热情""专业""真诚"之类的关键词。

"你错了。"

"那是什么?"我困惑了。

"是这个。"程熙指了指自己的脸,他的脸上,正绽放着灿烂的笑容。

"你是说我不会笑?"我恍然大悟。

"恭喜你答对了。"程熙将我拉到洗手间的镜子旁，让我对着镜子微笑，我咧开嘴，勉强地扯动了一下嘴角。

程熙连连摇头："不行，这也笑得太敷衍了，再来一个。"

我又笑了下，这次动用了整张脸的肌肉。

程熙还是摇头："还是不行，太夸张了，过犹不及你明白吗，刚刚是不及，现在是过了。"

我连笑了几下，都被他否定了，不是不及，就是过了。

他提议说："这样吧，我说几个笑话给你听听，看能不能让你笑出来。"老实说他说的笑话一点都不好笑，还有些冷，比如，一只北极熊闲着无聊，就拔自己的毛，一根，两根，三根……它把毛都拔光了，突然说："我好冷啊！"再比如，"有一个鸡蛋去茶馆喝茶，结果变成了茶叶蛋；有一个鸡蛋跑去松花江游泳，结果变成了松花蛋；有一个鸡蛋跑到了山东，结果变成了鲁（卤）蛋；有一个鸡蛋无家可归，结果变成了野鸡蛋；有一个鸡蛋在路上不小心摔了一跤，倒在地上，结果变成了导（倒）弹……"

看得出他很努力地在逗我笑了，我也很努力地配合着笑了，可结果还是不尽如人意。最后他没辙了，挠了挠头，忽然问我："小昭同学，你知道G市为什么叫羊城吗？"

"因为这里古时候养了很多羊吗？"对这个问题我还从来没有思考过，完全是在瞎猜。我确实不明白，G市又不是内蒙古，风吹草低见牛羊，干吗要叫羊城呢，难道是缺啥叫啥吗？

"你错了。"程熙一本正经地说，"你想想G市人最爱说哪个字？"

"哪个字？"

"咩啊。"他连说了几个咩，"系咩？咩话？咩事？你做咩啊？他们一天到晚说话总是咩咩咩的，所以叫羊城啊。"

这个笑话还是很冷，可看着他一本正经的样子，我终于忍不住爆笑起来。

"你看看你看看，你笑起来不是挺好看的吗？"程熙指指镜子，镜子里的女孩满脸都是笑意，嘴角向上翘起，眉目间一片舒展，看上去是那样神采飞扬。

"这样笑就对了，你要记住，发自内心的笑容才有感染力。"

从那以后，新世界的大门似乎在一夜之间打开了。我笑起来再也没那么拘谨了，加上下了苦功把楼市的相关政策都摸透了，我逐渐成了受客户欢迎的那类销售。一般来说，我招待过的客户总是对我印象深刻，可能是因为我的笑容足够真诚，也可能是因为我总是能在他们问起贷款利率之类的问题时，不需要查资料就能脱口而出，而且我还会告诉他们，怎样才能拿到最低的利率，怎么用公积金贷款最划算。一来二去的，我在客户群中也算积累了一些口碑，凡是在我手里买过房子的，大多会积极地介绍亲朋好友来买。

苦心人，天不负，这是我的座右铭。我以为只要通过我的努力，前程必将一片美好，我会在这个城市打拼下一片天地，可以把妈妈和弟弟妹妹接到身边来。正当我认为升职加薪触手可及时，却很快遇到了人生中第一块天花板。过了年后，老板承诺的升职并未兑现，加薪也随之打了水漂，得到晋升的是一个刚进公司的小姑娘，据说上面有人，连老板都得给她背后的靠山几分面子。

那小姑娘年纪太轻，上位后张狂得不得了，整天在公司跷起腿什么也不干，以对下属颐指气使为乐。她管的也不过三五个人，其中她最瞧不上的就是我，一天到晚变着法儿折磨我，常常临下班时丢给我一堆材料，让我只得留在办公室加班加点。这还不算什么，最离谱的是，我有时辛辛苦苦谈下的单，她仗着自己是主管，轻轻巧巧就抢了过去。

我这个人看着好说话，骨子里却不肯认输，终于有一次当着众人的面和她吵了起来。吵到最后，我丝毫没占上风，还被记一大过。同事们打量我的眼神，满满都是同情。那个小姑娘呢，看向我的眼光，让我想起周星驰电影里的一句台词："他好像一条狗啊。"

我攥紧拳头，把满口银牙咬碎，才能忍住不一口血喷出去。

"忍"字头上一把刀，我这样忍啊忍的，熬到下班回家时，整个人已经成了一个充满怒气的气球，散发出一股生人勿近的气息来。

回到家我立马借用了程熙的电脑投简历，有家公司要求简历上必须标明应聘者的身份证号。我从包里翻出身份证填写，坐在一旁的程熙眼尖，盯着我身份证上的名字，惊讶地说："刘小招，原来你的名字是这个招啊！"

我霍地站了起来，一把抢过身份证塞进包里，冷冷地回应他说："没错，就是这个招，招人嫌弃的招！"

可以想见，我那时的脸色肯定是铁青的，双眼肯定是喷火的，慑于这样的气势，程熙一下子惊呆了，目瞪口呆地对我说："对不起，我不是故意的。"

我不理他，抱着包就冲进了房间，把房门摔得震天响。

过了一阵儿，程熙在门外柔声叫我："小昭，小昭，我说的是波斯明教的那个小昭，不是提手旁的那个招。我泡了方便面，出来一起吃好吗？"

我这个时候其实已经消了气，想想程熙也挺无辜的，无意中充当了我的出气筒。可我实在不好意思再去吃他泡的方便面，只好在床上翻个身，继续装睡。程熙叫了我一阵儿后，见我毫无反应，也就安静了。

睡得正熟时家里来了个电话，一听到妈妈的声音，我的声音就哽咽了，为了不让她听出我在哭，只好骗她说我感冒了。

"感冒了啊，你这孩子，一贯要强，什么都得争个先，一个人在外面也别太好强了，别不拿自己的身体当回事。"妈妈一听说我感冒了，马上开启了唠叨模式。

"上个月我寄回家的钱你收到了吗？"为了不让她絮叨下去，我赶紧打断她。

"收到了，怎么多了一千？"

"我跳槽了，老板给我涨了工资。"这些年来，我已经习惯了对家里报喜不报忧。

"你怎么老跳槽啊，这样不太好吧。"妈妈又担心起来了，"还有啊，你的工资自己留着点花，别都寄回来了。老话说得好，物离乡贵，人离乡贱，我们在家再难，毕竟还是一家人在一起，能够想办法，你一个女孩子孤孤单单在外面，别太委屈自己了，记得吃好一点，也给自己买点好衣服。我跟你说啊，外面的快餐吃多了不好，有空还是自己在家做吧，我今年多做点腊肉香肠，你过年回来了多拿点去，比外面买的东西吃了放心。"

妈妈那句"人离乡贱"实在太戳心了，可不是吗，我这种外地来的女孩子，没有背景，也没有依靠，还不就任由人欺负吗。我鼻子一酸，连忙转移话题："大妹快毕业了，准备找工作了吧？二妹在学校生活费还够吧，不够你再多给她点。弟弟呢？今年有希望考上重点高中吧？"妈妈告诉我一切都好，不用太操心。

这样又聊了一会儿，等电话一挂断，我终于控制不住，用被子蒙住头，呜呜地哭了起来。在异乡打拼就是这样，平常一个人强撑着还好，只有在听到亲人的声音时，才发现自己是多么脆弱，多么孤立无援。

不知哭了多久，墙壁上忽然传来了咚咚咚的敲击声。我知道，这是程熙在和我打招呼，我们睡的床都贴着墙壁，两张床之间仅仅是一墙之隔。果然，敲击声之后，就是他呼唤我的声音："小昭，小昭，你是不是很难过？你愿意说给我听吗？"

我哭着说："呜呜，我想我妈妈。"

程熙说："小昭，你把头上的被子拿开，我才听得见你说什么。"

我把被子拿开，继续大放悲声："呜呜，我想我妈妈，我想回家，我讨厌G市，我讨厌大城市，我讨厌这里所有的人，都是爹生娘养的，凭什么他

把朋友变成男朋友的第一天

们那么对我？"

程熙安慰我："小昭，既然想妈妈，要不请个假回家看她吧。"

我摇了摇头，忽然省悟到他是看不到我摇头的，只好说："不行，我必须留在这里。"

程熙说："小昭，你是不是在公司受了什么委屈？要是干得这么不开心，就换一家吧。"

我沉默了一会儿，回答说："不行，我不能辞职。"

程熙问我："为什么？"

我想了想，决定实话实说："这家公司工资高，我需要钱。程熙，你今天没看错，我的真实名字就是刘小招，提手旁的这个招。你愿意听听刘小招的故事吗？"

程熙似乎低声应了，我自顾自地讲了起来：

"我叫刘小招，出生在湘南的一个小山村，村子有个很美的名字，叫作枫树坳。每年秋天的时候，漫山遍野的枫叶都红透了，衬着蓝蓝的天，格外好看。G市的树叶都是不会变黄也不会变红的，一年四季都绿绿的，到了冬天就绿得蔫蔫的，难看死了。程熙，我真想让你去我们枫树坳看看，秋天去最好了，一到秋天，我们枫树坳就变成了童话里的世界。

"扯得远了，还是继续说我的故事吧。就像你看到的那样，我的名字是小招，爸爸给我取这个名字，是希望我能招来一个弟弟。很抱歉，我让他失望了，妈妈接连又生了两个妹妹，才有了一个弟弟。我真讨厌这个名字啊，一听就是农村来的，土得掉渣，一股子泥腥味。我读大学时看了《倚天屠龙记》，很喜欢里面的小昭，就给自己改了个名字叫小昭，我现在公司名片上印的就是这个昭。身份证上没改过来，那个麻烦，还得花钱。

"由于家里一直没个男孩，村里很多人说我们家是绝户。爸爸因此很不满意，常常喝得醉醺醺的，一喝醉就会打我妈妈。我心疼妈妈，老是护着她,他就连我一起打。不怕你笑话,我读初中的时候,他还把我吊在树上,用皮带抽。

"这也没什么,农村里的小孩,不比你们城里长大的那么金贵,谁没挨过打呢。我小时候皮糙肉厚的,也经得起打。可我爸爸除了酗酒外,还是个赌徒,我们那有句话说十赌九输,他太好赌了,有钱的时候就赌钱,没钱时连家里的粮食都偷出去卖了赌,我们家因此穷得叮当响。

"我从小就存了一个心愿,希望能够从那样的家庭里脱离出来。除了发奋读书之外,我没有其他法子。我不像你那么聪明,我小的时候笨笨的,一年级读了半年连一到一百都没法数清,后来成绩还不错,纯粹是靠苦读。囊萤映雪的故事你听过吧,我小时候也干过这样的事,捉来一袋萤火虫放在蚊帐里,想借那个光来读书。我爸不让我们晚上太晚熄灯,怕费电。可惜那个光太微弱了,根本就看不清。

"尽管我这样努力,考大学时也只考了个二本。你看,人笨就是没办法啊。我爸正好不想让我读书了,太费钱了,就借口我考得不好,让我跟村里人一道出去打工。我妈跪在地上求他,他也不为所动。我知道他是不会改变主意的,于是自己偷偷拿了通知书,一个人去了大学所在的城市。为了挣学费,我在餐馆里端了两个月的盘子。我妈心疼我,给我塞了点钱,那钱我真不忍心花,都是她一个一个做打火机挣来的。你知道吗,在我们那做打火机已经形成产业链了,做一个打火机能挣三分钱。我妈的手指由于长期做打火机,早就严重变形了,一到冬天手上都是口子。

"大学四年,我没有朝家里要一分钱,学费申请的是贫困生助学贷款,生活费就靠自己打工来赚。我什么兼职都做过,发传单啦,做家教啦,做促销啦,我最喜欢的还是在食堂帮工,因为在那做事吃饭不要钱,可以敞开吃。你一定不相信,在这个世界上还有人为吃不饱肚子发愁吧,我那时就是这样的。

把朋友变成男朋友的第一天

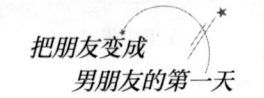

"现在我总算工作了,吃饭不再是个问题,可我还是很穷。每个月的工资,至少要寄一半回家,挣一千二的时候就寄六百,挣五千的时候就寄两千五,剩下的,还得还助学贷款。现在你知道我为什么这么小气了吧,你还叫我小犹太呢。

"你没受过穷,是无法体会穷人家小孩的苦楚的。人穷最可怕的不是吃不饱,不是穿不好,也不是会受苦,而是没有人瞧得起你,没有人把你当回事,你在大多数人的心目中,可能还不如一条狗。我读书的时候,有个老师,因为我在课堂上偷看小说,就讽刺我说,你还有脸看小说呢,你们家的房子,连别人家的厕所都比不上。

"从那以后我就发誓,我长大后一定要挣很多很多钱,多到再也不会被人瞧不起,多到想买什么就买什么。可是程熙,我发现我再怎么努力,也挣不到很多钱,我是不是特别没用?"

我从来不愿意跟别人说我家里的情况,总觉得说起来很丢脸,可在这个夜晚,我却突然毫无保留地说了出来。我以为是人在深夜特别脆弱,后来才发觉,原来那个时候我已经全身心地信赖程熙,我知道不管我说什么,他都不会看轻我。

良久,程熙的声音在墙那边响起:"不是的,小昭,你肯定不是一个没有用的人,你生命力很旺盛的。我第一次看到你,你热得一脑门子的汗,看得出来压力很大,但还是主动跟那个招聘的人说,请再考虑看看,我就知道,你肯定不是池中之物,这个世界上,没有你做不到的事。只是我想不到,你竟然吃过那么多苦。小昭,相信我,会越来越好的,只要你坚持。不要在意那些看低你的人,相信我的判断吧,不要低估自己,你就是一只雏鹰,长满了羽毛就能振翅高飞。而许多人看似成熟,其实只是一只成熟的鸡而已,永远飞不了多高。"

他的夸奖也许言过其实,他的肯定却着实缓解了我当时的惶恐不安。

"还有，"他顿了顿说，"你说我从来没有受过穷，可事实并不是这样的。如果你愿意听，我也想跟你说说我的事。"

这是我头一次听程熙说起他家里的故事，下面来自他的陈述：

"我小时候家境的确还算不错，父母都是公务员。父亲在科技局上班，他是那种特别聪明的人，平常最着迷的就是搞各类发明创造。他发明过不少东西，很多都申请了专利，也拿了不少奖，当地的人都叫他发明狂人。我记得他发明过不用胶片的照相机、防止司机打瞌睡的枕头、太阳能发电机等。

"木牛流马你听说过吧，《三国演义》里诸葛亮发明的那种，书里说木牛流马不喝水、不吃草，不要人工喂养，里面藏有机关，只要拨动机关，它就能自己行走。木牛流马可以装载许多粮食，蜀军有了木牛流马就再也不为运输粮食发愁了。父亲曾经在乡下待过，看到那里的老乡们运输东西全靠肩背手提，就萌生了做一个木牛流马的想法。

"他经历了很多次失败后，还真把木牛流马给复制出来了。虽然是简易版的，我还见过照片呢，大概和一头水牛差不多大，牛角、牛鼻、牛嘴、牛尾、牛蹄一应俱全，可以供一个人骑在上面。听父亲说，使用时只要有一人在前面牵动牛绳，另一人在后面扯动牛尾，木牛就可以往前走。那头木牛，可以负重300公斤左右，给老乡们装运稻谷省去了好多力气。木牛做好后轰动了整个县，四里八乡的人都跑过来参观，父亲也成了远近闻名的能人。可惜那木牛使用得过于频繁，后来就散架了，没有保存下来。

"很多人愿意出钱购买他的专利，可我父亲是一个理想主义者，他的梦想是制造出一台用热能或宇宙能来驱动的永动机，并且投入生产。你听说过永动机吗？简单来说，就是不用消耗油和电的机器，我读大学时才发现，所谓永动机从能量守恒的角度来说几乎是不可能的。

"我父亲当然不这么想，他很早就辞职了，一心想把他的各类发明创造投入生产。一开始的确也取得了成功，特别是那个太阳能发电机，一度还很受人欢迎，我们家的经济状况也从小康跃入了富裕阶层，除了父亲的小公司外，在C城还有了自家的门面和别墅。

"父亲本来就是个爱交朋友的人，自从暴富之后，身边的朋友就更多了，家里每天都有一大桌子人吃饭（听到这里我心想，这点你和你父亲倒是蛮像的）。这里面有些损友，盯上了我家的房产，于是利用父亲一心想制造永动机的情结，设了一个局诱他钻进去。父亲当时因为特别想开个制造永动机的厂子，向其中一个朋友借了笔钱，那个朋友诱使他立了一个字据，说如果到期不还的话，就得用房子来抵债。"

我问程熙："结果呢？"

他回答说："结果那次生意失败了，钱一时还不上，我们家的门面和别墅都抵了债，还是没有还清。"

这是早就预料到的，但我听了还是很替他难过，更让我难过的是，我还让他帮我买了一份保险。那时我还以为他是富二代呢，现在看来早就家道中落了，不然也不会和我同租一套房子。他那么穷，我还占他便宜，真是于心不忍。

我忍不住继续问："那你父亲现在在做什么呢？"

他说："还在做生意，希望能东山再起。"

"你们家成这样了，你恨你父亲吗？"我这样问他，是因为有时我真的挺恨我爸的，若不是他滥赌好酒，我们家也不至于落到这步田地，我也用不着看那么多白眼。

"不，我很尊敬他，这点永远都不会改变。"程熙很坚定地说，"在我很小的时候，我们住在郊区，蚊子特别多，我每晚都被咬得满头大包。父亲见了很心疼，决定要发明一种便携式驱蚊器，好让蚊子不再咬我。为了了解蚊子的习性，他大晚上打着赤膊，一个人钻到树林里，让蚊子活生生地叮咬自己裸露的身体，不遮挡也不拍打。整个夏天天天如此，他身上都是蚊子叮的包，一个包叠着另一个包，旧的还没好，新的又冒了出来，我妈见了都掉眼泪，劝他放弃算了。

"旁人都笑他是个傻子，但就是凭着这种傻气，父亲真的发明出了一个驱蚊器，能够以气味来驱蚊，从此我们兄妹三人再也没被蚊子叮过了。等到夏天来的时候，我可以送你一个。

"我念书那会儿，有同学从上海买回来一辆可以变速的自行车，骑车的时候故意逗我，骑得一会儿快，一会儿慢，我怎么使劲也越不过他。我心里痒痒的，太想也有一辆了。父亲听说后，就根据自行车变速的原理，买回来一些零件，把我那辆老式自行车改装了一番，在原有的中轴轮盘上加装了一个大轮盘和一个小轮盘，后轴再加一个可以调节链子长度的装置，就变成了可以拥有快、中、慢三种速度的变速自行车了，顺风时用慢速，和人飙车时就用快速。我骑着这辆改良版的变速自行车，还真的超过了那个在我面前招摇的同学。

"小昭你说，这么好的爸爸，我怎么可能恨他呢？我知道他所做的事除了为他自己的理想外，也是为了让家里人过得更好，尽管结果暂时不太好，那也没什么，通过我们一家人的努力，总会好起来的。

"小昭你知道吗，我从小到大没有崇拜过哪个明星，父亲就是我的偶像。我非常感谢他，是他赋予了我对人的信任、对生活的热情，还有对理想的执着。我这么说，是不是有点矫情了？"

"不不不。"我一边摇头一边掉眼泪。怎么搞的，我妈素来说我眼窝子深，很难流眼泪，今天居然这么爱哭，我才矫情好不好？

我们都说得累了，一时安静下来，然后就听见咕咕咕的声音。

响声有点大，隔着一堵薄薄的墙程熙都听到了，他问我："什么在响？"

我老老实实地回答："是我的肚子。弱弱地问一句，还有方便面吗？"

"哈哈哈哈，有的是。"程熙的声音中透着压抑不住的笑意。我又羞又

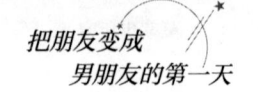

恼，一张脸在黑暗中兀自发烫。

那天晚上的隔墙夜谈最终以促膝共吃方便面结束。程熙这个傻子，一直等着我出去，连泡好的方便面也没吃，这时面都糊掉了，只好倒掉。

我拿了几包面，放在锅中煮，又加了青菜和鸡蛋，出锅时还不忘加一勺老干妈。

程熙说，这是他吃过的最好吃的方便面。"小昭，你怎么可以把方便面煮得这么好吃？"他说着，忽地伸出手来，似乎想摸摸我的头，手伸到半空忽然又停住了，只是说，"小昭，你吃了那么多苦，以后一定会越来越好的。"

他的手停在半空中，始终没有落下来。我躺在床上时还在想，他那个动作，究竟是无意识的，还是情不自禁呢？我摸了摸自己的脸，想想施施那双水汪汪的大眼睛，几乎能肯定是前者了。

也许你读到这里，会以为这次深夜谈心之后，我们的关系会发生质变吧。事实上并没有，我们依然是朋友。当然了解更深之后，成了更好的朋友，仅此而已。

2

日子就这样不咸不淡地继续下去。

我一时的忍耐总算有了回报，小姑娘调走了，我顶了她的那个位置，薪水也上涨了不少。就在这年年底，我总算还清了助学贷款。大妹妹也快大学毕业了，二妹和小弟弟成绩都还不错，听说爸爸酒也喝得少些了，唯一的烦恼是妈妈身体不太好，打电话老跟我抱怨说胸口痛，我让她去检查她又不肯去，怕浪费钱。

程熙还是老样子，干什么工作都提不起劲来，新换了一家家具公司，专营红木家具的，他在公司做老总的助理，有时也兼翻译，做得还算顺手。他还是那么爱说爱笑的，就是不说话的时候，看着有些忧郁。有次我晚上起来上洗手间，撞见他在抽烟，黑暗中也不点灯，红红的烟头一明一灭的，映着他的脸，那么憔悴。

他以前从不抽烟的，估计是他父亲的生意并没有起色。

看见我出来了，他忙摁灭了烟，朝我露出一个抱歉的笑容。我说过我不爱闻烟味的，他是怕呛着我吧。

我忽然有些不忍，侧身从他身边走过，没说别的，只让他早点休息。

施施在静远一家银行上班，坐大巴车一个多小时就能到G市。程熙一有空就去静远看她，她偶尔也过来，但不多，可能是这边住宿不太方便。你可以想象，让一对情侣老是隔墙而睡，那真叫咫尺天涯，换谁都不太好受。

我也蛮自觉的，每逢施施过来时，都会找个理由在外面逗留到很晚才回去，以便给他们留下充足的相处时间。程熙私底下跟我说不必如此，他总觉得一个女孩子太晚待在外面不安全。其实不至于，G市的治安还是不错的。不过听他这么说，我心里还是暖暖的。

施施渐渐和我混得熟了，还有宋倩儿，我们三个女孩子偶尔会撇开男人们，相约去做些女孩子才爱做的事，比如逛逛街啊，弄个头发啊，做做脸美美甲什么的。G市可以说是购物者的天堂了，"全国服装看G市"的口号可不仅是喊喊而已，这里光是服装城就有十几个吧。

我们三个人的消费风格完全不一样，我喜欢逛物美价廉的地方，而且我是砍价小能手，砍起价来毫不手软，开价一百的能砍到三十。施施最爱逛的是外贸小店，G市有好几处外贸一条街，她眼光独到，总能淘到一些用来出口的外贸原单尾货，质地精良，而且也不贵。宋倩儿呢，爱逛品牌店，曾经豪掷三个月的薪水买了个名牌包包。说实话她去买单时我一看包包上的标价脚都软了，我实在理解不了，一个月入几千的小白领，怎么舍得买超过一万块的包呢？对此宋倩儿的回应是："姐买的不是包，而是对美好生活的追求。"好吧，我承认我们对美好生活的理解不太一样，一万多，对于宋倩儿来说只

把朋友变成男朋友的第一天

是一个包包而已，对于我来说，却是我弟弟妹妹差不多一年的学费了。

当然这种名牌包包也不是宋倩儿常常消费得起的，既想买名牌，又没什么钱，那怎么办呢？她的解决方法很简单，那就买A货呗。也是托宋倩儿的福，我才知道原来A货居然有这么大的市场，居然有那么多人，明知道是仿版，却还是愿意花钱去购买。G市三元里那里有著名的A货一条街，我和施施有时会陪宋倩儿去那扫货。

我们仨简直是黄金搭档，宋倩儿对各种品牌特别熟，施施审美好品位佳，能在各种仿版中挑出最没有山寨气息的那款，而我呢，就得发挥砍价小能手的特长，在老板漫天要价时坐地还价。当然，我只是替她们还价，我内心深处对A货还是有些抵制的，什么奢侈品牌，说上天不就是一个包包吗，能当饭吃还是当柴烧呢，既然买不起真的，又何必打肿脸充胖子呢？是的，我就是这么务实，用宋倩儿的话说就是"老实得过头了"。

"一个女孩子完全没有一点虚荣心的话，和咸鱼有什么区别？"妈妈从小就教我女孩子不能太虚荣，可在宋倩儿看来，"虚荣心"并不是个贬义词，相反，它是人类进步的阶梯，"要是没有我们女人的虚荣心，这些店都要倒闭了，你想想，那会对经济有多大的杀伤力。"

"那男人呢，就没有一点虚荣心吗？"我好奇地问。

"你可拉倒吧，男人虚荣起来比女人还要命。不然的话，那么多奔驰宝马玛莎拉蒂，卖给谁去？"面对我的勤学好问，宋倩儿也乐得诲人不倦。

这些都离我的生活太遥远了，我乖乖闭上嘴，心想还是继续老老实实地当我的咸鱼吧。

要说我这个人身上还有什么优点的话，那大概就是喜欢学习、从善如流了。我并不抗拒和比我漂亮、比我优秀的女孩子做朋友，宋倩儿就说过我从不嫉妒，其实哪里是没有嫉妒心，只不过是我起点太低，比我出色的人太多了，我嫉妒得过来吗？还不如收起我脆弱的自尊心，开开心心地做绿叶呢。

根据我有限的人生经验，就算是做绿叶，最好也是做红花旁的那片绿叶，久而久之，也会变得光彩夺目些。

跟美女们做朋友当然是有好处的，因为美女不单单是长得美，往往还仪态好、品位高、会打扮，这些都是耳濡目染可以学习的。在她们的影响下，我学会了如何穿着高跟鞋也能走路带风，如何将衣柜里有限的几件衣服搭配得令人耳目一新，甚至学会了化妆。以前我对化妆的全部理解就是每天清水洗面之后，在嘴上抹点口红，认识宋倩儿之后我才知道化妆的技术含量原来如此之高，腮红怎么抹、眼线怎么描都是有讲究的，作为一个手残党，我只能勉强给自己化个六十分的淡妆而已，尽管如此，还是让本人的颜值提升了不止一个 level（水平）。

我之前一直留着短发，觉得这样干净利落便于打理。宋倩儿却说，我的气质本身就已经很飒爽了，换句话说是偏中性了一些，所以最好是把头发留长一点，这样可以中和一下，显得没那么硬朗。我决定接纳她的建议。至于穿衣打扮方面，我其实挺欣赏施施那种淑女风格的，可她们一致认为什么小碎花啊蕾丝啊一律不适合我，我就应该穿得清新简洁点，也就是说，穿基本款总是不会出错的。

人生中第一次做美甲，是跟施施一起去的，她选了粉红色，我选了冰蓝色。"这个颜色蛮特别的，挺适合你。"施施夸奖我品位不错。"那是，人长得不够好看，就只有靠特别取胜了。"我毫不谦虚地收下了她的赞美。

做的过程中美甲师一个劲地夸她的手长得好看，还怂恿她去做手模。我在旁边偷偷看了看，只见她那双手确实好看，十根手指嫩如葱管、柔若无骨，手背上还有十个浅浅的小肉窝，所谓柔荑，形容的就是这样一双手吧。再看我的手，瘦得皮包骨头不说，虎口处还有一层薄薄的茧，仔细看手指头上还有一些伤疤，那是切菜时不小心划伤的。对比起来，我不禁自惭形秽。

给我做美甲的美甲师是个八面玲珑的小姑娘，见了我的神色忙宽慰我说:"这位小靓女的手也长得挺好的,手指有力,掌纹清晰,用手相上的说法,一看就能掌控自己的命运。"

"你还会看手相啊,那你帮我看看什么时候能发财呗。"我逗她。

"哎呀,这个得好好看看。"美甲师还真会演,果真捧着我的手装模作样地看了起来。

"怎么样?很快就会发财了吧?"

"这个靓女你大可放心,你是福寿双全的命,你的事业线和生命线都挺清晰的,早年可能会有一些坎坷,过了二十五岁基本就苦尽甘来了。"她握着我的手仔细端详着,"就是你这个感情线,有些看不太清啊!"

"怎么说?"虽然并不怎么信这套,我听说后也坐直了身体,想听听她怎么说。

"就是不太清晰啊,挺模糊的,还有一些开叉。"她说,"等等,你这里好像有条断掌纹啊。"

我并不懂手相,但断掌的说法也是听过的,低头一看,似乎掌心确实有一条掌纹横切过手掌,不禁笑着问:"断掌?不会命里克夫吧?"

"没那么严重啦,不过是感情上稍微有些波折而已。"美甲师本来就是拿这个开玩笑的,当然不愿意我为此担心。

施施在一旁也凑趣说:"小昭,这个好办,要是你不放心的话,到外面找个摆摊算命的,保准他能帮你化解。"

"哈哈,用一百块就能化解吗?"

"呵呵,是的,你可以砍到五十块嘛。"

我是个心大的人,说说笑笑就释怀了。什么断掌,这种封建迷信,就当个笑话听听得了,才不会花五十块去找人破解呢,留着钱吃顿麦当劳多好。

年轻的朋友在一起,仿佛总有无穷的精力需要宣泄。有谁还记得2006年的世界杯吗?那一年的世界杯的一场1/4决赛,德国对阵阿根廷,我们是在一家破旧的电影院看的。票价是五块还是十块？原谅我已经记不清了。

我只记得程熙和张正穿着阿根廷的球衣，人生有时就是这么巧合，他们都是阿根廷的粉丝，施施、宋倩儿还有我穿着最漂亮的裙子，一人拎一瓶啤酒，手牵着手去看世界杯。可以容纳数百人的电影院里座无虚席，空气中满是青春的热血气息。

我们为每一次进球呐喊，又为每一次失误尖叫，我们的呐喊尖叫融入了数百人的呐喊尖叫中，整个电影院，不，整座 G 市都能听见我们的声音。

我根本不懂足球，相信施施和宋倩儿也顶多是略懂而已。但我们还是自称阿根廷的粉丝，其实，她们只不过是她们男朋友的粉丝而已，而我，纯属为朋友摇旗呐喊。

可是阿根廷还是输给了德国。谁能告诉我，最后那个点球为什么就没踢进呢？

"唉，就差一点点！差一点点就赢了！"我们走出了电影院。程熙和张正垂头丧气地走在前面，我们三个女孩子垂头丧气地跟在后面，即使再喜欢阿根廷，我们也不得不承认，这次就是输了。

后来我才知道，人生其实就是一个不断认输的过程。每次你都想赢，可每次你都会差那么一点点，该死的一点点。

可那时我们还年轻，还不服输，于是，没沮丧多久，我们几个人就手拉着手，斗志昂扬地去唱 KTV。那时候真是穷啊，为了能够便宜点，我们特意等过了十二点才走进 KTV，可我们掏出身上所有的现金，也只凑齐了一百块。幸好当年物价真便宜啊，这一百块除了可以唱个通宵外，还可以买一堆啤酒。

除了施施外，我们几个都是麦霸。美女总要有点缺憾嘛，作为一个几乎无可挑剔的美女，施施的缺憾就是不会唱歌。而且美女的脸皮总是特别薄，她当然不愿意在我们面前暴露自己不那么完美的一面。于是她就只有坐在一角,听我们鬼哭狼号。

程熙第一首歌,唱的就是五月天的《温柔》,他虽然没有申明,这首歌是献给施施的,但他唱的过程中,一直含情脉脉地望着她,我们其他人,仿佛在那几分钟里都成了背景或者空气,只剩下他和她在深情对视。

那一刻我忽然觉得有些感动,这样美好的爱情,别说拥有了,光是看看就给人一种站在风中,今天阳光突然好温柔的感觉。

我喜欢唱粤语歌,当我连唱了几首最爱的陈慧娴后,张正忍不住走过来,点了一首罗文和甄妮合唱的《世间始终你好》,说要和我合唱。结果唱了半首我才发现,这厮作为一个北方人,原来完全不懂粤语的,我唱的是粤语,他唱的却是普通话,画风实在太诡异了。

"切了吧切了吧,受不了啦。"宋倩儿忍不住要切歌。

"别切,这歌我会啊。"程熙走上来,抢过了张正手里的话筒。没想到,他粤语歌唱得还不错,这歌是八三版《射雕英雄传》第三部的主题曲,同样是武侠迷,他估计也是小时候听熟了的,所以发音吐字还挺准的。我们把这首对唱的歌剩余的部分唱完了,配合得还算默契,当我们唱道:

"论武功,俗世中不知边个高。或者,绝招同途异路。

但我知,论爱心找不到更好,待我心,间始终你好!"

张正和宋倩儿就故意在一边做呕吐状。

宋倩儿最拿手的是王菲的歌,我特意给她点了一首《催眠》:

"第一口蛋糕的滋味,

第一件玩具带来的安慰,

太阳下山,太阳下山,冰激凌流泪;

第二口蛋糕的滋味,

第二件玩具带来的安慰,

大风吹,大风吹,爆米花好美。"

唱到这句时，程熙突然凑到话筒旁，一边对着张正做鬼脸一边大声唱："大风吹，大风吹，爆米花好美！"我就在旁边负责挤眉弄眼。

顶着一头"爆米花"的张正终于忍不住站起来，拿爆米花来扔我们。

淑女如施施，也不禁被我们逗得笑弯了腰。

张正虽然天生五音不全，一开口就跑调，可唱起来还算是深情款款的。

他最爱唱的是《信仰》，唱的时候双眉紧皱，表情很沉重：

"如果当时吻你，当时抱你，也许结局难讲……

我爱你，是忠于自己忠于爱情的信仰；

我爱你，是来自灵魂来自生命的力量……"

每当这个时候，我们其他人都会从打闹中停下来，静静听他把歌唱完。最后的那几段，变成了大合唱，连施施也加入其中，我们五个人，一起气冲霄汉地吼道："我爱你，是忠于自己忠于爱情的信仰；我爱你，是来自灵魂来自生命的力量。我不管心多伤，不管爱多慌，不管别人怎么想，爱是一种信仰，把你带回我的身旁！"

那时候我们太年轻，只有在那个年龄，才会一厢情愿地认为，爱是一种信仰，可以穿越时间、空间直至永恒。

女孩子之间有时也会聊些很私密的话题。有次施施当着程熙的面问我："小昭，你这么好的年纪，怎么不谈个恋爱啊？恋爱真是一件很好的事，让人感觉特别美好。"说到这里，她看向程熙，水汪汪的眼睛里满是情意。

程熙看她一眼，又看我一眼，点头说："是挺好的。"

我自嘲说："长得不好看，没人追啊。"

施施忙说："小昭，你过分谦虚了，你好看的，而且是那种很特别的好看。"边说边用手肘推了推程熙，"你说是不是？"

程熙当然附和说："是的，特别是笑起来还挺好看的。"

不过是一句无心的话，我却差点当了真。

施施又说:"小昭,我看很多人追你嘛,上次还有个男孩子给你送花呢,那么大的一捧玫瑰,程熙都没给我买过呢。"说着她嘟起了嘴,粉红色菱形的小嘴,那么可爱地嘟着,真是我见犹怜,何况程熙。

我笑了笑说:"我喜欢百合,不喜欢玫瑰。"

施施问我:"小昭,你是不是要求太高了啊?"

我连连摇头:"不不不,要求一点都不高。"

施施又问:"你说说看,到底想找个什么样的啊?"

我正想回答,看到一旁程熙看向我的眼神,话到嘴边又换了一句,我说:"没别的,我只想嫁个有钱人。"

不知道是不是我的错觉,我发现程熙眼里的光一下就变得暗淡了。我心情很复杂,有点难受,但更多的是如释重负。不是吗,这就是我的真心话,我才不要嫁一个穷光蛋,两个人守在一起,将贫贱的日子过到头,有多少少女,在还没有领略玫瑰色的爱情之前,就先见识到了什么叫作贫贱夫妻百事哀。在我们这个年纪,选择爱人,其实就是选择一种生活的可能性。就像施施说的,我并不是没有追求者,可那都是些和我一样赤贫的人,我才不要因为他们拒绝未来生活的多种可能性。

"小昭,你有点矛盾哎,其实我知道你一点都不虚荣的。"施施好像并不相信我的答案,问我,"不是说有情饮水饱吗?"

我大笑着告诉她:"那是你和熙哥哥。"

施施总算没有继续追问了,我真怕她再问下去,我说出口的答案会变得不一样。

据我的观察,程熙在施施面前表现得还是一如既往,永远那么开朗乐观,永远那么体贴入微,没见他表露过一丝颓废,也没见他展现过一点消沉。私下我曾问过他,有没有和施施说过他家里的事。

他摇头说没有。

我替他着急："为什么不说说呢？"

他解释说："我不想让她担心。爱一个人，就应该给她最好的呵护，而不是让她跟着你担惊受怕。"

见我脸色有点僵，他问我："你怎么啦？"

我淡淡地说："我以为，爱一个人，就是跟他分享一切，不管是快乐甜蜜，还是痛苦忧愁。也许，她希望能跟你分担。"

"不，她承受不了的。那些痛苦忧愁，太沉重了，只怕会压垮她，我一个人承受就好。"程熙肯定地说。

我还想劝他，但看施施每次来都笑靥如花的样子，也不忍心提起了。他只想让她快乐，我又何必多事？

施施也有她的心事，并不是一味地快乐。她不喜欢程熙老是换工作，曾让我劝劝他。我跟她说，别着急，他只是暂时还没有找到自己的方向。此外，她很想让程熙去静远工作，毕竟她的工作相当于铁饭碗，很难调动，要想两个人在一起长相厮守，只能让程熙过去。她哪里知道程熙的苦衷，静远固然能够找到工作，待遇铁定是不如 G 市的，而他这时正急需用钱。

有次她过来时深夜失眠，提议给程熙发信息叫他起床聊天，我摆摆手说用不着发信息，将手握成拳头，在墙壁上咚咚咚敲了三下。

果然，那边很快传来程熙的声音："你们还没睡吗？"

施施看我一眼，神色有点怪异，半晌才回答说："程熙，我睡不着，我们来聊天好不好？"

程熙当然说好。

那晚我们天南地北地聊了很多事，大多我都记不清了。只隐约记得，我们各自描述心目中的理想生活，施施说她向往的生活就是和自己喜欢的人生活在一起，生两个孩子，养一条狗，每天早上牵着手去上班，晚上躺在院子里数星星。

把朋友变成男朋友的第一天

我说我的理想就是挣够了一辈子都花不完的钱，然后找个小岛，最好是在热带，整天躺在椰子树下晒太阳，混吃等死，了此一生。

轮到程熙，他说他目前的理想就是中五百万就好了。

施施笑着批评他太俗气，我心里隐隐作痛，心想如果你能知道他真实的情况，就不会这样子笑他了。

不知是谁提议，我们还说了各自心目中最动人的三个字情话。

施施说，世界上最动人的情话不是我爱你，而是在一起。

程熙想了想，说他认为最动人的情话是"有我在"。然后他问我："小昭，你呢？"

我反问："你们还记得在《喜剧之王》里面，尹天仇对柳飘飘说了句什么话吗？"

施施和程熙齐声说："难道是'我养你'？"

我说："是的，这是我听过的最动人的情话，好希望有一天能有个人对我这么说，那我就不用这么拼命工作了。"

我以为他们会笑我，可是他们都没有。

这次深夜真心话后不久，程熙就去了静远，可能施施对于"在一起"的执念终于打动了他。

他走的时候我还在公司上班，并没有特意请假回去送他。当天一切如常，他给我打告别电话时我还很平静，下了班也很平静地去菜市场买了菜，回到家很平静地做了饭。

饭做好了，我张口就喊："程熙，过来端菜，今天做了你最爱吃的剁椒蒸鱼！"

没有人飞奔过来，没有期待中的灿烂笑容，我端着碟子一个人站在厨房里，这才惊觉到，程熙真的已经搬走了，不可能再来帮我端菜，也不可能再来接我下班，更不可能半夜叫我起来吃泡面。想到这里，我竟有点心酸。

晚上躺在床上,迷迷糊糊的,仿佛听见墙壁咚咚咚地响了三声,我张嘴就喊:"程熙,别闹!"

墙壁那边并没有再传来熟悉的朗朗笑声。我用被子蒙着头,好久才沉沉睡去。

第四章

不打扰是我的温柔

1

程熙去了静远之后,我们就联系得很少了。毕竟,大家都忙,忙着上班,忙着挣钱,没有外力的联结,很难腾出心力来联系朋友。

我还是老样子,工作兢兢业业,薪水又涨了一次,职位暂时没有变化。自他搬走以后,不知为何,我好像凭空多出了很多时间。宋倩儿总说我生活太过平淡,年纪轻轻的,活得跟个老年人似的。想想也是,这些年来,我先是一心扑在学习上,毕业后又一心扑在工作上,二十多岁的人了,连个恋爱也没谈过。

"生命是用来享受的。"这是宋倩儿的人生哲学。她是个社交达人、活跃分子,那时还是QQ群的年代,光看一个人的QQ群,就能判断出他基本的生活状态。我曾经观摩过宋倩儿的QQ群,只见其中有登山群、打球群、吃饭群、做蛋糕群、血拼群、美妆群、旅游群,总之你能想象到的娱乐方式,似乎都有。在外企员工的职业之外,她还有着多重身份,替补篮球运动员、业余登山爱好者、K歌之王、烘焙小能手、铁杆驴友、美妆达人、血拼发烧友……于是她有吃不完的饭局、看不完的美景、做不完的运动,另加吃不完的蛋糕……

我没她那么旺盛的精力，可也偶尔试图从繁忙的工作中抽身，投身于火热的生活中去。二十三岁那年，我给自己列了一个清单，上面标注着三十岁前想要完成的十件疯狂的小事：

一、跳一次伞；

二、独自去一个遥远的国度旅行；

三、学一门小众语言；

四、跑完一次马拉松；

五、在深海潜一次水；

六、去阿拉斯加看极光；

……

挺稀松平常的，是吧？但这已经是一个循规蹈矩了很多年的女孩子能够想象到的疯狂的极致。最后一条，我想了想，郑重地写下：十、允许自己谈一次不计结果的恋爱。

我这人勉强算是个行动派，列下这个清单不久，就独自去了一趟日本。之所以选择日本，是因为那时正好去日本的机票打三折。你瞧，我就这么点出息，说是再不疯狂就老了，可疯起来首先想到的还是哪里省钱去哪里。

在京都正好遇上樱花季，我从来没有见过像日本人那么爱樱花的，他们平常看上去冷静克制，可一到樱花盛开的时候，就都跟疯了似的，上班的也不好好上班了，上学的也不好好上学了，老的少的，男的女的，都跑去看樱花。很多人干脆就随便拿张床垫子，晚上睡在樱花树下，有的人手里还拿着瓶清酒，一边饮酒一边赏花。不怪他们，只怪樱花盛开起来实在太美了，漫山遍野都开满了樱花，赏樱胜地羊蹄山变成了一片花海。樱花一开，整个京都就成了唐时的长安，更有唐代古都的气韵了。樱花虽然绚烂，却只有短短几天的花期，日本人把这叫作"一期一会"，意思是这一刻错过就不会再有。

把朋友变成男朋友的第一天

我也被这种举国皆狂的气氛裹挟了,那两天哪都不想去,就提着瓶清酒在花下饮酒。花间一壶酒,即使是独酌无相亲,那又有什么关系?

那天我正在樱花树下喝得半醉,皎洁的月光下,重重叠叠的樱花被照得半透明,恍若梦境。一阵风吹来,点点花瓣从薄粉色的霞雾中飘落,如同从天而降的雪花,这就是传说中的"樱吹雪"了吧。

我醉醺醺地站了起来,拎着酒瓶,站在这飘落的花瓣雨之中,花瓣落在我的肩上、手上、半长的头发上。如此良辰美景,我忽然想起了一个人,这一刻,不知道他在做什么,他甚至来不及看到我头发长了的样子。

眼前这骤然飘落的樱花,多么像爱情啊!那种可望而不可即的爱情,你甚至连伸手触碰它也不敢,因为生怕一伸手,它就会在枝头凋零。

一联想到这里,我不禁有些黯然神伤,又举起酒瓶,猛喝了一口。这时有光闪过,我迅速转过头去,发现有人举起相机在偷拍我。朦胧月光下看不清偷拍者的长相,只隐约看得出一个轮廓,也是个东亚人吧。

我是那种很注重个人隐私的人,要是在国内,我可能就怒了,会跑过去直接要他把底片交出来,但在这遥远的他乡,没有一个人认识我,我蓦地放松下来。樱花这么美,樱花树下的我一定也不赖,拍就拍吧,有什么大不了的。我只愤怒了几秒钟,就迅速释然了,还举起酒瓶,向着那偷拍我的人,远远地做了个干杯的动作。闪光灯又一次亮起,那人也是有意思,赶紧又拍了一张,他是想开摄影展吗?以我为主角的那种。

樱花谢了后,我也打道回府了,走前临时起意,又买了瓶清酒,想着带回去和朋友们一起尝尝,到底比国内的要地道些。谁知到了成田机场,安检测出了行李里有酒,我这才想起,原来酒是不能带上飞机的。

我行李简单,懒得再去托运,但这酒怎么办呢,倒掉也太可惜了,那么好喝。鬼使神差地,我拿起那瓶酒,打开瓶盖,拎起酒瓶就直接往嘴里倒。负责安检的女士在一旁看得目瞪口呆,估计从来没见过这种场面。

如果我稍微眼观六路一点，就会发现周围群众都在好奇地围观我，就像在大街上围观一个疯子。可那时我根本顾不上，只一心想着快点把瓶里的酒喝完，这个特别贵，可不能浪费了。至于疯不疯的，反正又没人认识我，管那么多干吗？

凭着一股豪兴，我真的将那瓶酒一饮而尽，喝完后还晃晃酒瓶，确定一滴不剩之后，才将酒瓶扔进旁边的垃圾桶。

负责安检的女士像看怪物一样看着我，足足花了二十分钟给我做安检。可能她觉得，能干出这种事的人，是个潜在的危险分子，直到确定我是个良民后，才放我通行。

我上了飞机后，把行李箱一放好，就瘫坐在了椅子上。刚刚酒喝得太急了，尽管清酒度数低，但一下子灌了一瓶下去，也难免有些昏昏沉沉。我头有些疼，又忍不住打起了酒嗝，贪杯真是误事啊！

"喂，你还好吧？"忽然间肩膀被人拍了一下，我扭过头去，只见后面坐着个男人，正饶有兴致地盯着我看。

"呃。"我咽下去一个酒嗝，本来以为在这里谁都不认识我，可以肆无忌惮一次，可突然身边坐了个说普通话的同胞，让我瞬间回到了现实世界，我戒备地看他一眼，肩膀往后缩了缩，反问他，"你想干吗？"

"我没想干吗啊，别这么紧张嘛。"那人即使坐着，也比我高大半个头，他居高临下地看着我，脸上的表情好奇得近乎天真，一双眼睛亮得出奇，"你刚刚拿起酒瓶来一饮而尽的样子，可一点都不紧张。"

原来被他看到了，我脸上一红，有种糗大了的感觉。为了掩饰，我不客气地瞪了他一眼。

他倒不以为忤，继续和我尬聊："你刚喝酒的时候我就想，还好你来的是日本，不是俄罗斯。"

"俄罗斯怎么了？"

"这要是俄罗斯的话,你喝的就不是清酒,而是伏特加了,那你怎么办,还是这样全部喝完吗?"他看着我,笑得有点坏,好像很期待看到我一口气喝完一瓶伏特加的样子。他当我是傻子吗,伏特加啊,全世界著名的烈酒,一瓶全部喝完,然后就醉死在莫斯科机场吗?

这人怎么净想着别人倒霉呢?真是看热闹不嫌事大,我再次狠狠瞪了他一眼,怼他说:"你管得着吗?"然后就掉过头不理他了。

我正眯缝着眼差点睡着,手臂上又被人捅了一下,还是这个不知道看人脸色的男人,看不出我讨厌他得很,还特意凑近我耳边对我说:"其实我见过你。"

"在哪里?"我这才打量了一下他,如果不昧着良心的话,我得承认他长得不讨人嫌,眼睛大,鼻子高,嘴巴棱角分明,就是皮肤稍微黑点。但是我敢发誓,之前绝对没有见过他。

"在京都啊,樱花树下,你当时也在喝酒,一脸生无可恋的样子。你是不是失恋了啊?怎么在哪都喝酒?"论嘴欠的程度,这人和以毒舌自诩的张正可以说是不相上下了,只是张正贵在有自知之明,这人却得罪了别人还不自知。

他这么一说,我打了个冷战,酒彻底醒了,心里想的是:莫不是遇到了个变态吧,以跟踪和偷窥为乐。想到这里,我将手伸到他面前,冷冷地问:"你是不是就是偷拍我的那个人?底片呢?快点拿出来给我!"

他一惊之下,往后一缩,然后立即说:"没拍到。"

我怒极反笑,想起以前看《射雕英雄传》时,铁木真追杀哲别,问小郭靖看到了哲别没有,结果郭靖这个小傻子愣愣地回答:"我不说。"没想到世上居然还有和郭靖一样傻的人,这不是欲盖弥彰吗?

"我管你拍没拍到呢,反正底片给我!"我怒了。

见我真的生气了,那人倒也没太过分,磨磨蹭蹭地在随身带的包里掏出了一张照片。见他还在犹豫,我一把就抢了过来。

果然照片上是我,我站在樱花树下,提着个酒瓶,花瓣落了满身,那颓废的表情,瞬间令我想起了王家卫电影《东邪西毒》中那个欧阳锋的大嫂来,总是一脸呆滞地坐在窗边。他刚刚怎么形容我来着,生无可恋?这四个字还真传神,奇怪的是,我居然还挺喜欢这张照片的,阳光积极了这么多年,第一次有人拍下了我颓唐的一面。

"我抓拍得挺好吧,正好拍到了你生无可恋那一瞬间。"他又开始了。

"闭嘴吧你!这张照片我收走了。"我本来想把这张照片给撕了,见了之后居然舍不得撕,而是塞进了包里。

"这可不行,懂不懂版权啊你,摄影师可是我啊。"

"我没告你侵权就算好了。"我想起来了,现在的相机都不需要底片了,为了防止他泄露隐私,我特意警告了他,"我可告诉你,这事就到此为止,要是日后在网上看到这张照片的话,当心……"说到这,我说不下去了,实在是缺少威胁人的经验。

"当心什么?当心你咬我吗?"他笑得一脸狡黠。

"总之你给我记住了!"我色厉内荏地低吼了一句,然后就戴上眼罩,开启装睡模式。有过和张正打交道的经验,我知道对付嘴欠的人最好的办法就是不理他,你越是理他,他就越是来劲。

飞机很快起飞了,这一天天气很好,晴空万里,连轻微的颠簸都没有,我酒劲上涌,很快就真的睡着了。四个半小时的航程,我几乎全程睡了过去,连空姐分发食物和饮料的时候都一直睡着。直到听见广播里说飞机就要降落了,我才从梦中惊醒。醒来后发现,我的头正搁在某人的肩膀上,我赶紧坐直了身体。

"你刚做梦了吧?"他问我。

"我说梦话了?"

把朋友变成男朋友的第一天

"那倒没有,只是口水把我衬衣全打湿了。"他指了指自己的肩膀,那里还真有一小块湿湿的痕迹。

我又羞又恼,发誓再也不搭理此人,所以等飞机一落地,我连句再见也没有和他说,就拖着行李箱急急走了。

"喂喂,留个联系方式吧。"他居然追了上来,"你好歹把我这件衬衣拿去干洗吧,一万多一件呢。"

这什么人哪,欺负我不懂牌子吗?就他身上那件破衬衣,值一万多块?再说穿一万多一件衬衣的人,会跟我一样挤经济舱吗?

我坚决不理他,拖着箱子就往前走。

后面传来他的声音:"喂喂,好歹交换一下名字吧,我叫邱志,你呢?"

我突然有了恶作剧的想法,回过头去冲他粲然一笑,说:"那你可听清楚了,我姓倪,单名一个玛字,玛丽的玛。"

"倪,玛,倪玛,你名字好怪。"他还在那琢磨呢,我已经匆匆地走出了机场大厅,后面传来他气急败坏的声音,"我说你怎么骂人呢!"这反射弧,和长颈鹿差不多了,居然还有胆毒舌。

那张照片,我倒是很喜欢,后来还拿来当了一阵人人网的头像。

2

我从日本回来后不久,就得知了一个不大好的消息:杨坂村要拆迁了。房东姚姨来告诉我这个消息时,已经是一脸天上就要掉馅饼的幸福表情。

"靓女啊,真是不好意思啊,你一个女仔(女孩子),搬来搬去也不方便,我本来也不想麻烦你的。"租房这两年,我和姚姨打交道不多,可深知她是个好人,每次过年还特意过来给我们派红包,不说别的,搬家的话,只怕再难找到这么好的房东了。

"没事的,还要恭喜你呢。"我虽然这么说,心里也有点犯愁。房子倒是并不难找，可在这里住习惯了，什么都方便，一时还真有点舍不得。

宋倩儿倒觉得旧的不去新的不来，很快就告诉我她在外面找好了房子，要搬过去了。张正这阵行踪飘忽不定，好像已经很久没出现了。

"那恭喜你们乔迁啊。"我突然想起，刚搬到这里时，程熙说要庆祝乔迁之喜，我还笑他呢，不知不觉，又到了"乔迁"的日子。但是这次是一个人搬家，真没什么可喜的了。

"他？还在做他的画家梦吧，这会儿估计在深圳大芬油画村漂着吧，我是一个人搬。"宋倩儿要搬去的地方叫魅力新城，整个G市最有名的CBD，和杨坂村对比起来完全是天上人间，当然房租也不菲，一间小公寓，租金就得两三千。

"小昭，要不你跟我一起搬过去吧，你不还单身吗，我跟你说，住在豪宅区，认识有钱人的概率都要大得多。"宋倩儿怂恿我。

"房租太贵了。"我说。

还有个理由我没好意思说出口，对于这个又破又旧的城中村，我还真有种眷恋之情，尽管知道迟早要搬，却总想能在这里多住一阵。

宋倩儿说搬就搬，既然要搬去那么高大上的地方，这里的很多东西自然都撇下不要了，她的那一堆A货包包，都不由分说送给了我，也不管我有没有背的机会。走的那天，她就拎两只箱子，也不需要我送她，楼下有辆车在等她，是辆很炫目的红色跑车。这并不奇怪，宋倩儿这么漂亮的姑娘，从来都不缺少裙下之臣。可贵的是，她尽管热爱物质，却更看重感情，只可惜张正太不靠谱，和很多奋斗期的男人一样，他把自己的理想和未来看得太重要了，让一个女孩子无限期地陪着他一起等待渺茫的未来，这样的结局还真不好说。

很快就传来消息，杨坂村是真的要拆了，我住在这里的日子也开始进入倒计时。租房子再次变得迫在眉睫，下班后，我又和当年一样，跟着中介

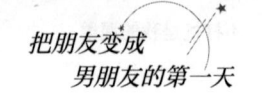

到处去看房子。我没想到，短短两三年，房子的租金居然涨了这么多，贵就不说了，还很难找到合意的房子。不是地段太偏，就是房型不好，或者是采光、通风有问题，也可能是我这几年眼光和要求都水涨船高了，不像以前，只要有片瓦遮头就行了。我去宋倩儿住的高档公寓做过客，她住二十八楼，可以俯瞰江景，那样的景致，确实是对得起房租的。我羡慕之余，也动过心思，可还是没下定决心。

恰好那阵我工作也特别忙，公司新开发了一个楼盘。这个新楼盘叫翠微新城，主打的是"花园小区"的概念，这在当年还是个新兴的词语。在此之前，很多楼盘主推的卖点都是地段、房型，对小区环境并不太在意，可我们公司率先提出了要让人们住在小区里就能感受花园一般的环境。

这可不是件简单的事，得花血本买下大块的地，然后在建楼的同时将小区建设得像公园一般。我们公司走的路线是在较为偏僻的市郊买下一块地，由公司来兴建学校、会所、商场，甚至酒店、医院，相当于在荒无人烟的郊区凭空建起一座新城，这种模式在当时是相当超前的。当时我们公司在市郊买下了一块逾万亩的地，不过用了短短两三年时间，就打造出了包括学校、康体中心、商业广场、交通中心等在内的大型社区。

房子建好了，可要卖出去却还是有诸多问题。买房子嘛，大家都图一个方便，如果只是想环境好，住在老家乡下就得了，干吗要到大城市来打拼？公司的高层都很焦虑，一天到晚召集我们开会，新楼盘还没开盘，我们销售还没什么事，于是也常被叫去和营销部的同事一起想营销策略。

一次头脑风暴时，负责这个项目的徐总让我们讨论现在这个楼盘最大的问题在哪里。我上周正好去过一次新楼盘，便回答说："目前最大的问题是交通不便吧。"

"说说看。"徐总是理科出身，什么都讲究数据，"交通不便"四个笼统的字根本打发不了他。

我站了起来，向与会人员鞠了个躬，开始侃侃而谈："我上周特意去过一次翠微新城，那里没有直达的地铁和公交，我先是坐地铁，然后再坐公交，接着又转了一趟公交。大家猜我一共用了多少时间？两小时，整整两小时，包括等车的时间。也就是说，如果住在那的话，每天都要花费四小时在通勤上，等于每天都要出一次城，这实在是太不方便了。"

徐总提出："我前两天去了一趟，单程似乎只花了一个小时。"

我赶紧解释说："那是因为您是开车去的，不用等车，也不用绕路。但大多数上班族未必有车，就算有车的话每天来回烧那么多油，成本也很高。我们楼盘打算卖多少钱一平方米？"

销售部的总监李兰回答说："现在还没确定，预计五千左右。"

我迅速做了个对比："魅力新城这一块的房价目前大概均价在一万左右，表面上看来，我们这个价格很有吸引力，但如果考虑到每天耗费在路上的交通和时间成本，吸引力就大打折扣了，所以一定要设法解决这个交通问题。"

会议室里一片嗡嗡嗡的讨论声，徐总也似乎陷入了沉思，良久，他才说："建楼时我们已经跟政府申请过，会在那里开通一条地铁线，我们再去和公交公司协调下，看能否争取在那里设立一个站点，但新楼盘的位置确实有点偏，如果要公交直达的话比较难。"

"问题正在这里。"李兰沉吟了一会儿分析说，"我们的初衷是尽量减少业主的通勤时间，可公交不能直达，地铁尚未建成，这个问题其实还是没有解决。"她说着向我使了个眼色。

作为她的得力部下，我心领神会，忙补充说："李总说的是，作为前线的销售人员，可以设想一下，要是客户问起如何解决交通问题，我如果回答说，公交是有，但至少需要转两趟车；地铁还在建，至于哪天建成，得看相关部门给不给力，这样可以说服客户吗？"

会议室陷入沉默，大家都听出来了，这种答案，别说糊弄不了客户，连

把朋友变成男朋友的第一天

我们自己这关都过不了。

"各位有更好的解决方法吗?有的话不妨提出来。"徐总对大家说。

没有一个人应答,他的目光落在了我的身上,鼓励地说:"刘小昭,你入职以来每年都是G市片区的销售冠军,可见对客户心理掌握得很透,你来说说看,有没有什么解决办法。"

公司由上到下数十双眼睛顿时齐刷刷望向我,我瞬间感到压力很大,思考了一会儿,脱口而出的答案居然是:"要是有直达的巴士就好了。"

这话一说出口我就后悔了,这样的答案完全没有一点建设性,会议室里众人看我的眼光也从艳羡变成了轻视。

徐总脸一下子变黑了,沉着脸说:"我好不容易挤出半天时间来跟你们开会,可不是来听废话的。"大领导就是大领导啊,骂人不带一个脏字,却让被骂的人如芒刺在背。

我也为自己说出这样的蠢话而羞愧不已,脸上热得发烫,不用照镜子,也知道这时候的我一定脸红得要滴出血来。一焦虑我就爱咬笔,这时我也紧紧地咬住了笔杆,电光石火间,忽然一个念头冒了出来,我猛地站了起来,鼓足勇气说:"或者可以考虑一下,设置一些楼巴。"(各位,别看楼巴现在是郊区楼盘的标配,可在遥远的十年前,那还是个非常新兴的事物。)

"楼巴?"数十双眼睛又一起齐刷刷地看向了我,我顿时有了站在聚光灯下的感觉,我这个人初看挺腼腆的,其实有点人来疯,这种情况下忽然勇气倍增,口齿也异常伶俐起来,继续对着一屋子人侃侃而谈:"我们都知道,珠三角的外来人口早就超过了本地人口,也就是说,购房者的主力是这个庞大的外来人口群体。作为一个外地人,他们买的不仅仅是一套房子,而是一个家,所以我们楼盘最重要的就是要给他们营造一种家的感觉。我是这么想的,如果住在我们公司小区的业主们,每天都有直达的巴士往返于G市各个区之间,那么他们一定会有宾至如归的感觉,哦,不是宾至如归,而是回家的感觉。想想看,出门的时候有楼巴送,回家的时候有楼巴接,就像小时候父母接送我们上学放学,这样给人的感觉是不是很好?"

"你是说,这楼巴由公司来提供?"工程部的总监蓝自学狐疑地问我。

"当然。"我也不知哪来的勇气,继续说,"而且我建议楼巴不收费,以显示我们公司的人性化服务。"

"荒唐,你这倒是人性化了,可这笔开支那么大,全部由公司出吗?"营销部的总监苏玫坐不住了。

"增加这笔开支的话,也就意味着成本增加了,我们是否可以考虑,把这笔成本折算进楼价,平均一平方米加价三五百……"

我话还没说完,会议室里就响起了一片反对的声音,连李兰都忍不住打断我说:"刘小昭,你胆子也太大了,要知道楼盘定价是经过缜密预算的,你这么一拍脑袋,就给加个三五百,考虑过我们销售部的压力吗?"言下之意,我这是挖坑给自己跳呢。我本来还想辩解几句,但直属上司都发话了,我还能说什么呢,只能郁闷地闭上了嘴巴。

众说纷纭中,徐总忽然咳嗽了两声,大家都知道,大boss(老板)要发话了,于是都安静下来,静候他发令。徐总清了清嗓子,朗声说道:"我倒觉得刘小昭的这个建议不错,具有一定的可行性,楼巴这种做法是超前了一点,但我们公司起步晚,如果还事事因循守旧的话,拿什么来赶超那些大地产公司?这样吧,财务部先做一个楼巴的预算列表,初期的话先购买二十辆吧……不,二十辆太少了,至少四十辆吧,然后具体采购运营事项由工程部跟进,这个分工大家看怎么样?"

既然大老板都发话了,大家哪还有话说。徐总为人强势,他都拍板了,谁还敢拂他的意,有想法也只敢腹诽,表面上还是唯唯诺诺的,于是财务部的苏玫和工程部的蓝自学各自领令而去。

"这个创意是刘小昭提出来的,现在公司中高层急需注入一些新鲜血液,

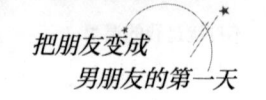

小昭头脑灵活,胆子很大,又善于为公司着想,我建议由她来做营销部的副总监如何?"徐总虽然说的是一个问句,语气却是肯定的。

"挺好的!"蓝自学率先鼓掌,众人也马上反应过来跟着叫好,会议室里响起了一片掌声。我注意到,作为我的前任上司,李兰看我的眼神有些复杂,她一直视我为臂膀,这下等于折损了半条臂膀。作为我的现任上司,苏玫看我的眼神也有些复杂,忽然来了个副手,还是大 boss 钦点的,我难免会被她视为强有力的竞争对手。

而我,还没来得及推辞一下,就成了整个公司最年轻的副总监,这时离我入职还不到三年。不过,营销部的薪水是不是会比销售部低得多?我可是金牌销售,每个月拿的提成连李兰都为之咋舌,如果是这样的话,那是不是还得慎重考虑下呢?但当前的形势似乎已由不得我考虑,徐总已转头叮嘱人事部的总监给我办调令了。

"我们卖的不是房子,而是一个家,这是我们美居一贯的理念,各部门执行时务必要贯彻这个理念。"最后,徐总以高屋建瓴的总结,宣告了此次会议圆满结束。

接下来的一个月内,作为新上任的营销副总,我货真价实地忙成了狗。苏玫把翠微新城的营销方案几乎全部扔给了我这个副手,她是美居的元老级人物,经过一番摸爬滚打,早已深谙职场政治学。徐总既然对我如此青睐,她就索性当个好人送我上青云,要是我发挥出色,作为直系上司,军功章自然有她的一半;要是我把事情给弄砸了,反正有我兜着,她也不用负太多责任,这算盘,倒是打得很精。

就算再明白苏玫心中的小九九,我也已经骑虎难下了,只得使出浑身本领,力求做出一个好的营销方案。方案还好说,主打的广告词可难坏我了。如何能在众多的楼盘中脱颖而出,广告词可以说至关重要。

这些年我都是在一线搞销售,文案策划这块称得上是个彻头彻尾的门外汉。没办法,只得临时恶补,那阵我看过的广告策划方面的书加起来可能有半个我那么高。

不学不知道,一学才发现,现在楼盘的广告语已经称得上是一门艺术了,都非常懂得突出自身的优势。比如,稍微和海沾点边,就敢说自己是"面朝大海,春暖花开";房子的地势稍微高点,那就成了"高人,只住有高度的房子";邻近学区的楼盘,就大言不惭地说自己"让你的孩子赢在起跑线上"……

我足足写了上百条广告语,有些是在苏玫那一关就被pass(否决)了,有些是送到徐总那里他瞧不上。那阵我绞尽了脑汁,连梦里都在想广告语,嘴巴上急得起了两个大燎泡,最后还是从苏轼的名句"此心安处是吾乡"中得到灵感,将这句话改成了"此心安处是我家",总算契合了徐总所说的公司理念,勉强得以通过。营销方案中,我则着重突出了"给新G市人一个新家"的概念,也得到了大家的认可。

不单是我,公司其他部门也忙得团团转。如此精心筹划了一个月,终于迎来了盛大而隆重的开盘仪式。

开盘那天,数十辆楼巴在楼盘与G市各区之间穿梭,每一辆都满载而归,售楼部的顶端,挂上了巨幅横幅,上面浓墨重彩地写着"此心安处是我家"。我们的翠微新城,就像养在深闺人未识的美女,终于在市民面前揭开了面纱,一展它的风华。楼巴、花园小区、自配学校和医院,这些在当时都相当超前,加上前期铺天盖地的营销,前来购买询问的顾客川流不息,开盘第一天售楼部就排起了长龙。

首战告捷,徐总龙颜大悦,重奖公司员工。论功行赏的话,我的功劳不算特别大,可也不算小。我得到的奖励是,徐总许诺给我一个超优惠的内部价,购房直接打五折。要知道之前我们公司资深员工的优惠价最多也只能打七折,还要求在公司干满五年以上。

把朋友变成
男朋友的第一天

得知这个消息,我的第一反应居然是徐总也忒小气了,为什么不直接奖我一笔现金呢,哪怕是几千块也好啊。当我冷静下来后一算,才发现我真是把徐总给瞧低了,翠微新城最终的开盘价是六千三百八十元(财务部当然把楼巴和营销的成本都摊进去了),一套80平方米的两居室,打五折的话等于少了二十五万,和资深员工能拿到的七折优惠相比,也整整少了十万块。那可是2009年的十万块啊,绝对是一笔不小的数目了,徐总还真是大手笔啊!

在此之前,我压根就没有动过买房子的念头,尽管手头卖出去的房子少说也有一两百套了,但我根本不觉得我可以在这个城市拥有一套房子,就算以后会有,那也是很遥远的事,眼前完全没有考虑过。

我方寸大乱,不知道该找谁商量。家里人对这些肯定不懂,至于程熙,还是不要去打扰他了,想来想去,我给宋倩儿拨了个电话,期期艾艾地把这事给说了一遍,又问她:"那我还要不要租房子了?"

"还租啥租啊!"宋倩儿一急,家乡话都冒了出来,"刘小昭你是块榆木疙瘩吗,放着这么好的机会不要,你这辈子还想发财吗?我跟你说,你现在是新G市人,可不再是什么乡里妹子了,城里人比起乡下人强在哪里,格局,什么叫格局,你懂吗?"

我被她训得心服口服,忙又问:"那我是不是先买套80平方米的?"

"为什么啊?"宋倩儿不解。

我给她算了笔账:"80平方米的首付都要好几万,我还差一点呢,你又不是不知道,我这些年挣的钱大部分都寄回家了。"

"你不要这么鼠目寸光好不好,至少也买个120平方米的。"宋倩儿豪爽地表示,"首付不够的姐给你凑,什么人哪,只会算细账不会算大账吗?"

我忙说:"那这样吧,这房子算我们合伙买的,按首付多少来划分,你看怎么样?"

"刘小昭你还当我是朋友吗?当我是朋友就别说这种话。"宋倩儿佯装发火,"姐可是要住魅力新城的,你们那破郊区,我还嫌远呢。"

有了宋倩儿这句话,我顿时底气足了,赶紧去找以前销售部的同事将这事给落实了。

公司算是很有人情味了,知道我首付不够,还主动提出从我以后的薪水里面扣,所以也不用找宋倩儿借了。等我签了购房合同交了定金后,整个人还是迷迷糊糊的,像是做了一场梦。

新房子还得半年后才交楼,正好我住的房子还有半年左右才拆迁,我就跟房东姚姨求了个情,让她允许我在那儿再住段时间。左邻右舍们都相继搬走了,我独自住在那里,倒有点像个钉子户。

交了首付后,我第一个电话打给了家里,告诉我妈:"妈,我在G市买房子啦!"我妈开始压根不相信,等相信之后,高兴得哭了起来。我们母女俩就各自拿着电话,隔着千里的距离一起痛哭了一场。

我第二个电话打给了宋倩儿,谢谢她的拔刀相助。

犹豫了很久,我终于还是拨了第三个电话,给程熙。

电话响了好久他才接起,叫了我一声:"小昭。"

他的声音是如此亲切,一下就将我拉回到了我们以前一起合租的岁月,那时我有什么开心不开心的事,第一时间都想和他分享。时隔多日,这种感觉居然还是一样,我握着手机,笑着告诉他:"程熙啊,你知道吗,我刚刚交了一套房子的首付,我就要在这座城市有自己的房子了,惊不惊喜?意不意外?"

"很惊喜啊,可是一点都不意外。"他说,"你这么聪明,又这么努力,在这里安家立业是迟早的事,不过我没想到会这么早,小昭你很厉害啊!"

"我们公司老总也这么夸我呢。对了,我升职了,去了营销部,之前你就说过,我一脑子的创意,适合去做营销,结果还真被你说中了。"我未免有些志得意满,滔滔不绝地将我如何在会议中脱颖而出,又如何被徐总提拔的

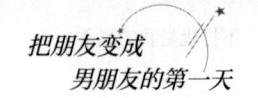

事大说特说了一通。程熙只是静静地听着,偶尔说一两个字,以表示他还在听着。

"你还记得吗,那次我们站在白鸿山顶,你对我说,总有一天,我们会成为这里的主人。"

"是吗,我都不大记得了。"

这个时候我才察觉到他的低落,顿了顿才问他:"程熙,你在静远,还好吧?"

他也顿了顿才回答:"挺好的。"

我一下子词穷了。隔着电话,我终于发现,我和他,不可避免地疏远了,不仅仅是在距离上,也是在心灵上。我有种直觉,他在静远并不像他说的那么好,所以我特别后悔,不应该在他面前展示我的春风得意,这对于一个失意的朋友来说是多么残忍。

挂掉电话,我走到阳台上,举目望去,村里很多栋楼房上都写上了一个大大的"拆"字。我很快就要拥有自己的房子了,可我并不那么开心,因为这个曾给我家的感觉的房子,很快就要被拆掉了。可能人生就是如此吧,你得到一些,总要以失去一些作为代价。所谓圆满,从来都只存在于童话故事里罢了。

3

升职后我加班更多了,一来是新岗位需要适应,二来下班之后也没地方可去。

一天我正在公司想翠微新城第二期的营销方案,接到了宋倩儿的电话,问我在哪里。

"在公司加班呢。"

"都快九点了啊,你是打算嫁给公司了吗?能不能有点私人生活啊?过来喝酒吧。"我就知道,宋倩儿口中的私人生活就是纸醉金迷那一套。

"不早了,我还是回家睡觉算了。"对于泡夜店这类活动,我一直都没什么兴趣。

"刘小昭,你可以了啊,一个二十几岁的女孩子,没有感情生活就算了,怎么能连夜生活都没有呢?"宋倩儿忽然语气一沉,"姐今天心情不大好,过不过来随你吧。"

她这样说的话我就不好推托了,只得问她要了地址,然后关了公司的门窗再下楼去。九点的G市,还是一派熙熙攘攘的景象,宋倩儿说的那家酒吧在江边上,为了不让她多等,我直接打车过去,路上有点堵,足足花了我八十大洋,有点心疼。

宋倩儿在酒吧门口等我,一见到我第一句话就是:"我的姐姐啊,你就穿成这个样子来泡夜店啊?"

"这样不行吗?"我是直接从公司过来的,没来得及换衣服,身上还穿着平时上班常穿的白衬衣加A字裙,早上出门化了点淡妆,这个时候估计也早就花了。面前的宋倩儿,脚上蹬着一双恨天高的鱼嘴鞋,裙子短到了大腿根,还化着一个烈焰红唇的妆,满满的夜店味扑面而来。

"行吧,我服了你了。"宋倩儿将我的衬衣从裙子里拉出来,随便打了个结,露出了一小截腰,再伸出手来,在我的头发上胡乱抓了几把,方说:"勉强就这样吧,马马虎虎。"

"会不会太暴露?"我把衬衣又往下扯了下,想遮住腰间那块裸露出来的肌肤。

"刘小昭,你是从侏罗纪穿越过来的吧,十万个白眼给你。"宋倩儿拉着我的手走进了那间酒吧。

说来惭愧,G市也算是以夜生活闻名的一座城市,但我在这里待了这么多年,还是第一次来到这种场所。进去之后,宋倩儿拉我在吧台附近坐下,

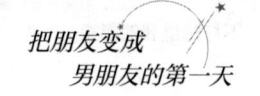

我才有机会近距离感受一下这座城市的夜场文化。

这间酒吧装修风格挺特别的，大量运用的红色块和幽蓝玻璃，营造出一种冰冷的金属质感的氛围，灯光发射出的各种颜色变换不停，充满迷幻感。我的第一感觉是酒吧里挺吵的，音乐开得挺大声，面对面坐着都很难听清楚人说话；第二个感觉是这里的人颜值一个比一个高，穿得一个比一个清凉，舞池中间有一个女孩子在旁若无人地跳舞，身上穿的露脐装和比基尼所用的布料差不多，看得我目瞪口呆。

宋倩儿大声说了句什么，但我听不清，只好对她说："你说什么我听不清，这里太吵了，我们要不要换个地方？"

"来酒吧又不是让你来聊天的，是来喝酒的。"宋倩儿熟门熟路地对英俊的酒保说，"请给我一杯威士忌加苏打水。"然后她又掉过头来问我，"你呢？"

我懒得再看酒水单，便说："就和你一样吧。"

酒保很快将酒调好端了过来，我试着尝了一小口，发现这里威士忌的品质还不错，不比我平时应酬时喝的差，看来这家酒吧名声在外不是没有道理的，至少没有卖假酒。宋倩儿端起面前那杯酒，拿出气吞长河的架势，一口气喝了大半杯，可能是喝得太急了，呛得咳嗽起来。我忙使劲拍她的背，边拍边问："你怎么了？"长久的销售工作，已经让我练就了一套察言观色的本领，从见到她的那一刻开始，我就发现她今晚情绪不大对劲。

"咳咳。"宋倩儿咳嗽两声，轻描淡写地撇开我的手，又开始牛饮。

我劝她："你不能这样猛喝，洋酒好入口，但是后劲大，这样你会喝醉的。"酒吧的音乐声完全盖过了我的声音，我不知道该怎么劝她，唯有举起杯中酒，陪我的朋友畅饮。

一轮喝完了，宋倩儿又叫酒保上两杯，我们就这样面对面地坐着，一言不发地喝着酒，像是在比拼谁的酒量更好。等喝完两杯后，宋倩儿明显已经半醉了，我的酒量比她好些，也觉得有些醉意了。

她忽地将嘴巴凑到我耳朵边,说:"我们分手了。"

酒吧已经进入热舞阶段,在震耳欲聋的音乐声中,宋倩儿大声对我说:"我和张正分手了!"这句话她是吼出来的,仿佛用尽了全身的力气。吼完之后,她冲我笑了,笑得那么妩媚,又那么凄凉,我分明看见,她的眼里有亮晶晶的东西在闪烁,她是在哭吗?

这个结果我早就猜到了,可真正听她说出来的时候,还是有些感慨,她和张正一起斗嘴、一起嬉笑的画面仿佛还在昨天,我本来以为,萌生于学生时代的爱情生命力应是顽强的,却没想到,在现实世界中竟然如此不堪一击。我张开嘴想说点什么,又不知该说什么,幸好音乐还在继续响着,掩盖了我们的沉默。

"靓女你好,我可以请你喝杯酒吗?"音乐换成了舒缓而低沉的爵士,我觉得可以趁机安慰一下宋倩儿了,正在这时,我们身旁突然冒出了一个搭讪者。这种场面我是初次碰到,宋倩儿可是司空见惯了的,她长得这么出挑,走在街上都有人追过来问她要联系方式,可她这会儿正心情不好,懒得搭理对方,头也不抬地说:"你从哪来的,就滚回哪里去!"

那人并没有滚,还是站在原地,笑嘻嘻地说:"别误会,我不是邀请你,而是邀请你身边这位靓女。"

他这话一出口,我们俩都吃了一惊,不约而同地抬起头来,看向眼前这个人。

灯光打在他身上,他的脸一半沐浴在灯光下,一半隐藏在阴影里,脸上是夜场中人那种常见的吊儿郎当的微笑。

"是你?"

"是你!"

我们同时说出了这两个字,我认出来了,他就是那个在日本偷拍我,后来又在飞机上取笑我的人。

把朋友变成
男朋友的第一天

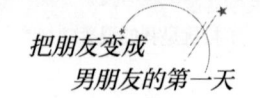

"原来是你啊,生无可恋小姐!"他居然一脸他乡遇故知的兴奋表情,接下来说的话让我目瞪口呆,"我可以亲你一下吗?"

What(什么)?此人欠揍的程度,可以和《东成西就》中梁家辉扮演的段皇爷相比较。段皇爷为了寻找胸口有三颗痣的真心人,冷不丁就问人家女孩子:"姑娘,我可以借你的胸部一看吗?"那么他亲我是什么意思,莫非我也是他的真心人吗?

我还沉浸在《东成西就》的桥段中没反应过来,他已经低下头来,以迅雷不及掩耳之势,在我唇上轻轻亲了一下,然后趁我还在发愣,以闪电般的速度从我面前消失了。

"邱志!邱志!"酒吧的另一端传来雷鸣般的喝彩声,一定是他那帮狐朋狗友在替他叫好。

我这才反应过来,气得直发抖。

"你别生气,我猜,他们肯定是在玩一个叫'敢不敢'的游戏。"作为夜店老手,宋倩儿趁机给我进行夜场科普,"他那些朋友肯定赌他不敢亲你,没想到他还真敢。"她猜得没错,后来邱志告诉我,他打赌输了,他那帮朋友让他挑一个全夜场最难搞的妞亲一下,然后他就朝我走过来了。至于为什么要选我,他的解释是我全身上下都透着股生人勿近的气质,我倒不觉得我有那么高冷,顶多是对男人没什么兴趣而已。

"这男的是个公子哥儿吧,我看他身上那件衬衣是限量版的,估计不便宜;裤子倒是没看出牌子;鞋子嘛,灯光太暗没看清楚。"宋倩儿一八卦起来,好像立马就从失恋的痛苦中抽身而出了,"小昭你还没谈过恋爱吧,要不考虑考虑他,我看他对你还挺有兴趣的。"

"我对他半毛钱兴趣都没有!"我管他是不是什么公子哥儿呢,我只知道,我这还是初吻呢。

我再也无法安坐下去了,叫酒保过来买了单,再气冲冲地走到那伙人面前,对那个始作俑者说:"你不是想请我喝杯酒吗?"

"可以啊,你想喝什么?"他饶有兴致地看着我,我目测了一下,他至少比我高一个头。

"就你手里这杯吧。"我不由分说从他手里抢过了那杯酒,然后踮起脚尖,将那酒举起来,同样以迅雷不及掩耳之势,从他头顶浇了下去。

做完这一套动作,只花了不到五秒,然后我回到原处,一把拉起宋倩儿就跑了出去,根本不给那人打击报复的机会。

虽然宋倩儿是开车来的,但她喝得烂醉如泥,一出酒吧就软倒在路旁了,我驾照还在考,也喝了酒,不可能开车。这个酒吧的位置比较偏,加上已经过了十二点,很难打到车,我又要照顾醉酒的宋倩儿,偶有的士经过,也被人抢了先。

就在我急得跳脚时,一伙人从酒吧里出来了,为首的正是那个被我浇了酒的男人,他头发都湿了,胸口也有好大一片酒渍,看见我就嚷嚷道:"喂喂,我还以为你要驾车潜逃呢,怎么还在这里?想再大战三百回合吗?"

宋倩儿吐了起来,我忙着照顾她,也顾不上回嘴。

等她吐完之后,我回头一看,那人还在我身后站着,刚刚跟他一起出来的那伙人,倒是已经作鸟兽散了。

"你想干吗?"这大半夜的,饶是我天不怕地不怕,站在这个高我一头的男人面前,也有了三分怯意。

"当然是想揍你一顿!"他还是嬉皮笑脸,"你朋友醉得不轻啊,我送你们回去吧。"

这又是来哪一出,我戒备地往后一退:"你到底想干吗?"

"喂喂,现在可是法治社会了,你难道还怕我把你拐卖了不成?"他故意逗我。

我这人就是受不了别人激我,他这样一说,我再怕也要装不怕了,拉着宋倩儿就上了他的车。路上他一直在套我的话，问东问西的，我本来懒得理会，但是宋倩儿醉得太厉害，吐了他一车，我很不好意思，只得一边清理，一边回答他的问题。这样等到把宋倩儿送回家时，他至少已经知道我姓甚名谁，在哪里上班了。

宋倩儿下车时，酒已经醒了一半，我不放心，决定晚上就在她家睡，好顺便照顾她。下车时，前面那人一把拉住我胳膊："喂喂，你不能这样啊。"

"我怎样了？"

"你可欠我两件衬衫了，每件一万多，就这么走了吗？"

"不然呢？"说是这么说，我还是有点心虚的。

他嬉皮笑脸的："好歹留个手机号码啊，哪天我心情不好，没准找你索赔呢。"

我翻了个白眼，只想快点脱身，于是迅速报了手机号码。他边记边拨了过来，直到听到我包里手机一阵响，才放我们上楼。

宋倩儿洗漱后酒醒得差不多了，又开启了八卦模式，分析说："小昭，别考虑这人了，他开的车太次，多半是冒充公子哥儿的。你想想看，穿那么贵的衬衣，却开一辆二三十万的破车，这说明什么？说明这人太虚荣了，没钱就算了，最怕没钱还打肿了脸充胖子的。"说着她连连摇头，一脸此人不可交往的鄙夷表情。

我哭笑不得，我是车盲，认识的车仅限于奥迪、宝马寥寥几种。在我看来所有的车都一个样，代步工具而已，不分什么高低贵贱，却没想到宋倩儿现在眼光这么高，二三十万的车在她眼里只是辆"破车"，这点倒是颇令我咋舌。

"肯定不是什么公子哥儿啊，公子哥能坐经济舱吗？"我说。

"你认识他啊？"

"谈不上认识吧，之前见过一次，额，两次。"我三言两语将之前的事交代了一下。

"有意思啊。"宋倩儿听得两眼发光。

"你觉得这个人挺有意思?"

"不是,我是说他应该对你有意思,相信我的专业判断吧。"宋倩儿忽地退后一步,眼光从我的头顶开始,一直扫到我的脚,然后下结论说,"小昭同学,你现在的确挺有 office lady(白领丽人)的范儿了,有的男人就喜欢这种风格,还有,你怎么丰满了?是不是动了手术啊?"

"哪有那个闲钱,睡觉吧你!"我羞得拿枕头砸她。

宋倩儿判断得没错,从那以后,邱志就开始打电话约我出去。说他对我有意思吧,他好像表现得并不热烈;说他对我没意思吧,每次在我快要忘了他的时候,他又会出现在我面前。而我对他呢,也说不上是种什么感觉,至少不讨厌吧,所以才偶尔和他吃吃饭、看看电影什么的。

有一次他周末约我去郊外兜风,路上车陷到了一个泥坑里,需要有人下车推一下。他还在发愁时,我已经蹬掉高跟鞋,光脚穿丝袜就跳了下去。他在车里发动,我在车后面推着车,鼓捣了好一阵,总算开出了那个坑。代价是我的丝袜全磨破了,膝盖也蹭破了一块皮。

我窝在车后座揉腿时,他忽然掉转头,盯着我的眼睛说:"刘小昭,做我的女朋友好不好?"

我吓了一跳,嗫嚅着说不出话来。

他激我说:"你不是一直挺剽悍的吗?这下怎么怕了啊?"

明知道他是在激将,我还是很不服气地说:"做就做,谁怕谁啊?"话一出口,我就后悔了。

他狡黠地笑了,说:"不用这么快答应,我们可以循序渐进,先从朋友做起嘛。"

我偷偷从车后视镜里打量了一下自己的尊容,天哪!首如飞蓬就不说了，脸上还不知从哪染了块污迹。就这形象，估计有钱人是嫁不了的，不如就将就点，找个经济适用男吧。我二十五岁了，看过很多言情小说，可还从来没有谈过恋爱，既然如此，为什么不尝试一下呢？至少眼前这个男人，我并不算讨厌。

我们就这样开始了交往。邱志对我还行，我们每周会见一两次，过节什么的他会送我一束玫瑰，或者一个小礼物。我不知道怎么定位我们之间的关系，比起一般朋友，我们亲密了些；比起正常恋人，我们又不够亲密，过马路的时候他会拉我的手，仅此而已。我觉得这样挺好的，他似乎也没觉得有什么不好。

有时我觉得他更多的是把我当成一个玩伴，他玩心很大，有时会凌晨起来叫我去拍流星雨，半夜会带我去郊外赛车。我这个人平时挺务实的，其实内心深处也有贪玩的一面，他叫我的话，只要不是特别忙，多半我都会奉陪。用邱志的话来说，我有做超级玩家的潜质，因为什么项目我都敢尝试，而且乐于尝试。他头一次带我去蹦极时还捏了一把汗，因为我跟他说过，我有恐高的毛病。等到我站在悬崖边，他一看，我果然脸都白了，就安慰我说，实在不行你就别跳了。我以为他是激将，心一横，系上安全带闭着眼睛就跳了下去。风呼呼地从耳边刮过，我大声尖叫着，感到从未有过的刺激。他还在担心我是不是被吓着了，我已经笑着跟他说，我们再来一次好不好？据邱志说，就是在那一瞬间，他对我刮目相看，觉得这个女孩子和他以前接触过的任何女人都不同。

邱志这个人很奇怪，我不知道他具体是做什么的，只知道他在一家家具公司上班，开的车没有宋倩儿说的那么差，当然也不算什么好车。可他对城中吃的玩的门儿清，而且要求还不低。他带我去各处觅食，我素来以吃货自诩，跟他在一起后，才知道什么是真正的食不厌精。

他可以开很远的车，只为了带我去海边的渔村吃一碗云吞面。我从来没有吃过那么鲜美的云吞面,每只小小云吞都包着一颗完整的虾仁,面是地道的竹升面,据说是用鸭蛋和面揉制而成,过程中完全没有加水,吃进嘴里很有韧性。我连汤都喝光,他夸我有品位,因为汤是鸡汤余虾壳煮出来的,它才是云吞面的精魂所在。

不过去这种小店的机会很少,一般情况下,他带我去的地方都是那种懂行的人才能找到的私房菜馆。在这些馆子可以吃到连蔡澜也赞不绝口的荔枝木烧鹅,晶莹剔透堪比玛瑙的咕噜肉,号称全G市最地道的叉烧,用整盏燕窝熬制出来的甜汤等。那种地方,表面看起来再低调,也是奢华的,就像他本人一样,看上去平易近人,骨子里还是有种优越感的,比如他会自作主张地安排我们在一起时玩什么、吃什么,事先并不会问我的意见,可能他觉得给我的东西都是最好的,也不需要问什么吧。我呢,一般也任由他去,不是我没主见,而是懒得计较。我只是不大明白,他明明不是霸道总裁,怎么有时喜欢扮演霸道总裁的角色呢。

他算是很平易近人的,但并不太会照顾人,有次我们约好了七点吃晚饭,六点半我还在公司加班,他打电话催我,我琢磨着他有车,到底要不要开口让他来接我呢?我还没开口,他已经说:"我已经到吃饭的地方了,离你们公司有点远,这个时候开过去太堵,你打个车过来吧。我给你报销,反正油费和打车费差不多。"

他说的不能说没道理,可挂了电话后,我心里还是有点失落的。就在不久以前,还有人骑着电动车往返一两个小时来接我呢。当时怎么不觉得可贵呢?程熙,早说过让你不要对我那么好了,你那样对我,会让我误以为世界上每个人都会像你那么好。你知不知道,自从你走了之后,楼下的那些流浪猫都已瘦得皮包骨了,它们再也忍受不了翻垃圾桶,宁愿挨饿。程熙,既然你喂不了它们一辈子,又何苦抬高它们对生活的期待呢?

097

第五章
我不想让你一个人孤单

1

我没有想到还会在 G 市碰到程熙,而且是在那样一种情景之下。

那是一个初冬的夜晚。G 市有四季如夏的说法,这里的冬天基本是不冷的,但那年冬天冷空气却肆虐得很早,看新闻报道说很多商场的羽绒服都脱销了。

那晚我和邱志并肩走在天河那一带的天桥上。天桥上的行人大多已经穿上了厚重的棉衣,也有穿羽绒服的。一阵晚风吹过来,凉飕飕的,我只穿了一件套头毛衣,不禁在冷风中打了个哆嗦,邱志问我要不要穿他身上的外套,我忙说不用了。

天桥上有很多摆地摊的,卖小饰品的、卖小吃的、卖杯子的、卖工艺品的、卖服装的,应有尽有。天桥上来来往往的人还真不少,因为这是天河区,很多人下班都会从这里经过。我挺爱逛这些小摊的,邱志却不耐烦,我让他先到车里去,自己一个人在小摊前慢慢挑选。

"臭豆腐炸好啦!很香很香的臭豆腐,快来尝尝吧!"凉风中传来一股臭豆腐的香气,这玩意儿我最爱吃了,别看闻起来很臭,吃起来却香得很。

平常跟邱志在一起，他肯定不会让我吃这个的，在他眼里这是黑暗料理，现在我一个人落单，乐得去尝尝。

"给我来一份吧！"我特意叮嘱老板，"加辣！"

"微辣吗？"

"重辣，越辣越好！"

"一看你就是个辣妹子，多给你一块。"臭豆腐本来五块钱三块，和气的老板特意多给了我一块，刚出锅的臭豆腐装在碗里，上面淋一勺油泼辣子，光是闻闻就觉得好吃得不得了。

我咬了一口，果然很好吃，豆腐已经炸透了，外面是酥的，里面却仍然嫩嫩的。我舍不得一口气吃完，便捧着那碗臭豆腐，一边一小口一小口地吃着，一边慢悠悠地逛着。

就这样信步逛到一个卖工艺品的小摊子前，这个摊子卖的东西还挺特别的，不是那种常见的大路货，每一样东西都像是精挑细选出来的。我蹲在那里选了一会儿，挑了一个玩具南瓜车，那个南瓜车做工不算精致，但胜在造型别致。我问摊主："老板，这个南瓜车多少钱啊？"奇怪的是，摊主居然不回答。

我疑惑地抬起头，眼前浮现出一张熟悉的脸，那张脸的主人，正怔怔地望着我出神。

"程熙！你怎么在这里？"

他挠了挠头，没有说话。许久不见，他这个小动作还是跟以前一样。

我也愣住了，这种情景下，一时也不知道该说些什么。还没来得及叙旧，就听见一声惊天动地的呼喊："城管来了！"然后整个天桥上的小摊贩们都像疯了一样，手脚快的已经将东西一卷就往下面跑了，手脚慢的则还在收拾，喘息声、车鸣声、争吵声交织成一片。

程熙还在发愣，我已经反应过来了，大声对他说："快，收拾东西快跑！"说着我把手里的臭豆腐往旁边一扔，手忙脚乱地去捡摊子上的各类工艺品。

程熙也很快进入了状态，他急忙打开旁边一个大大的蛇皮袋子，对我说："放这里，都往这里面放。"

我飞快地收拾着，恨不得生了四只手才好。

情况这么危急，他还安慰我说："小昭你别急，来得及的。"

两人合力，小摊上的货品很快就被转移到了大蛇皮袋子里。这时城管已经上了天桥，说时迟那时快，程熙一手提着那个蛇皮袋子，一手拉着我，健步如飞地跑向天桥的另一端。我跟着他一路狂奔，风很大，吹得我头发齐齐地往后飘，感觉都要飞起来了。

"别跑，说你们呢，跑什么跑！"一个城管骂骂咧咧地追了上来。这不废话吗？不跑难道站在那里等着被抓吗？他这么一吼，我们跑得更快了。

仿佛跑了一个世纪那么久，我的肺都要爆炸了，根本喘不过气来。直到确定后面不再有人跟过来，程熙才终于停住脚，我们两个人瘫坐在地，累成了一摊泥。稍微缓过劲后，我们四目相对，我望着他，他望着我，忍不住大笑起来。

程熙大口大口地喘着气，笑着对我说："小昭，多日不见，你宝刀未老啊，手脚还是那么麻利。"

我也呼呼地喘着气，嘴里没忘了揶揄他："岂敢岂敢，承让承让，比不了你身经百战，身手如此矫健啊！"

"不好意思啊，拖累你了。"他很愧疚。

"什么啊，你这样说就是不拿我当朋友了。我们是好朋友、好哥们嘛，哥们就应该有难同当啊。"为了使气氛不那么凝重，我故意插科打诨，"你还记得《食神》里的那首歌吗？"

"什么歌？"

我喘了口气,故意挤眉弄眼,模仿《食神》里火鸡姐面目狰狞的样子唱了起来:"情与义,值千金,上刀山,下地狱,又何妨……"

他被我逗得笑起来,接着唱道:"为知己,牺牲有何憾;为娇娃,甘心剖寸心。"

我们伸手一击掌,齐声唱道:"血泪为情流,一死岂有恨,有谁人,敢过问!"然后都乐得哈哈大笑。

等休息够了,也闹够了,我才顾得上正正经经地问他,为什么没在静远待了,又为何会到天桥去摆地摊。

程熙叹了口气,将他搬走后这段经历叙述了一遍。

如我所猜的那样,静远地方小,工作机会少,他去了后,好不容易找了份销售的工作,工资待遇比 G 市差了一大截。钱很少,但他很知足,因为终于可以和施施过上朝朝暮暮相对的生活。

不幸的是,他父亲的生意一直摇摇欲坠,最后辛苦维持的厂子终于撑不住倒闭了,还欠下了一大笔债。父亲为了逃债,东藏西躲,无奈之下只得来投奔他,谁知债主一直追到了这里。为了不影响施施的生活,也为了尽早还清债务,他只好带着父亲回到了 G 市,白天打工,晚上出来摆地摊。其中艰辛,他没有多说,我也不忍多问。

"你这样已经多久了?"我问他。

他回答说:"三个多月了。"

"一直在天河这边吗?"

他摇头说:"不是,几乎 G 市所有能摆地摊的地方都去过,这边人气比较旺,来得多一点。"

"生意怎么样?"

"马马虎虎,挣不到什么钱。"这不用他说我也知道,摆个地摊而已,生意再怎么好也是小打小闹,能挣多少钱呢。

把朋友变成
男朋友的第一天

我这才注意到,许久不见,他比以前瘦多了,脸上的颧骨都突出来了,灯光下他的剪影单薄得像一张纸。我低下头去,不忍再盯着他的脸细看,有热流在我的眼眶里涌动,我开口问他:"程熙啊,你怎么瘦成这样了?"一张嘴,声音竟然哽咽了。

"没什么啊,在静远整天就是混吃等死,都胖了一圈了,回G市来正好减肥。我这身材,多少人羡慕呢。"他像是察觉出了我的难过,故意装作很轻松地说。

我犹豫了一下,终于还是小心翼翼地问道:"你们家到底欠了多少钱啊,有一百万吗?"

他苦笑着说:"可能还不止吧。"

我顿时沉默了,一百万已经是当时的我能想到的极限了。

半晌,我才说:"发生了这么多事,你怎么都不告诉我一下呢,不拿我当朋友吗?"

程熙说:"不是,我是怕你担心。"

我脱口而出:"怕什么啊,我又不是施施,承受能力没那么差。"说完后才发觉这话有点不妥,我怎么拿自己去和施施比呢?施施是他女朋友,哪有这么比的,为了找补,我忙又加了一句,"我以为我们是好朋友,好朋友之间不应该有难同当吗?"

就在这时,我的手机响了起来,是邱志打过来的,他焦急地问我:"怎么逛了这么久还不下来?"

我告诉他,碰巧遇到了一个老朋友,让他先回去好了,不必再等我。邱志嘟嘟囔囔表示不满,我没理他,直接把电话挂了。

接电话的时候,我蓦地感到身上一暖,回头一看,是程熙把他的外套披在了我的肩上。外套带着他的体温,披在身上暖暖的,我突然想起,数年前的那个饭局后,他也是这样,不由分说地将外套披在我的肩上,那时我们甚至谈不上认识。

"是你男朋友催你吗?"他问我。

本来应该回答"是",鬼使神差地,我竟然说:"一个朋友而已。"仿佛是为了增加这句话的可信度,我顿了顿又说,"哪有人瞧得上我啊?"

"怎么会呢?你啊,要求太高了。我记得你说过,找男朋友非得是高富帅不可。"这种情况下,程熙还保持着爱开玩笑的本色。

我问他住在哪儿,他支支吾吾不肯告诉我。我坚持要去看看他父亲,他拗不过我,只好答应了。

去了才知道,他们住在海珠区一处群租房里,不到5平方米的胶囊公寓里,居然硬塞进了两张高低床,其中一边的高低床堆满了各种杂物,另外一边的稍微好些,但也被塞得满满当当的,屋子里一股浊气,还残留着泡面的气味。我这才知道,他为什么不肯爽爽快快让我来。他生性喜欢整洁,住个出租屋也不忘买把姜花,如今却要窝在这样逼仄脏乱的小屋里,谁都不愿意让朋友看到自己落魄的一面,何况像他这样自尊心超强的人。

他父亲瑟缩在一张下铺上,比我想象中要瘦小,精神并不见得如何衰败,只是从眼睛里看得出惯于担惊受怕的人常有的忐忑神色。

见我去了,老人家满脸堆笑,跟我说话有种小心翼翼的讨好。

真看不出来,他当初也是个叱咤风云的人物。是不是人落魄久了,都会不自觉地变得很低很低?我很心酸,叫了程熙出去,提议让他们父子搬去和我同住。自他走了后,那客厅就一直空着,住客厅总比在这里和别人挤要好。程熙很坚决地拒绝了我。他就是自尊心太强了,很久后我才知道,除了怕给我添麻烦外,他更怕的是债主上门不好看。没过多久,他父亲就离开了G市,继续漂泊。

另一件事情我可不容他拒绝,就是帮他摆摊。

开始的时候,我怕他不接受我帮忙,总是在下班之后先给他打个电话,问他在哪，再搭公交车过去，找到他摆地摊的地方。然后装作偶遇的样子，从他面前经过说："哎呀！你也在这里啊。今天晚上我正好闲来无事，让我练练摊如何。"

这样婉转的热忱，程熙实在是不好意思拒绝，只好由着我。

我很快发现他的生意为何总是不太红火了，一来是他进的货物太过小众，工艺品什么的看着别致，购买的人并不多；二来是他脸皮太薄，从来不吆喝，也不写广告牌。

如此分析之后我建议他对症下药，下次进货时多进些发卡啊、丝巾啊之类的女性饰品，以我有限的人生经验来看，基本上逛地摊的都是女的，得女性市场就得天下了。

至于营销，只好由我这种老皮老脸的人来担此重任了。我做了一个牌子，上面用红粉笔写了"大甩卖"三个字，晚上人一多，我就举着这个牌子，向着人群大声吆喝。常用的吆喝广告词有以下几种：

"走过路过，千万不要错过！"

"快来看啊快来瞧，精美饰品厂家直销！"

"只需五元，只需五元，就能买一枚精美发卡！"

"想要拍照美美的吗？十五块一条丝巾就能让你与众不同！"

"厂家促销，重在回本，给钱就卖！"

最后一句广告词，程熙听了说还是别用了吧，什么见钱就卖，这不明显欺骗顾客吗？我瞪了他一眼说："这是广告懂吗？广告要的就是浮夸！"

忘了告诉大家，我所在的那个小县城有"小温州"之称，我们那里的人头脑精明，擅长做生意。吾乡人的足迹遍布五湖四海，在他们眼里，生意就是生意，什么赚钱就卖什么，没有高低贵贱之分，用我们老家方言来说，就叫"霸得蛮，吃得苦，耐得烦"。

在这样的环境之中耳濡目染，就算没吃过猪肉，也见多了猪跑，我还是学了几板斧的，读大学那会儿就敢去女生宿舍推销护肤品了。做生意嘛，一要脑子活，二要脸皮厚，我刚开始吆喝时还有点放不开，到了后面渐入佳境，连程熙都夸我有副好嗓子，脆生生，晶晶亮。

不得不承认，浮夸的广告的确起到了很好的效果，小摊的生意慢慢火了起来，还吸引了一批回头客。没想到我和程熙还算得上黄金搭档，他眼光独到，审美比我好，就负责进货，我善于推销，脸皮比他厚，就负责卖货，双剑合璧，不说天下无敌，但笑傲天桥还是可以的。有些女白领下班时会绕点路，特意到我们这个摊子来买点小饰品什么的。有天晚上不到十点半就全部卖完收摊了，我数了数当天卖出的钱，足足有六百八十五元！刨去成本，净赚三四百元。

"小昭你果然是万能的！"程熙很开心，非要请我吃东西。我说请我吃碗臭豆腐就好了。

他没听我的，跑去新疆小哥那里买了一大把羊肉串。羊肉串烤得焦香四溢，他拿着那一把羊肉串，兴冲冲地往我手里塞："小昭，给你，知道你爱吃辣的，我叫小哥放了很多辣椒的。"

我扭过身子说："我不想吃，嗓子疼。"其实我是想让给他吃，眼瞧着他越来越瘦了。

程熙兴致不改："吃吧吃吧，几串羊肉串我还是请得起的。"

我还是不要，推推搡搡间，程熙一个没拿稳，羊肉串全掉在了地上。

我急得要哭，程熙说："小昭你别急，我再去买。"

"别去！"我连忙一把拉住了他，一句话脱口而出，"好不容易挣点钱，都留着还债吧。"

程熙望着我，我头一次从他的目光里看到了沉痛。有句话我没说，可我们心里都很清楚：那么大一笔债，光是靠摆地摊得什么时候才能还清呢？我有点后悔房子买得太急了，不然的话，也许可以一解他的燃眉之急。可现在

把朋友变成
男朋友的第一天

我自己都是个苦哈哈的房奴,每个月都有房贷要还,想要帮他也有心无力。

2

天气越来越冷,出来逛的人少了,有时摆一个晚上的地摊,也卖不了一百块钱。

我很着急,程熙看上去却愣愣的,只是笑容少了,老是在发呆。

现在想来,那可能是他生命中最寒冷的冬天了。我也是后来才知道,那时他咬紧牙关,几乎把所有挣到的钱都用来还债,最穷的时候一天生活费只有五块钱,饿了就吃馒头,然后拼命灌凉水。

那年冬天太冷,以往过冬只要穿件毛线衣的我都穿上了厚羽绒服,程熙连件冬天的厚衣服都没有,就一件件往身上套T恤、毛衣,穿得不伦不类的。我看不过眼,执意给他买了一件羽绒服。

即使是这样,他也从不诉苦。人一落魄就没朋友,以往围绕在他身边的那群哥们,突然集体失踪了。也许是怕他借钱?可据我的观察,他从未向谁开过口。

他和施施,那一阵也总是分分合合的。都是一个地方的人,施施父母自然知道他家的状况。和小城里大多数人一样,他们根本不相信程家有能力咸鱼翻身,施施父母本来还挺喜欢程熙的,这下为了女儿的幸福考虑,坚决反对他们在一起。施施从小到大是个乖乖女,习惯了听父母的话,父母如此反对,她也不知该如何是好。

那年冬天,施施终于扛不住家里的压力,向他提出,要么结婚,和家里人死磕到底,要么分手。他知道结婚是不可能的,家里还有一两百万的债没还,他拿什么和她结婚?

但他怎么舍得放下施施呢?于是班也不上了,地摊也不摆了,请了两天假去静远,想为挽回他们的感情做最后一次努力。

106

几天后，我在天桥上再次见到程熙，一看他的脸色，就知道他的努力肯定落了空。我从来没有见过一个人可以面如死灰成那个样子。

尽管这样，他还是坚持白天上班，晚上摆摊。我每天下班后去看他，觉得他就像一具人偶，虽然还在机械地运动着，却已经感受不到一点点热情和活力。令狐冲失去小师妹，万念俱灰的程度想必也不过如此吧。

这样硬撑了一阵，他终于病倒了。病情来势汹汹，当我赶到他住的胶囊公寓时，他已经躺在床上神志不清，烧得满脸通红。和他一起住群租房的两个室友都躲了出去，可能是怕感冒会传染。

我一摸他的额头，仿佛摸到了一块烧红的烙铁，热得烫手。

"不行，得去医院。"我扶起他说。

"不用，我再躺两天就好了。"他病成这样，力气却还不小，我根本拉不动他。

"都烧成这样了，怎么不早点给我打电话？还是我去了两次天桥都找不到你才给你打电话。"我又气又急。

他说："小昭，我已经给你添太多麻烦了。"

"你怎么这样呢？我们这关系还谈什么麻烦啊！"我一急就口不择言，"我们……我们都是这么好的朋友了。"

"我想喝水。"他发出微弱的求助声。

我喂他喝了水，又从包里翻出随身带的感冒药，喂他吃了两颗。

他吃了药，略好了一点，就催我回去。

我才不回去。我咬着嘴唇，心里在说狠话："要是我回去了，你就是死在这里也没人管。"

那天夜晚我便留在了他租的小房子里。

退烧药似乎没什么作用，程熙一直在发烧，脸都烧红了，额头上却发不出汗来。我急得不行，好不容易从房间的角落里翻出一块生姜来，忙用电热杯煮了姜水，喂他喝了一大杯生姜水，又从洗手间接了些凉水，用毛巾泡在水里，一遍遍给他擦脸擦身子。

这样折腾了小半夜，程熙的额头总算没那么烫了。我给他擦脸时，他闭着眼睛，一把抓住了我的手，一声声喊着"施施、施施"，声音里似含着无限凄苦。他把我的手抓得生疼，我却不忍心将手抽出去，只好任由他抓着。

后半夜，见他的情况好了些，我靠在他的床边，打起了瞌睡。还没睡着，听见他说起了胡话，胡话的内容颠三倒四，一会儿是"施施，你为我做了那么多，我一定会回报你的"，一会儿又是"爸爸，别担心，债主不会追到这里来的"。

我的眼皮越来越沉重，就快睡着时，忽然听见有个声音在叫："小昭，小昭！"

是程熙。他在叫我的名字。

我触电般地睁开双眼，听得明明白白，他说的是："小昭，小昭，你怎么这么傻？"

我怎么这么傻？我也不知道。

我没办法再听下去了，拿起手机，悄悄来到外面过道上，拨了一个电话。电话没响几声，就接通了，怎么，今夜无眠的人不止我一个吗？

一个轻柔的女声问我："你好，请问你是？"

我说："施施你好，我是小昭。我现在正在程熙这里。"

那边沉默了一会儿，才问："他还好吗？"

"不太好。"我直言不讳地告诉她，"他在发高烧，看上去很难受，我们可以聊聊吗？"

我知道程熙并不希望我这样多事，可我那晚就是控制不住，把我所了解的事情都竹筒倒豆子般说了出来。我告诉施施，程熙这段日子为了还债，是如何努力苦撑；程熙和她分开之后，又是如何伤心，以至于难过得病倒了，现在还躺在床上，发着高烧，脑子都烧迷糊了还在叫她的名字。

我向施施发出请求："程熙现在是最难的时候，你可不可以不要离开他，陪着他走过这一段？"

施施一直在静静地听着我说，听到这里终于开口了，说："小昭，我很抱歉。"

敢情我说了这么多都白费口舌了，我忍不住问她："难道你不爱他了吗？"

"我当然爱他，以前如此，现在如此，也许将来也如此。"说完这句话，施施反问我，"可是，爱又如何？"

我不知该说什么好。

良久，施施说："为了让我和程熙分手，我妈甚至以死相逼。长这么大，我还从来没让我妈这么伤心过。"

电话那头的声音低了下去，取而代之的是嘤嘤的哭泣声。

我正想收线，施施忽然又说："小昭，我也有个请求。我想请求你，帮我照顾程熙好吗？至少，在这段日子里，不要撇下他。小昭，我知道的，你……"

"他醒来了，我得进去了。"我生硬地打断了她，迅速挂了电话。

本来是我信口开河，走进去一看，程熙真的醒来了，他半靠在床上，一双眼睛盯着我，目光灼灼。他望着我，柔声说："电话就在屋里打好了，外面风大，小心着凉了。"

我鼓起勇气，对他说："我是给施施打的电话，她让我转告你，叫你别等她了。"

"我知道。你别怪她，她不是嫌我穷，她只是……看不到希望。"他喃喃地呓语着，像是在替她辩解，又像是在找一个让自己甘心的借口。

我掉过头去，不忍看他绝望的表情。

把朋友变成男朋友的第一天

程熙的这场病拖了很久。久到他所在的公司都受不了,给他下了最后通牒;久到原本健壮的他慢慢变得形销骨立,脸上瘦得仿佛只剩下一双眼睛。我白天要上班,也只有晚上才能过去,给他煲点粥,送点菜。

饶是如此,他还是坚持不肯去医院。是谁说过,感冒是一种很缠绵的病,如果一直没好的话,那是因为患病的人自己不想好。

他老这样缠绵不愈,我实在看不下去了。那天到他那里,我给他倒了杯水,因为平常我给他倒的水都是事先晾过的,不会太烫也不会太凉,所以他毫不设防地接过了水杯。

这次杯子里装的是滚开的水,他被烫得受不了,手没拿稳,杯子掉到了地上,摔成了碎片,热气呼呼地冒了出来。

"很烫是不是?"我问他。

他惊愕地望着我,不知我是何用意。

我说:"这么烫的杯子,你想握也是握不住的。有时候一样东西太伤人了,就要学会放手,你看,你刚刚如果不放手的话,手就会被烫伤的,人也一样。"

他总算明白过来了,眼睛里竟然浮现出了一层水雾。我看清楚了,那不是水雾,是他的眼泪。经历过这么多事,我从没见他哭过,为了一个杯子,他居然激动成这样,不至于吧。

我嗫嚅着说:"你别这样,大不了我再去帮你买个杯子。"

他看着我,泪盈于睫,说:"小昭,对不起,让你费心了。"

原来不是激动是感动,我轻轻嘘了一口气。

"小昭,我有点饿了。"他轻轻开口说。病了这么久,我让他吃什么他都是象征性地吃两口,这还是他病后首次提出想吃点东西。

"来,我给你盛一碗我煲的粥。"那粥是我在家里煮好带过来的,足足煲了两个小时。我随身带着一个保温桶,揭开盖子后,一股香气扑鼻而来。

"这是艇仔粥吗？"他好奇地问我。

"是啊！不过是低配版的。"我笑着为他盛粥。艇仔粥是本地水上人家特有的一种粥，以前的疍民住在船上，勤劳的疍家女人用新鲜打捞的鱼虾蟹蚬螺等熬粥，由于食材新鲜，粥水鲜甜无比。和其他粥类相比，艇仔粥以用料丰富而出名，新鲜的河虾或鱼片作配料，后来还增加了海蜇、炒花生仁、凉皮、葱花、姜等。我看程熙这阵胃口不好，特意为他做了这道粥，不过最近太忙来不及去菜市场，配料没那么复杂，只是看冰箱里有什么料就放什么。

"这粥好鲜啊！"程熙喝了口粥，赞叹道。

"来，猜猜看，这粥里放了什么？"我让他闭上眼睛。

他听话地闭上眼睛，用鼻子细细辨认着各类香气的来源，然后告诉我，鲜香味是鱼片，清香味是莲子，带一点刺激性的香味是葱花，居然还有油炸花生米的焦香味。

"看来你感冒好得差不多了，鼻子比小狗还灵敏啊。"我打趣他。

"小昭，你谦虚了，这哪里是低配版的？明明是升级版的啊！"他埋头喝粥，病了这么久，他好像突然之间恢复了食欲，那粥还有点烫，他喝得头也不抬，很快鼻子上就冒出了一层汗珠。

"你慢点喝，又没人和你抢。"我掏出纸巾，想为他擦汗，最终还是把那张纸巾塞到了他手里。

吃完后他宣布："这是我这辈子喝过的最好喝的粥，小昭，你厨艺这么好，不如我们开个私房菜馆吧。"

"就卖艇仔粥吗？"

"是啊，这粥太鲜甜了，就是名字不够好，那么多家艇仔粥，怎么才能脱颖而出呢？"

"这有何难，就叫黯然销魂粥吧。"我们都喜欢的那部《食神》里，史蒂芬·周这辈子吃过的最好吃的东西，就是落难时火鸡姐递给他的一碗叉烧饭，

111

把朋友变成男朋友的第一天

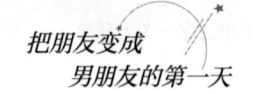

后来他误以为她为他挡枪遇难了,就做出了能令人落泪的叉烧饭,取名为黯然销魂饭。黯然销魂者,唯别而已矣。我刚说完,就醒悟到对一个刚刚失恋的人来说,这个玩笑开得并不合适。

果然,程熙的眼神也随之黯然了,但很快又亮了起来,他笑着说:"这个不好,黯然销魂粥这名字太颓废了,得取个喜庆点的名字,你看这粥里有雪白的鱼片,还有炸得金黄的鱿鱼丝,黄黄白白的多好看,就叫金玉满堂粥吧,讨个口彩。"

我一下愣住了,印象中他已经太久没有像现在这样展颜一笑了,即使有笑,那笑容也是敷衍的、苦涩的、漫不经心的,可是现在这个笑容,就像他从前惯有的那样,眼角眉梢仿佛都有笑意要溢出来,让人想起被乌云遮蔽的天空,忽然有太阳的金光从里面迸射出来。也许他只是怕我不放心才故意那样笑的,但只要能发自肺腑地笑出来,我相信就一定会慢慢好起来的。

"怎么,我脸上有东西吗?"程熙见我盯着他看,不禁问道。

"没有啊。"我垂下头,不看他的眼睛,才敢说,"我只是觉得,你还是笑起来比较好看一点。"

他又笑了:"这话好像是我以前跟你说过的。"

"那我现在把它回赠给你吧。"我望向他,"我希望你可以多笑笑,像这样,发自内心地笑。"说着我向他展示了露出八颗牙齿的标准笑容。

他坦荡地迎上我的目光,只说了三个字:"你放心。"

我脸上一热,赶紧说:"屋里好闷啊,我先走了,你早点睡吧。"拿保温桶的时候我的指尖触到了程熙的手指,他的皮肤冰凉,我的却发烫,我心里暗叫了声不好,这莫不是他把发烧传染给我了吧。等到走在外面,被凉爽的夜风一吹,我才知道,那不是发烧,是我的脸在发烫。

后来我又煮过很多次艇仔粥,但再也没有煮出那晚的味道。艇仔粥的精髓在于就地取材,我起初以为是原料不同了,后来发现并不仅仅如此。还是史蒂芬·周说得对,其实人人都可以成为食神,只要是用心烹饪的人都是食神。那一锅粥,可能是我煮得最用心的食物了。

心病还需心药医,我这招还挺灵的。那天程熙很乖地喝光了我煮的一保温桶粥,第二天就精神焕发地去上班了。远远看着还是活蹦乱跳的一个帅小伙儿,就是瘦了些,也沉稳了些,不像以前那样整个人都快活得闪闪发光。

3

他是没事了,我这边却出了点状况。工作落下一堆不说,近来邱志对我很不满,抱怨我发短信不回,打电话不接,一下班就玩失踪。

我含含糊糊地敷衍着他,他索性到我们公司门口来堵人了。说真的,当看到他抱着一大束火一般鲜艳的玫瑰站在公司大堂时,我还是有点小感动的。这家伙,平时看上去嬉皮笑脸玩世不恭,对我倒还算上心。所以当公司同事们围上来,八卦地说:"刘总,这是你男朋友啊,长得很靓仔嘛。"我也没有急着否认。

吃饭时,邱志问我这些日子都忙什么去了,他都有一个月没见过我了。

"有这么久吗?"我一阵心虚,告诉他忙着照顾一个朋友。

他问我:"你朋友怎么了啊?生了重病吗?"

我说:"病倒不重,他失恋了。"

邱志正喝着汤,听到这里,噗的一口汤喷了出来,他连忙拿纸巾掩住嘴,显然是当个笑话在听。

"怎么你不相信有人失恋会生病吗?"我气恼地问他,"要是有一天我再也不见你了,你会难过得生病不?"

邱志不假思索地回答:"难过是会难过的,但肯定不至于生病啊。这年头,忙都忙不赢,哪有时间生病?刘小昭你不要搞得这么沉重好不好?现代人恋个爱,不图别的,就图轻松简单,合则来,不合则去,失个恋而已,生

把朋友变成男朋友的第一天

什么病啊？会这样的人多半是脑子有病吧！"

"你才脑子有病呢！"我向他翻个白眼。

"我不是说你啦，我相信你肯定也不是那种失恋了就要生病的人，毕竟你还要上班，还要赚钱嘛。"他见我不大高兴，忙拿话岔开了，"再说你怎么会失恋呢？要失恋也是我啊，人家都说我是你男朋友，我看我连你那个什么朋友也比不上，枉担了个虚名啊！"

"呸，我什么时候承认你是我男朋友了！"我啐他。

"你不承认也没用，关键是大家都公认了就行。"见我脸色不对，他忙说，"男性朋友嘛，简称为男朋友。来来来，尝尝这块白切鸡，是用正宗的农家走地鸡做的，肉是不是特别紧实？孔子有句话怎么说来着，人生几何，对肉当吃。"

"文盲就别装读书人了。"我笑着纠正他，"明明是人生几何，对酒当歌。再说这话哪是孔子说的，明明是曹操好不？"

"我管他吃肉还是喝酒，孔子还是曹操呢，总之你笑了就好。"邱志说着又给我夹了个鸡翅膀。

"总之以后你别说你认识我，太丢人了。"我嘴里这么说，还是忍不住笑了。宋倩儿曾经说过，她和张正在一起就是因为他能让她笑，那么这个标准邱志倒算是达到了，只要他乐意，他还是能够把我逗笑的。

邱志有个特点，就是对什么都不会太认真，有时我讨厌他没个正形，有时又觉得这样挺好的，大家落得轻松。尽管不想承认，但我不得不承认，他说的不无道理，在这样争分夺秒的时代里，谁会专门因为失恋生一场病呢，那多奢侈啊！

尽管如此，其实我多么盼望能够有人为我不管不顾地生一场病啊。

我去找过施施，这事我谁也没告诉过，包括程熙。就在他们分手后不久的那个早春，我们公司在静远那边恰好有个新楼盘开始运作，我便因公去了一趟。

静远离 G 市很近，本来是可以当天往返的，可那天办完公事后，我犹豫了一会儿，还是给施施打了个电话，约她出来聊聊。电话里她倒是毫不犹豫就答应了。

我们就约在她上班的银行附近的一间甜品屋见面，我去的时候还没到下班时间，略坐了一会儿，才看见她走了进来。

有一段时间没见了，见了她后我吃了一惊，因为她比起从前瘦了一大圈。以前她是那种略微有点 baby fat（婴儿肥）的，一张鹅蛋脸珠圆玉润，颇有几分神似 87 版《红楼梦》里的宝姐姐，可眼前的她，鹅蛋脸瘦成了瓜子脸，宝姐姐也变成了林妹妹。整个人气质也不一样了，以前是那种一看就被保护得很好、不谙世事的样子，现在却像已经尝遍了愁滋味，即使不说话，眉目间也似乎锁着一段轻烟似的忧愁。

"你还好吧？"我忐忑地问。

"挺好的。"施施礼貌地笑了，眉毛还是微微皱着，只是嘴角轻轻抿了一下。她招手叫服务员过来，点了杯冻柠乐，又给我叫了个杨枝甘露，还嘱咐服务员多放点冰糖，"我记得你最喜欢吃这个，而且每次都说不够甜。"她真是心细如发，我这么一个无关紧要的人身上一个无关紧要的小细节她都记着。我突然想到，记忆力太好的人，失恋的话承受的痛苦估计是寻常人的 N 倍吧，因为她会清楚地记得以往发生的一点一滴，这无异于一种折磨。

杨枝甘露很快做好端上来了，果然放了很多糖，我拿小勺舀着吃了一口，只觉得这平时爱吃的甜品此时怎么甜得发腻，甜得让人难以下咽。

施施的冻柠乐也送到了，她咬着一根吸管，半晌也没有吸一口。

"你瘦了很多。"为了打破沉默，我胡乱找了句话说。

"是吗，我倒是没觉得，要是真的瘦了倒是件好事，以前我挺羡慕你这种身材的，穿什么衣服都挺好看。"

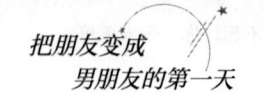

我吐吐舌头："纸片人有什么好羡慕的，要胸没胸，要屁股没屁股，刷层漆就可以直接做风干肉了。"

施施笑了，这回没那么勉强："哪有，我看过你换衣服的，完全是理想的身材，穿衣显瘦、脱衣有肉说的就是你。"

"好吧好吧，我当你在表扬我了。"我注意到，她的腰肢已经瘦得盈盈一握，衣服可能还没来得及更新，松松地套在身上，更衬得整个人单薄得像一张纸，我认真地说，"你不能再瘦下去了，减肥也要有个限度啊！"

施施说："也不是刻意减肥，就是没什么胃口。"

我一急，就忍不住说："你这个样子的话，程熙看到一定会心疼的。"

"不会的。"她低声说，"我们已经分手了，不可能再见面了。"她话说得很决绝，语气却那样艰涩，像是含有万般不舍。说着她低下了头，但我还是看到了，有大颗的泪珠在她眼眶里滚动。她很想忍住，可还是没忍住，那泪珠一下子滚落出来，迅速滴落在小餐桌上，像晶莹的露珠在闪动。她抽出一张纸，擦掉桌上的泪珠，可刚刚擦完，眼里的泪水又成串地掉了下来。那泪珠总也擦不完，可她还是徒劳地擦着。

"你别这样。"我握住她的手，不让她再擦下去，眼眶里热热的，竟也有了落泪的冲动。

"小昭，你会不会怪我太无情？"她停了下来，一双眼睛定定地看着我。

我沉默了一会儿，才肯定地告诉她："不会的。"这确实是实话，如果说来之前，我对她的做法还有点不满的话，等见到她之后，就完全释然了。我看得出来，她并不比程熙好过。人们总是错以为，只有被分手的那个人伤心，其实如果爱还在的话，提分手的那个人同样伤心，甚至可能更伤心。挥剑斩情丝，从来都不是件容易的事。

施施的眼泪越流越多，把我的手都打湿了，我也陪着她流了不少眼泪。

"其实也不止我父母的问题，小昭，我不像你那么坚强，我从小就娇气，我受不了颠沛流离,也不想担惊受怕。"哭了一阵,施施总算平静点了,开始说起他们为何分手的一些细节。

原来程熙来到静远之后,工作一直不大如意,为了还债,他同时兼了几份职,每天回到家里连说话的力气都没有。施施去找了一份家教的工作,第一次去上课时,她花了很多心血备了很详细的课,家长却在给了她一百元后通知她说,孩子不是太满意,以后不用再来了。那晚她做完家教时已是十点了,走到公交车站时,最后一班车正向前驶去。她奋力向前跑,车子却毫不留情地扬长而去。她彻底崩溃了,泪水决堤而出。

那天她很晚才回到居住的小屋,程熙在门口笑着迎了上来询问她怎么样,她疲惫地摇了摇头。他讪讪地说:"我早说了,你不用出去兼职,有我挣钱就行了。"

她突然爆发了:"你总是跟我说,有你就行了,可是你看看,你连自己都养不活呢。"话一出口,他愣住了,她也愣住了。因为在以前,不管发生什么事,他们都不曾这样大声争吵过。

嫌隙不可避免地产生了。没有钱的日子,一个人过仅仅是落寞而已,两个人在一起,心酸得沉重,连流泪的闲情也没有。他们也不再争吵,都忙着做兼职,夜晚一起算算一天的开支,以便省去不必要的花费。为了省钱,程熙连出去打工都是走路,十几站的路,只要一块钱的车费,可是连一块钱他也舍不得花。

施施的话对程熙刺激很大,他很快跳槽到一家保健品公司上班,据说公司效益很好,上班前得先交五千块钱押金。程熙没这么多钱,四处找人借,记得那时他也开口向我借了一千块。

上了半个月班他才发现,原来那是一家传销公司,打着卖保健品的旗号招纳员工,然后再让员工去发展下线。程熙这样的人,宁肯自己吃亏都不会去坑亲友的,见状果断溜了,五千块自然打了水漂。

把朋友变成男朋友的第一天

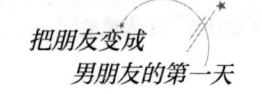

施施一直是个特别懂事的女孩子,她正是花样年华,本来爱买点衣服化妆品什么的,可考虑到程熙家里的债务,她能省的都省了。程熙看在眼里,特别心疼,到静远去的第一个圣诞节,他对她许诺说,一定带她去吃一次哈根达斯,他们在一起这么多年了,她还从来没有吃过。

圣诞节那晚,程熙说有兼职要做,施施就和单位的几个女孩子一起去逛街。小城街头,圣诞节的气氛很浓,橱窗里到处摆放着闪闪发亮的圣诞树。有人打扮成圣诞老人的样子在街上发宣传单、送气球。她们几个女孩子肩并着肩在街上瞎逛,有一搭没一搭地聊着天,大家都很开心。

路过一家新开的哈根达斯店时,施施停下脚步,望着一对情侣发呆,男生正在喂女生吃冰淇淋,两个人你一口我一口,好像那份冰淇淋是世界上最好吃的东西。

施施对一个女同事说:"我男朋友前一阵对我说,圣诞节请我来吃哈根达斯,不过他今天要加班,肯定忘了。"

女同事还没说话,她又自我开解说:"其实也没什么好吃的,不就是个冰淇淋吗,死贵死贵的,买一个的钱都可以在麦当劳买好多个圣代了。"

另一个女同事突然在前面叫她们:"快过来啊,这个圣诞老人还发护肤品试用装呢。"

施施拉着女同事的手兴冲冲地跑了过去,戴着小红帽的圣诞老人热情地给她们发小礼物,这是个年轻的小伙子扮的,还戴着副眼镜。

"老天,林施施,这不是你男朋友吗?"程熙常常到银行去接施施下班,有眼尖的女同事一眼就认出了他。

有个女同事趁施施没注意拉着她走,可是她一动也不动,看着面前的程熙,两个人都成了一尊石像。同事们也都陷入了尴尬,不知道说什么好。

那天他们不知道是怎么回到家的,施施一直沉默不语。我以为她是因为同事认出了程熙在扮圣诞老人感到尴尬,可在转述的过程中她哭着对我说:

"小昭，我好难过，真的好难过。程熙过得这么辛苦，我还惦记着要去吃哈根达斯。我好虚荣对不对，我恨死我自己了。"

后来程熙也跟我说他恨死自己了，因为急于还账，手头一点余钱都没有，连想请女朋友去吃个哈根达斯都得靠圣诞节兼职。他说当那个女同事认出他时，他恨不得学土行孙那样遁地逃走。

她本来是那种坐在自行车后面也能够笑的女生，可是，他却把她弄哭了。长期以来的窘境就像一把沙子，磨得他们一身钝钝的痛，当他们还没来得及把沙子抖掉时，生活又给了他们锋利的一刀。

有一天施施下班回家时，看到了骇人的一幕，他们住的小屋大门上，被人用红漆写了四个大字：欠债还钱。后面还有一个鲜红的感叹号，看上去血淋淋的，特别像蘸着血写上去的。她看到那四个字，忍不住呕吐起来，吐完之后才想起给程熙打电话。等他急匆匆赶回家时，她瑟缩在楼道的一角，幽幽地说："程熙，我们还是分手吧。"

这是她第一次和他提分手，他将她搂在怀里，百般劝慰。他舍不得她，她也舍不得他，可他们都同时感到深深的无力。为了这样的事不再重演，程熙只得忍痛回到了 G 市。她扛不住压力，不久后在电话里又一次向他提出分手，他急急回到静远，还是想挽留。

"最后一次和他见面，我们就坐在这里，也是这个位置，就像我和你一样，我们也是面对面坐着，一句话都没说，我一直在哭，他一直在给我擦眼泪。最后我跟他说，我们还是分开吧，好不好？你猜他怎么说的？"施施泣不成声。

我摇摇头说："我猜不出。"

"他说好。"施施惨然一笑，"我三岁就认识他了，我们一起长大，在一起超过十年，我跟他说分手，他居然说好，那他又回来找我干什么呢？"

"那你要他怎么做？哄你？挽留你？或者，跪在地上求你别离开他？施

把朋友变成
男朋友的第一天

施,清醒一点吧,是你不要他,又何必回过头来谴责他不够爱你?他自尊心有多强你是知道的,你还要他怎样?"我终于忍不住,连珠炮般质问了一长串。我不敢想象,不久以前,程熙坐在我这个位置上,沉声说出那个"好"字,心里该有多么痛。我停顿一下,说:"其实你心里明白的对不对,他只是不想拖累你,分开了对你们都好。"

"是我的问题,我害怕了。小昭,我害怕了,多穷我都可以忍受,我可以不买漂亮衣服,不吃哈根达斯,但是我真的害怕有一天被那些债主找上门来,我真讨厌自己这样没用……"她又开始嘤嘤哭泣了。难怪人家说女人是水做的,我觉得她的体内可能蕴有一公升的眼泪。

她还是爱着他的,可是就像她之前跟我说的那样,爱又如何呢?不是每个人都能承受这样的压力,何况她这么娇弱。我不忍心再说什么,只能拍拍她的肩,以示安慰。

"小昭,你看那里,木棉树已经开花了。"施施忽然停止了哭泣,顺着她手指的方向,我看到窗外的街角有两棵高大的木棉树。南国春早,春天的风才刚刚吹到,木棉树就已经迫不及待地披上了一树红硕的花朵,那样的灼灼其华,仿佛是要用全部的能量,来完成此刻尽情的燃烧。

"怎么了?"我有点奇怪,在这当口,她好端端地提木棉树干吗?

"你还记得舒婷的《致橡树》吗?"

"记得啊,课本上不是有吗?我还会背呢。"

施施出神地望着窗外,低低地背诵起来:

"我如果爱你,

绝不像攀援的凌霄花,

借你的高枝炫耀自己;

我如果爱你,

绝不学痴情的鸟儿,

为绿荫重复单调的歌曲……"

她的声音很好听,念起诗来就像大珠小珠落玉盘般清脆动听,但一首诗念完了,我还是如丈二和尚——摸不着头脑,完全不知道她想表达什么。

"读书那时候,这是我和程熙最喜欢的一首诗,在一次诗歌朗诵会上,我和他一起朗诵了这首诗,还拿了二等奖。我们分担寒潮、风雷、霹雳,我们共享雾霭、流岚、虹霓。我们一致认为,这才是真正伟大的爱情。"施施陷入了回忆之中。

"我也觉得。"我真心地附和着,虽然仍不知道她想表达什么。

"那时候我以为,我会是他旁边的一株木棉,根,紧握在地下;叶,相触在云里。后来才发现,不是的,我根本不是什么木棉,顶多只是那攀援的凌霄花,或者痴情的鸟儿。"说到这里,她回过头来,冲我凄然一笑,笑容那样温婉,眼角却还是有泪光在闪烁。

"从小到大一直是他照顾我呵护我,可到了他需要我照顾、需要我支持的时候,我选择了落荒而逃。"施施还是在笑,笑得泪如雨下。

"可是,做一朵花,或者做一只鸟儿也很好啊,你又何必勉强自己非得做一株木棉树呢,树有树的挺拔,花也有花的妖娆,各自做自己就好了。"我斟酌了一下字眼,才开口说,"我觉得吧,这件事你没有错,程熙也没有错,你们都是很好很好的人,只是……"

"只是什么?"

"只是……"我本来想说的是你们不合适,想了想又换成了"只是时机不对而已"。

"小昭,你真是善良,你知道吗,我和程熙分手之后,以前的同学都怪我,觉得我不应该在这个时候离开他,只有你始终都没有怪我。"施施睁着一双泪眼,楚楚可怜地望着我说:"我实在是放心不下程熙,小昭,如果可以的话,我能拜托你照顾一下他吗?小昭,我知道的,你对他……"

121

把朋友变成男朋友的第一天

我连忙打断她说:"什么拜托不拜托的,我跟他是好朋友啊,朋友间当然应该互相照顾啦,说这些就见外了。"

施施看了我一眼,欲言又止,没再说什么,我们把各自的甜品吃完,然后就告别了。

第六章
点亮一盏灯

1

春天到来后没多久,程熙就辞职了。

我能够理解他心中的焦灼感,不管换成谁,身上背负了那么沉重的债务,也很难做到每天若无其事地去上班。上班一个月就几千块,哪怕一天打两份工,再加上夜晚摆地摊,对于巨额的债务来说,也不过是杯水车薪。

何况,他一直没有在工作中获得过成就感和满足感。事实上,程熙继承了他父亲的理想主义气质,把自我实现当做是人生首要目标,总渴望着能够大展拳脚,干一番自己的事业。这样的理想主义境界,我虽心向往之,却不能至。

经过再三思索,程熙决定离开G市,去别处闯荡。

他离开前夕,我们几个相约为他饯行。我们指的是我、宋倩儿、程熙的一个大学同学田浩以及好久不见的张正,他不知从哪冒出来的,还是那么仙风道骨,脑袋上还是顶着一头爆米花。我以为他见了宋倩儿会尴尬,谁知道两个人见面后都表现得落落大方。我很佩服他们,换了是我,是没办法跟前任做朋友的,如果曾经深爱过,我宁愿和他从此相忘于江湖。

把朋友变成男朋友的第一天

那顿饭一开始吃得无比沉闷。考虑到是给程熙送行,所以选的是离江边不远的一个湘菜馆,菜点得挺多,味道也还算正宗,可是没有人有胃口。那些剁椒鱼头、铁板田鸡、干锅肥肠热气腾腾地端上来,又在我们的沉默中变凉了。张正平素话多,这时候也不说话,只是埋头不停地喝酒。

等他闷头喝了几杯啤酒,终于忍不住站起来,定定地看着程熙说:"是个男人的话,你就留下来,再拼一年。"

宋倩儿拉着他的衣角示意他坐下。张正理也不理,一字一顿地说:"你留在这,有我一口吃的,就有你的!"

宋倩儿说:"还有我!"

我说:"还有我!"

田浩也说:"还有我!"他跟程熙大学时住同一个宿舍,又一同在 G 市打拼,感情特别好。

程熙什么都没说,只是端起了手中的酒杯。

五只酒杯碰在一起,五个人一口气饮尽了杯中酒。三个男生还好,我和宋倩儿喝得有点急,不约而同打了一个酒嗝,差点没当场吐了。

张正一扬手,让老板又加了一箱啤酒。我们再次举杯:"不醉不归!"

酒过三巡,张正已经有些薄醉了,他拍着程熙的肩膀,指着远方的高楼大厦说:"你看清楚了,这里可是 G 市啊,一个传说中遍地黄金的地方,如果在这里都发不了财,成不了名,我想不出还有什么地方能够发得了财,成得了名。你可考虑清楚了,真的要离开这个花花世界吗?"夜色中的 G 市华灯初放,将整座城市装饰得璀璨无比,江两岸已经全部亮起了灯,宛如一条缀满星星的银河,从城市中间蜿蜒流过,这城市是如此美丽。

程熙端起杯中的酒,一饮而尽,然后沉声说:"总有一天,我会回来的。我希望到那一天,我不再是这座城市的过客,而是主人!"灯光投映在他幽深的眼眸,那是夜色中最亮的星。

"等你杀回来！"我也端起酒，和他碰杯。

"等你杀回来！"张正举起杯。

"等你杀回来！"宋倩儿也举起杯。

"等你杀回来！"田浩也举起了杯。

五只杯子碰在一起，发出了清脆的响声，我们齐声说："程熙，我们等你杀回来！"

那天晚上我们都喝得烂醉如泥。深夜时分，我们五个人手牵着手，走在空无一人的街头，大声高唱着"朋友一生一起走，一声朋友你会懂，一句话，一辈子，一生情，一杯酒"。

我们又哭又笑，我们发誓朋友一生一起走。誓言犹在耳边，到如今，我们各自流落天涯。我不知道，拆散我们的是老天爷，还是我们自己。

程熙要去的地方，是一个叫作吴镇的小镇。尽管这里也水网纵横、池泊密布，却并不是一个古色古香的旅游小镇。这个镇三十年前不过是一个布满鱼塘虾池的普通小镇，三十年来，改革的春风率先吹到了南方，吴镇从一个古朴的小镇一跃成为现代化灯都。而纯朴的吴镇人，也在时代的裹挟下从田坎上的农民一个个迅速蜕变成灯饰业的老板、经销商和技术顾问。

你没看错，就是"灯都"。吴镇面积并不大，名气却挺响，号称"世界灯都"。小小的一个镇，有数千家灯饰企业，据说这里的灯饰占全国灯饰市场份额的70%，出口至200多个国家和地区，这里是世界最大的灯饰专业市场之一，年销售市值早就达到了1000亿元。

这里众多白手起家的创业故事，吸引了成千上万的年轻人去吴镇打拼，谁能够说他们就不会成功呢？我相信，程熙也是有这个雄心壮志的。

程熙的姑姑姑父就在吴镇工作，他们先是在灯饰厂打工，学会了做灯的技术，然后自己开了个小门市店卖灯，生意马马虎虎，勉强混个温饱。吴镇遍地都是这种小作坊店，以一个家庭或者一个家族为单位，大家分工合

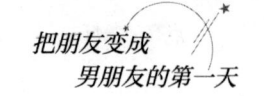

作，有的负责做灯，有的负责卖灯，这种小店也有做大做强的，但大多数的收入相当于打个工而已。

程熙此行就是去投奔他的姑姑姑父的。他父亲也来到了吴镇。他们家的所有财产几乎都用来还债了，去之前，程熙身上只剩下了两千元和一台破旧的笔记本电脑（那还是当年他念大学时家里给买的）。我偷偷地往他包里装了张银行卡，背后写着密码，里面有五千元。几天之后，银行卡被原封不动地寄了回来。他就是这样，犟得像头牛。

程熙父子过去后，寄住在姑姑租的房子里。父子俩刚开始也没确定到底做什么，打工的话，有点不甘心；开店的话，启动资金太少，两千块连个门面都租不下呢。程熙没有急着下决定，他先在姑姑的店里帮忙，有空时就踩着一辆自行车，转遍了整个吴镇的大街小巷。看到有灯饰店，他就钻进去，边和老板聊天，边观察哪类灯具受顾客的青睐。

这样转悠了两个星期，他对灯具的生产、配件的购买以及去向基本都有了了解，他做出了一个当时看来尚算惊人的决定：在网上卖灯。那时淘宝上卖灯的还不像现在这么泛滥，大多数人并不看好这一售卖方式，毕竟，灯是易碎品，包装托运以及后续的安装售后都成问题，人们还是更信任实体店。

只有极少数人从中嗅到了商机，程熙就是这极少数人中的一个。后来朋友们问起他为何如此有先见之明，他说出了四个字："逼上梁山！"现在大家提起他的创业史，都佩服他有创意、敢冒险，可在那时，几乎没有人看好他。大家都觉得这玩意儿太新潮了，你说在淘宝店上买件衣服或者买点零食什么的也就算了，但谁会去上面买灯呢？碎了怎么办，谁来赔偿？买回家坏了怎么办，谁来维修？这些都是很现实的问题。

开店之前，程熙也问过我："小昭，你会在网上买灯吗？"

"这个，"我想了想告诉他，"如果是你开的网店，应该会买吧，因为我相信你卖的东西一定是货真价实的。"这点我很有把握，因为哪怕是在天桥上摆个小摊,他都不会去进那些品质特别次的货。

"你了解我,当然信任我,但如果是不了解也不认识我的人呢,怎么吸引他们来买灯呢?为什么不去实体店买?"程熙继续追问,看来人们质疑的那些问题他也并不是没有考虑。

我其实也是淘宝小白,仅有的网购经验就是在淘宝上买衣服,不过我还是搜肠刮肚,挤出了几条建议:"和实体店相比,淘宝店还是有优势的,一是价格便宜,二是方便。你想想看,如果我们老家有人要买灯,在本地买肯定是贵得要死,专程来一趟吴镇嘛,又不划算,比较起来,淘宝就成了不错的选择。只是买家也有顾虑,所以你要做的就是打消他们的后顾之忧,比如承诺包退包修什么的,当然这个成本你得核算一下,看这样的话是否还有利可图。"

"谢谢你啊,小昭,说实话我本来心里还有点没底的,听你这么一分析,倒是稍微有点底气了。"程熙谢过我之后,顿了一下才又问,"你真的相信我能够把这事做成功吗?毕竟,我之前做的事都失败了。"

"别这么说,失败是成功的妈妈嘛,我就不信马云创办阿里巴巴时,就觉得自己一定会成功。"我给他打气,"再说了,你换个角度想想,反正已经失败了这么多次,再多一次又何妨?你还年轻,你输得起的。"

"哈哈哈哈,好一个'再多一次又何妨'。我明白了,小昭,现在我已没什么可失去的了,那还怕什么呢?"

程熙说干就干,马上在淘宝上注册了一个店。网上开店需要大量图片,他没钱进货,就跑去一家家灯具厂跟人家谈,磨得厂方答应他可以先拍照,等需要货物时再来拿货。程熙父子都是十分聪明的人,他们很快发现,自己做灯比去厂家拿灯成本更低,就买来一些配件自己学着做,先是从最简单的照明灯开始,没过多久,他们就连很复杂的水晶灯都会做了。于是这家小小的父子店,实现了生产、销售、客服一条龙服务,程熙主管销售和客服,他

把朋友变成男朋友的第一天

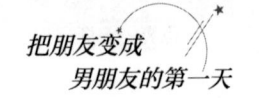

父亲主管生产。

我曾经问程熙:"你从来没有学过做灯,怎么你们什么灯都会做啊?"

他笑笑说:"这点技术含量对我和我父亲来说,根本不是个事。"这小子,还是有几分狂气的。

他的淘宝小店开张了,却并没有迎来开门红。当年在网上买灯的客户实在太少了,程熙绞尽脑汁,挖空心思把小店页面做得漂漂亮亮的,在价格上也尽可能优惠,但还是没什么人来咨询。他向来淡定,那阵给我打电话时语气也变得焦虑了。

我安慰他说:"没事,慢慢来,等一炮打响就好了。"

兴许是承我吉言,两天后,程熙的小店果然卖出了第一批灯。不是一盏,而是一批哦,首个光临的客户挺大手笔的,把客厅灯、卧室灯、壁灯、厕所灯都买了,还买了盏昂贵的水晶灯。

程熙兴奋得不行,在电脑面前一跃而起,蹦到了客厅里,抱着他瘦小的父亲转了两个圈,嘴里还大喊着:"我卖出灯了,我卖出灯了!"他姑姑姑父则在旁边激动地鼓掌。

这些都是程熙在电话里告诉我的,那阵他老给我打电话,说我是他的幸运星,什么都向我讨主意,他说:"小昭,卖出第一批灯后,我好想抱着你转两个圈,可惜你不在我身边,只好换我爸了。"

可能是人一得意就会忘形,我听着这话觉得,嗯,略轻狂。不过,人不轻狂枉少年嘛。

第一批灯卖出去后,程熙父子的信心大增,他们下了更大的苦功去找货源,研究灯饰造型,力图做出更美观、更平价的灯具来。据程熙说,他们的灯,比门市店里能买到的灯至少要便宜一半,有些造型独特的灯甚至只此一家,实体店里都买不到。凭着物美价廉,他的灯具店很快在网店中脱颖而出,生意慢慢好起来。

那段时间里，他像上足了发条的机器人一样，一天工作十七八个小时，脑子里完全没有休息的概念，只有一个念头，多挣点钱，早点把债还清。

即使这么忙碌，他也几乎天天给我打电话，总是在夜深人静，没什么客户在线的时候。电话里说的都是他的生意，他下一步的想法，他总是说：

"小昭，我今天又卖了两批灯，有两千块呢！"

"小昭，我这个月的营业额突破两万了！"

"小昭，这里的灯真的重新点燃了我的生命！"

他这么乐意跟我说这些，我想多半因为我是捧场王，总是在电话里和他一唱一和，表现得特别兴致勃勃。我的确对他的生意挺感兴趣的，"小温州人"嘛，对一切挣钱的门道都兴致盎然。可是，有时候我也希望他能跟我说点别的什么，可关于感情，他从来都只字不提。

有一天，电话接通了，他破天荒地没有向我汇报当天的营业额，而是跟我说："小昭，我想跟你说件事。"

我的心跳了一下，却装作轻描淡写地问他："什么事啊？"

他的声音有些低落："我昨天才知道，施施已经有男朋友了。"

我的心跳在一秒钟之内立马恢复了正常，愣了一下，只说出了一个"哦"字。

程熙却打开了话匣子，他告诉我，施施的新男朋友也是他们高中时的同学，刚刚博士毕业，为了她来到 G 市，在某家 500 强企业任职。

"那人就是个书呆子，除了读书什么都不会的，读中学那时就戴一副黑框眼镜了，镜片厚得像酒瓶底，有次男生们捉弄他，故意把他的眼镜藏了起来，他什么都看不清，下楼梯时摔了一个狗啃泥。"他的语气很复杂，有几分不屑，又有几分羡慕。

"那他成绩一定很好吧？"不知怎么的，我这时就想和他唱反调。

"成绩是不错吧，稳居全校第一，所以才考上了××大学啊，还硕博连

把朋友变成男朋友的第一天

读呢,不过我估计他还是一身呆气,不然怎么没想到出国呢?他们那学校的学生,十有八九都出了国。"

"你这是赤裸裸的羡慕嫉妒恨好吗?人家不出国怎么了?人家这是一颗红心精忠报国,幸好还有施施这样的美女牵绊着,不然我们的学霸哥哥们都流失了。"我感叹说,"校花们最后嫁的都是学霸啊。"根据我的猜测,这位学霸一定在遥远的中学时代就开始暗恋施施了。

"他们还没结婚呢,不过应该也差不多了。其实就算分了手,我也没觉得我们真正分开了,总觉得她还在等我,等我把债都还清了,就去找她。听到这个消息后才知道,我是真的失去她了。"他告诉我,他其实去看过她,在听说她有了新男友之后,他搭车去了她所在的城市,找到了她上班的银行,隔着一条街,远远地看着她在柜台里忙碌。当他终于鼓起勇气,想要走过去时,他看见一个戴着眼镜的男生来到了银行门口,那天下着雨,那男生撑一把大黑伞,施施偎在他怀里,就像一只依人的小鸟。

忽然间他失去了全部的勇气,手上撑的伞也无力地垂在了一边,雨水落在他的身上,更落在了他的心上。他想起在很多年以前,他还是个小男生时,也是这样,站在人群里远远地眺望着她。这次他知道,他再也没有办法走近她。

"就是在那一刻,我知道,有人代替我照顾她了,那个人比我优秀,也更适合她。她再也不用挨穷受苦,也不用再担惊受怕。"

我心想,难怪昨天没有给我打电话呢,原来是去静远看施施了。"等我把债都还清了,就去找她。"他说的那一大段话里,我印象最深的就是这句。原来他从来都没有放下过她,原来对于他来说,分手并不是一个休止符。我反复回想着这句话,突然莫名地烦躁起来。

"小昭,你有在听吗?"程熙问,"我是不是太傻了?"

我心说,还有比你更傻的呢,你看不见而已。但我说出口的却是:"我明白的,你从幼儿园就开始暗恋人家嘛。程熙,是这样的,慢慢喜欢上的人,也需要时间慢慢去遗忘。"

挂了电话,我想,刚才那话,何尝不是说给我自己听的呢?

2

邱志和我的关系,变得越来越淡。我觉得他总是半真半假的,他觉得我总是不冷不热的,这样的状态凑在一起根本擦不出什么火花,越相处越像兄妹,而少了点情侣应有的浓情蜜意。

那次他邀请我一起去西藏旅游,可能是怕我不去,他还特意强调说,还有几个朋友同行。我记得时间正好是程熙对我说他专程去看了施施之后,我这种普通青年本来对文艺青年们所向往的雪域风光、佛教圣地并没什么兴趣,可那天不知怎么搞的,他多劝了两句,我就答应了。

宋倩儿知道后,怂恿我说:"去吧去吧。邱志这人挺深藏不露的,连我都摸不清他的底,说不定人家是个隐形的富二代呢,这次去了,就把生米煮成熟饭吧!"

我接过她的话茬说:"什么生米熟饭的,你不知道西藏那海拔,煮出来的饭只能夹生吗?"

宋倩儿来劲了:"我管它夹生不夹生呢,先煮了再说,至于能不能煮熟就看你们的造化了。那个谁说过的,要想结为夫妻,先去旅行一次,好像是鲁迅先生的名言哦。"

"鲁迅才没说过这话呢。"我漫不经心地告诉她,"钱锺书说的。"

事实证明,钱锺书他老人家说过的话还真有理啊,旅行时最劳顿麻烦,叫人原形毕现,如果经过长途旅行,双方还没有彼此看破、互相厌恶的话,才有可能继续做情侣。

邱志和我的分歧从规划行程那时就开始了。去之前我就害怕自己会有高原反应，因为之前去过一趟云南的香格里拉，我在那里已经有点高原反应了。西藏的海拔比香格里拉高得多，所以我建议先飞到青海，再从那里坐火车慢悠悠地入藏，这样能逐步适应。而且据说那里有一段最美的青藏铁路线，坐上火车去拉萨，听上去多浪漫啊，还省钱，当然后面这个理由我没好意思说。

邱志则坚持要直接飞拉萨，在他的出行经验里，根本就没有过坐火车这个选项。

"火车多慢啊，还脏，小昭，你想象一下，和一群人挤在一节车厢里，上个厕所都要靠抢，那有什么浪漫的？"我很想骂他，想当年我就是坐着他口中的又慢又脏的绿皮火车来的G市，也没见得低人一等啊。但想想还是算了，我通常都懒得和他争辩。邱志也很有意思，他说是征求我的意见，可听了我的话后还是不由分说就订了直飞拉萨的机票。

到了拉萨我一下飞机就觉得头有点晕，同行的几个人却都很兴奋，一个劲地在那歌颂这里的天有多么蓝，云有多么白，阳光有多么灿烂，邱志兴奋地指着天边那朵云给我看："你看，那云像不像棉花糖！刘小昭同学，看到这样的蓝天白云，你的内心有没有得到净化，灵魂有没有受到洗涤？"我配合着点了点头，看他的样子，完全就像一个童心未泯的大孩子。

依我的想法，下午就该在酒店躺着，来前我查过防高反攻略，第一条就是进藏后要休息够了才能慢慢活动。邱志却不依，放下行李就拉着我去大昭寺。他人高步子大，走得特别快，我想提醒他这里是拉萨，最好放慢步行速度，但又不想扫他的兴，就被他一路拉着往前面走。

从酒店到大昭寺本来是五分钟的路程，我们三分钟就走完了，到了大昭寺时，我只觉得头晕眼花，两条腿开始发软。在我的恳求下，邱志总算没勉强我，和其他同伴一起去逛大昭寺了，让我在门口不远处坐着休息。

我在大昭寺广场随便找了一张长椅坐下，看见下午四点明晃晃的烈日下,大昭寺墙角坐满了人。我猜他们肯定不是为了享受日光浴,而是和我一样因为缺氧实在走不动了。

这还只是个开始,接下来,邱志的任性和孩子气暴露得更厉害了。到了拉萨后,我才发现他原来是个如此难伺候的人,他几乎一路都在挑剔,出行时嫌司机乱宰客,住宿时嫌酒店太低档,吃饭时又嫌东西太难吃。

到了西藏,总得品尝下当地美食吧,我们找的那家餐馆看上去装潢还不错,就是苍蝇有点多,特别是服务员将酥油茶和糌粑端上来时,那些苍蝇嗡地就都飞了过来,餐桌上黑乎乎的一片。

"这什么破餐馆啊,这么多苍蝇!"邱志嫌恶地挥赶着苍蝇。

"别介意,我在网上看过一个帖子说,在西藏,要判断一家餐馆是否好吃,就得看苍蝇的多少,苍蝇越多的地方,东西就越美味。"我顺手端起一杯酥油茶给他,"不信你尝尝。"

一群人都笑了。邱志接过酥油茶,试着尝了尝,谁知才喝一口,他就喷在了地上,喷完后边拿纸巾抹嘴边吐槽:"一股怪味道,肯定变质了。"

"什么啊,酥油茶味道不怪才不正宗呢。"同行的一位伙伴来过西藏,马上反驳他。

我头一次喝酥油茶吃糌粑,觉得味道虽然有点怪,但还在可以接受的范围内。邱志却再也不肯尝试,只是皱着眉头在那抱怨说,拉萨这些酒店餐厅的卫生状况实在太糟糕了,比 G 市至少落后三十年吧。

"那你就老老实实在 G 市待着好了,跑这里来洗涤灵魂干吗呢?"我终于忍不住怼他,"三十年前,深圳也不过是小渔村而已,你不过是投胎投对了地方,要投生在这里,说不定就只有在这卖卖酥油茶了,人家老板还不一定要你。"

邱志不以为耻,反以为荣地说:"是啊,我生对了地方也有错吗?你还真说对了,比 G 市落后的地方都是农村,我以后反正打死也不会来这种落后

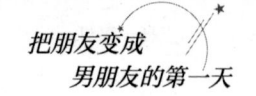

地区旅行了。"

"省省吧你，了解的知道你是从大城市来的，不了解的还以为你是个来自中东的高贵王子，家里有个王国等着你继承呢。"邱志这人平常瞧着还行，但当他肆无忌惮地展现他的优越感时，我就觉得他多讨嫌有多讨嫌。

"你猜对了，他家里还真有个王国等着他继承呢。"一个同伴见我们有点剑拔弩张的，连忙过来打圆场。

"你说真的吗？我可真信了啊。"我笑眯眯地说，心里想的是，我信你个大头鬼呢。邱志送我的礼物里，最贵重的也不过是一条施华洛世奇的水晶项链，他好歹也算是我的追求者吧，王子可没这么寒碜。

"当然是真的了……"那人还想继续八卦，可惜他还没八卦完，就被邱志打断了。

回到酒店，邱志和其他同伴说要一起去一间叫玛吉阿米的酒吧玩，说那里气氛特别好。跑到拉萨来泡吧，他们还真是些夜场动物啊。我头有些疼，就没去。

等他们走了后，我本来想倒头就睡，但总觉得头发沾染了一股怪味，是刚刚喝酥油茶吃糌粑留下的。于是索性爬起来，冲了个热水澡，又把头发洗了。这又犯了防高反的禁忌，那就是在还没适应时急着洗头洗澡。其实洗那个澡我只花了三分钟，堪称生平洗过的最快的澡了，可第二天醒来时还是头疼欲裂，强撑着才能从床上爬起来，看来是没办法继续往更高海拔的地方攀升了。

在酒店吃早餐时，遇到了一拨驴友想去珠穆朗玛峰大本营，邱志跑过去和他们攀谈，聊得两眼放光。我看出来他很想去，便对他说："你和他们一起去吧，都飞了这么远，不去可惜了。"来之前，他就说过，此行最向往的就是珠穆朗玛峰，他算是一个半吊子的登山爱好者，所以这座挑战难度非常大的雪山在他心目中具有无比神圣的地位。

"是啊,去吧去吧,多好的机会。"同伴们也说,"小昭你不一起去吗?"

我苦笑着摇了摇头说:"抱歉啊,我现在只想躺着,就不去拖你们的后腿了。"

邱志试探着问我:"那你一个人留在这里,不会有什么问题吧?"

此话一出,我就知道他去意已定,我说:"当然没问题啦,我就在这待着,酒店老板娘人很好,可以照顾我的,你就放心去吧。"

邱志给我买了药,嘱咐我好好休息,就和那帮驴友兴冲冲地去珠峰了。接下来的几天里,我一个人待在冷冷清清的酒店里,说不失望肯定是假的,说有多失望也不见得。毕竟,当你对一个人并不抱多大希望时,也就谈不上失望。我只是想,如果陪在我身边的换成另一个人,他一定不会放心撇下我出发的。

在酒店躺了两天后,我感觉稍微好了些,看外面阳光明媚,就不想再辜负这大好时光,于是换了套衣服,一个人去布达拉宫玩。布达拉宫和我想象中一样,庄严、神圣,还有种低调的奢华。在那里,我见到了许多前来朝拜的信徒,他们来自各个地区,每走三步就磕一个头,有的甚至全身匍匐在地,默念着经文,再磕一个等身长头。那种五体投地的方式在我看来是非常吃力的,他们却像丝毫不觉得辛苦,脸上的表情仍然是那么宁静。

他们那虔诚的样子,不禁让我想起了那首著名的诗:

"那一天,我闭目在经殿香雾中,蓦然听见你诵经中的真言;

那一月,我摇动所有的转经筒,不为超度,只为触摸你的指尖;

那一年,我磕长头匍匐在山路,不为觐见,只为贴着你的温暖;

那一世,我转山转水转佛塔啊,不为修来生,只为途中与你相见;

那一夜,我听了一宿梵唱,不为参悟,只为寻你的一丝气息;

那一月,我转过所有经筒,不为超度,只为触摸你的指纹;

那一年,我磕长头拥抱尘埃,不为朝佛,只为贴着你的温暖;

把朋友变成男朋友的第一天

那一世,我翻遍十万大山,不为修来世,只为路中能与你相遇;

那一瞬,我飞升成仙,不为长生,只为佑你喜乐平安。"

这首诗的作者是扎西拉姆·多多,却一直被误认为是六世达赖仓央嘉措所作,因为诗中所说的太像是他的心声了。

思念是控制不住的,当我闭着眼睛在经殿香雾中走过时,当我摇动所有的转经筒时,当我在佛前跪下祈祷时,有一个人的面孔,也总是会在我心中浮现。

布达拉宫内部是不允许拍照的,我也没带相机,就在门口拿手机胡乱自拍一张,拍完之后,我心念一动,随手发了条微博。等从布达拉宫逛完出来后,我才发现自己不大对劲,可能是刚刚忙着游览不知不觉走了太多路,高反一下又变得严重了。我站在大太阳底下,只觉得两腿软绵绵的,脑袋晕乎乎的,整个人忽然间迟钝了许多,我甚至能听到自己呼哧呼哧喘着粗气的声音以及心脏咚咚咚剧烈跳动的声音。

我难受极了,再也顾不得什么形象,一屁股就坐在了布达拉宫外面的台阶上。我觉得自己喘不过气来,心跳越来越快,我很想打个电话给我妈,交代一下银行卡的密码,但我又不想让她为我担心。

这个时候我的手机忽然响了,一个熟悉的声音急切地问我:"小昭,你的嘴唇怎么都是紫色的,脸色也苍白得可怕,你是不是有高原反应?严重吗?你那些朋友呢,有没有跟你在一起?"

也不知道为什么,电话一接通,听到程熙的声音,我就很没出息地哭了起来。那时我头疼得要死,总觉得兴许自己就要客死异乡,再也回不去了。

程熙很担心,一迭声地叫我的名字,问我:"小昭,小昭你怎么了?小昭你是不是很难受?"

我什么也顾不上说,只是痛痛快快地哭泣着。直到他急了,说要飞到拉萨来接我,我才一抹鼻子,平静地告诉他:"你不用来,我没什么,就是刚刚突然有点想家。你放心吧,我和朋友们在一起,他们都很好,很照顾我。"程熙再三叮嘱我,一定要好好保重,有什么事就给他打电话。得到了我的允诺后才挂了电话。

哭完后我心情竟好多了,头也没那么昏昏沉沉了。我吃了颗止疼药,窝在酒店休息,头不那么疼了,这时才后知后觉地想起,程熙是怎么看出来我很难受的呢,难道他有千里眼吗?

我百思不得其解,直到拿起手机无聊地刷微博时才忽然想到,他肯定是看了我发的照片,才会打电话过来。那时候苹果手机都还没有问世,我用的就是普普通通的手机,相素差得很,我拿着手机凑到眼前仔细看了阵,才勉强看出来照片里我的脸色白得有些不对头,嘴唇的颜色稍微有点发乌。莫非程熙也对着这张模糊的照片看了十万八千遍才看出了端倪?还是他天生就是火眼金睛?我懊恼的是,拉萨的风把我的头发吹得像个鬼一样,早知如此,自拍前就应该先好好整理一下发型。

邱志从珠峰返来时,我已经红光满面地在拉萨街头溜达了。他给了我一个热情的拥抱,一个劲地夸我说:"小昭你这样的姑娘真好,把自个儿照顾得这么好,一点都不娇气!"然后就开始喋喋不休地说起他的珠峰历险记来,无非是关卡有多严、路途有多坎坷、露营时有多冷、汽车抛了多少次锚之类,他居然用"九死一生"来形容。我很想告诉他,我才刚经历了九死一生,差点就挂了,可我还是什么都没说,只是笑吟吟地听他说。

"我还拍到了夕阳落山时映射在珠峰上的情景呢,你看,这一侧被夕阳映照成了金山,这一侧还是洁白的银山,这是我平生见过的最美的景象。还有这张,拍的是凌晨一点的珠峰上的星空,我跟你说,再好的相机也拍不出它十万分之一的美,那样的浩瀚星空,在 G 市是绝对见不到的。小昭,那时我就一直在想,要是你也在就好了。"他给我展示在珠峰拍的照片,的确都拍得很壮观。

把朋友变成男朋友的第一天

看着他兴奋得像个大男孩,我蓦地明白了,我们为什么从来不曾真正亲密过,因为我和他只可以一起分享欢乐,却无法共同分担忧愁,我们在一起时总是嘻嘻哈哈的,貌似很开心,但并没有过深入的交流。最初打动他的可能是我的独立,最终将他拒之门外的还是这份独立,我没办法在他面前袒露我的脆弱、我的痛苦,所以我们也失去了真正走进彼此内心的机会。

当一个女孩子在一个男人面前太过独立的时候,多半是因为她还没有将自己的心彻底交出去。只有在真正爱我们的人面前,人们才会不介意自己偶尔脆弱得像个孩子。

也许是该好好梳理一下我们之间的关系了,我这样想。

3

从西藏回去我就一直犹豫着,要不要找个机会跟邱志聊聊,这样不清不楚地继续下去,实在非我所愿。

他却神经大条得很,完全察觉不出我态度的细微变化,到了周末照样给我打电话,说要带我去吃私房菜。那是蔡澜盛赞过的私房菜,老板只招待熟悉的亲友,一般人想吃也吃不到。

他这是在炫耀他不是一般人吗?我突然有点讨厌这种所谓得意扬扬的低调,他骨子里其实有俗气势利的一面,我早该看出来了。我自己何尝不同样俗气势利呢?我不排斥和他在一起玩,兴许也只不过是喜欢他提供的五光十色的生活幻象吧。

我本来想拒绝,可又想着总要和他说清楚才好,犹豫了一会儿,还是答应了。

那晚他特意开着车来接我,不是平常开惯了的那辆沃尔沃,而是一辆我认不出 logo 的车。哪怕我连丰田本田都傻傻分不清楚,坐上去后也能感觉到,这车应该挺高档的。

"你换车了啊？"

"没有啊，家里有几辆车，偶尔换着开开。"他握着方向盘，侧头看我一眼说，"今晚我带你去见我父母吧。"

"什么？"我脑子一下糊涂了，"不是说去吃私房菜的吗？"

"是私房菜啊，只是地点设在我家而已，我们家厨师的手艺，可是蔡澜夸奖过的。"

"你怎么不提前告诉我呢？"我才不想去见他的父母，但也不能直接这么说，只能胡乱找借口说，"我都没来得及换套衣服，也没有给叔叔阿姨买点礼物，要不以后吧？"

"没事儿，你身上穿的就挺好，简单大方。"他笑着斜睨我一眼，"别这么紧张嘛，丑媳妇总要见公婆的，再说我爹地妈咪其实都很随和的，你真的不用害怕。"

我哪里是害怕了，我只是不想去而已，但车已开到半途，这个时候也不好回绝了。另外我注意到，他称他的父母为"爹地妈咪"，在我有限的见识里，只有港片中那些富家子弟才这样嗲嗲地叫自己爸妈的，可能是车里的冷气开得有点低，我不自觉地起了一身鸡皮疙瘩。

车一直往白云新区那个方向开，竟然一直开到了白鸿山上，到了半山腰，才驶入了一个非常气派的小区，然后再开了五分钟，才停在一栋非常气派的小楼面前。隔着车窗望去，只见草坪碧绿、泳池蔚蓝，我心里打了个哆嗦，暗想莫非这就是传说中深藏不露的白鸿山顶级奢华豪宅。我又看了看旁边的邱志，心想，莫非他就是传说中深藏不露的富二代。原来他那位朋友并没有骗我，这架势，可能家里确实有个隐形的商业王国等着他继承呢。

"愣着干吗？下车吧。"邱志倒是面色如常，很绅士地为我打开了车门。

是啊！我紧张什么呢，又不是真的来见公婆，眼前的豪宅再气派，又和我有什么关系呢？这么一想，我顿时镇静不少，正因如此，我才表现得不那么像刘姥姥进大观园吧。

可邱志家的排场还是让我吃了一惊,给我们开门的是菲佣,草坪里有园丁在打理,上菜时有统一穿着白衣黑裤的人用托盘奉上,我差点以为自己穿越进了TVB的豪门恩怨剧中。

我忍不住悄声问邱志:"你们家到底做什么的啊?"

他漫不经心地回答:"自己做点小生意嘛!"

"什么生意?"这回他说的话我一个字也不会信了。

"跟你们小温州人一样,什么赚钱做什么呗,主要还是做做红木家具。"他还是漫不经心,原来他一直号称在家具公司打工,就是在自己家的企业里面帮忙。

果然是深藏不露啊!这豪宅,据我目测至少在三千万以上,一个住得起千万豪宅的人,家里还有家族企业,也就是通常大家所说的富二代了,居然在我身边潜伏了这么久。

"那你还开沃尔沃?"

"爹地一直教导我财是不能外露的,我妈咪还经常自己开车去买菜呢。"这会儿他又低调起来了。

我们一下车,邱志的母亲就迎了上来,样子比较雍容,打扮得并不珠光宝气,但一看身上穿的戴的都是顶级的品牌。邱志迎上去,很亲热地叫了她一声:"妈咪。"

"这就是小昭吧。"邱夫人笑眯眯地和我打招呼,还亲自削水果给我吃,看上去倒是蛮亲切的。

"阿姨好!"人家这样,我也不好意思冷场,只得拿出平时做销售练出的应酬功夫,打起精神来与她闲聊。

邱志的父亲倒是掐着饭点才回来,这也挺能理解的,企业家嘛,而且是身家至少上亿的企业家(这是我根据豪宅的价值胡乱估算的),肯定忙得脚不沾地，能抽时间来陪我这样的小人物吃一顿饭，算是很给面子了，当然主要是给他宝贝儿子面子。

邱志长得很像他父亲，父子俩都很高大，都有南方人常有的深秀眉眼和黝黑皮肤。企业家不愧是企业家，不喜欢聊家常，邱志的父亲一落座就开始问我的工作情况。得知我在私企上班后，他语重心长地发表意见说："小刘，原来你在企业工作啊，按说嘛，工作没有高低贵贱之分，我自己是做企业的，企业的情况我是很清楚的。你们年轻人有句话说得好，企业是把女人当男人用，把男人当骡子用。我自问对员工还是可以的啦，但他们辛苦肯定还是蛮辛苦的。作为长辈，我认为女孩子最好能有份稳定的工作，比如说做老师啊，或者进国企，工作体面，婚后也有时间照顾家庭，你说是不是啊？当然啦，我们邱家虽然没什么钱，但养个儿媳妇还是养得起的，你如果不想做事，待在家里也是可以的。"果然是有其父必有其子，这霸道总裁说一不二的风范，还真被邱志学了个十足。

我唯唯诺诺，暗想幸好我并没有动过嫁给邱志的心思，这豪门媳妇看样子不是一般人能当的。

邱志的母亲比较关心我的家庭状况，当听说我是农村出身，家里还有两个妹妹和一个弟弟时，她刚刚还很热情的笑容马上有了一点微妙的变化。

为了表示对我的重视，她亲自下厨做了几道菜，当然大多数菜还是厨师做的，一桌子菜看得我眼花缭乱。菲佣每上一道菜都会报个菜名，都是些经典的粤菜，什么荔茸香酥鸭、桂花炸乳鸽、红烧金钩翅、烧云腿鲈鱼球、椰香咖喱蟹等，一张大长桌摆得满满的。饭桌上，邱夫人不停地给我夹菜，每夹一筷子都会意味深长地加上一句："小昭啊，这个你们乡下是吃不到的，多吃点！"

我什么也没说，不动声色地把碗里堆得高高的海鲜吃完，脸上还含着笑。老实说这些菜确实有五星级酒店的水准，尤其是那道桂花炸乳鸽，火候

把朋友变成男朋友的第一天

恰到好处,但我一顿饭吃得味同嚼蜡,忽然很怀念小餐馆里的一碗面,最普通的那种牛肉面,加多多的辣椒酱,能吃得人满头大汗。

好不容易把饭吃完,邱夫人非得把腕上的一个翡翠镯子褪下来塞给我,说是给我的见面礼。那镯子碧盈盈的,流光四射,一看就是好货色,我哪里敢收,不顾邱志在一旁给我使眼色,还是拼命还给她了。

邱志送我回去,路上还不停地说,他父母对我印象挺好的,让我下次还去做客。又说我不该拒绝他妈咪给我的镯子,虽说样式土了点,可那也是老人家的一片心意啊。

我淡淡地说:"没有下次了。"

邱志踩了一下急刹车,扭过头来劝我说:"小昭,你别这样,我知道你很敏感,他们的态度可能刺伤了你,但他们就我这么一个儿子,什么都会听我的,你不用担心。"

"我不是担心。"我嘴角泛起一丝苦笑,"邱志,我们是可以争取在一起,尽管我们出身不一样,家庭不一样,这些都是问题,可也不是什么克服不了的问题。但我觉得,没那个必要。其实你没那么喜欢我,我也没那么喜欢你。我们,还是算了吧。"

"你说算了就算了啊!刘小昭,你不觉得自己很过分吗?"邱志很生气。

"对不起,耽误了你这么久。"我诚恳地说,"如果当初你建议我做你女朋友时,我态度能够坚决一点,那么我们可能就不用浪费这么多时间了,可那时我以为你只是开玩笑而已。"

"你觉得是在浪费时间吗?我可没觉得啊!"路上有点堵,邱志烦躁地按了按喇叭,突然问我,"刘小昭,你是不是觉得我骗了你这么久,所以报复我来着?"

我哭笑不得:"拜托,这又不是演偶像剧,我才没那么作呢,家里有钱又不是什么减分项,反而是个大大的加分项啊。你家这么有钱,有点防备心也是正常的，你爸爸说得对，财不外露嘛。说真的，你条件比我好多了，家里有钱不说，人也长得帅，又会逗女孩子开心。"

"你既然把我说得这么好，为什么又要说算了？"

我不知道该怎么回答，半晌才挤出三个字："抱歉啊！"我总不能告诉他，之前愿意尝试一下是觉得自己并不讨厌他，后来才发现，不讨厌和很喜欢之间，原来相差很远很远，就像我不讨厌吃清淡的粤菜，可我真正喜欢的还是辣死人不偿命的湘菜。爱情就是这样，来不得半点假，不行就是不行，哪怕只差一点点都不行，何况我和邱志之间，恐怕差的还不是一点点。

"你不用跟我说抱歉，我最不想听到的就是这个。我跟你说，刘小昭，这只是你单方面提出的，我可没有同意！"邱志气得脸都青了，像他这种大少爷，平常肯定是被人宠惯了的，可能头一次碰到我这样不识抬举，好在他还保持着起码的风度，没让我下车走回去。

那次之后，邱志还来公司找过我两次，抱着花，站在门口，一脸伤心欲绝的凝重表情。公司女同事给他取了个外号，叫情圣。我的选择是避而不见，他在前门我就走后门，他在后门我就绕到前门。两三次之后，他再也没有出现过。

所谓情圣，果然只存在于古老传说之中。

第七章

只差一点点

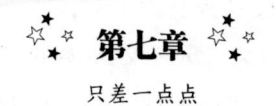

1

我倒是很喜欢程熙的家人。

他淘宝店的灯具生意有了起色后,家里人都过来帮他的忙了。一大家子人都很心灵手巧,他爸爸和弟弟负责生产,妹妹负责客服,妈妈则给一家人搞后勤,程熙呢,就可以腾出手来思考一下店铺的发展方向之类的。

他爸爸妈妈、弟弟妹妹都是那种见人就一脸笑,对人掏心掏肺的人。父母子女间说话都客客气气的,从来不高声大气。我头一次去,就喜欢上了他们家那种和乐的气氛,经济的变故并没在他们身上留下太多的痕迹,他们一家人老老少少仍然那样明朗向上。不像我家,从来都是苦哈哈的,也不是不相爱,就是缺少这种温暖融洽的氛围。所以那段时间我一有空就往他家跑,可能是贪恋这种家的感觉。

我从西藏回来带了些手信,酥油茶、风干牦牛肉什么的,他们都很喜欢,没有人吐槽酥油茶难喝,也没有人嫌牦牛肉太难嚼。

他父母都叫我小昭,弟弟妹妹就叫我小昭姐姐。每次我去了,一大家子人都放下手中的事,轮流来陪我,真让我受宠若惊。

他母亲做得一手好菜,最擅长的是一道剁椒蒸鱼。剁椒鱼头本是我家乡的一道名菜,我也会做的,只是手艺不精。他们家蒸的是全鱼,鱼切成两半平摊在一个硕大的盘子里,鲜红的剁椒覆盖着雪白的鱼肉,光是卖相已经让人流口水了,吃一口更是满嘴鲜香。

那是我吃过的最好吃的剁椒蒸鱼,程熙跟我说秘诀是鱼一定要够鲜,现买现杀之后马上上锅蒸。所以我每次去之前,他母亲都会一大清早就拎着菜篮去市场买鲜鱼,我去了后鱼早上锅蒸了,我只能帮着做点洗菜之类的小事。就这样,他母亲还说我辛苦了,吃饭时总要把鱼脸上那块最鲜美的肉夹给我,那感觉如此亲切。后来我想起程家来,就会想到她笑眯眯地往我碗里夹鱼肉的样子。

有一次去吴镇,正好赶上一年一度的灯博会,也叫灯光文化节。程熙特意带我去看热闹,还是骑着他那辆破旧的电动车。正是华灯初上,我们好像走进了一片灯的海洋,到处都是灯,街边广告牌亮着灯,酒店大堂亮着灯,没打烊的店铺里亮着灯。我从来没见过那么多造型各异、五彩缤纷的灯,所有的景点都和灯有关:璀璨之光、梦幻罗马、火树银花、北湖之光、树景光影、光影长廊、森林童话、时光隧道⋯⋯除了灯,就是人,到处都是人,从全国甚至全世界拥来的人,大家都徜徉在这灯的海洋里,发出声声惊叹,这就是世界灯都的魅力吧。

程熙推着电动车,我跟在他身边,像是走进了一个由柠檬黄、贝壳青、珍珠灰、梦幻紫组成的霓虹王国。我们两个配合默契,程熙负责介绍,我则负责惊叹。

在一盏巨大的水晶灯面前,他介绍说:"这是本次会展的镇会之宝,这盏灯高三点八米,直径二点五米,光这一盏灯,就价值三百多万元。"

我啧啧惊叹:"我的天哪!一盏灯就卖三百多万,我看也只适合挂在比尔·盖茨家的客厅里了,只有他买得起。"我细细打量了一下眼前的巨无霸水晶灯，只见那灯由千万片施华洛世奇水晶组成，每一片都极薄极亮，互相折射之下，犹如花树堆雪、新月初晖。

"这灯有名字吗？"我好奇地问。

程熙挠挠头："没有，不如我们现起一个，金玉满堂怎么样？"

"太俗气了，本来这灯就很浮夸了，再取一个浮夸的名字，那只有暴发户才喜欢，不如叫梨花雪吧。"

程熙连连点头："这名字好，清新脱俗，正好中和这灯的富丽堂皇，不过梨花后面为什么加一个雪字？"

我解释说："你不记得我们学过的那首《白雪歌送武判官归京》了吗？忽如一夜春风来，千树万树梨花开，这可是千古名句啊！"

接下来我们的分工调整了一下，他负责科普，我则负责抒情。

我们来到一盏天鹅灯前，这不是一只天鹅，而是一群天鹅，它们有的引颈高望，有的低头弄水，有的展翅欲飞，组成了一幅再和谐不过的天鹅群戏图，只是这人造的天鹅比真实的天鹅更加光华内蕴，每一只天鹅身体内都有隐隐的宝光在流动。

"这组灯从问世以来，就一直热销，造型实在太美了！小昭同学，考验你的时刻到了，你可以帮这组灯能取个加分的名字吗？"

"很明显这就叫天鹅灯啊。"

"太直白了，不够诗意。"

"要诗意还不简单，就叫清波绿水呗。"

程熙笑着问我："哪来的绿水，又哪来的清波？"

"这你都不记得了吗？"我摇头晃脑地吟诵起来，"鹅鹅鹅，曲项向天歌。白毛浮绿水，红掌拨清波。"

他浅笑着不说话，只是看着我在那卖弄，我这才反应过来，他哪里是不记得了，分明是故意逗我玩呢。

"看我干吗，我的样子很像一只呆头鹅吗？"我脸上一红，不由得瞪了他一眼。

"哪有啊，明明像一只天鹅，比上面那些还要美。"他可能只是调侃，我却听得很受用，这天我正好穿着条白裙子，还略施了粉黛，听他这么一说，自我感觉马上良好起来。

接下来看到的灯也算奇特，但比起那组清波绿水（我已经当仁不让地用它来命名天鹅灯了）来还是稍逊一筹，是两只栩栩如生的蝴蝶，吻合在一起，做工非常精美，尤其是蝴蝶的眼睛，缀着牡蛎黑的LED灯，显得分外传神。

"我知道这灯叫什么了。"程熙一拍脑袋，"蝴蝶梦，这名字怎么样？庄生晓梦迷蝴蝶，望帝春心托杜鹃。怎么样，我高中语文学得不错吧？居然还记得这首诗。"这小子还是蛮懂得举一反三的，很快就从我的命名方式中得到了启发。

"马马虎虎，可以打七十分吧。"我故意说。

"要不要这么打击人啊，才七十分？"他不依了，"You can you up（你能你上）！"

"蝴蝶梦这个名字美是挺美的，就是现在已经烂大街了吧。"我想了想说，"不如叫梁祝怎么样？"

"梁山伯和祝英台！"经我这么一点拨，程熙也想到了梁祝最后双双化蝶的传说，他连连夸我，"这个名字好啊，至少可以给八十分。小昭，我终于明白你们老总为什么那么器重你了，你真的是一肚子的学问、一脑子的创意啊！"

有了他的肯定和鼓励，我更加得意了，在展厅里转了一圈，给厅里凡是入得了我们法眼的灯都冠以一个美丽的名字，诸如掬水月在手、俊采星驰、一星如月看多时之类。

转完之后，我感叹说："可惜啊，我想到了两个特别好的灯名，但这场

把朋友变成男朋友的第一天

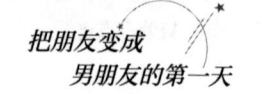

馆里居然没有配得上这名字的灯啊。"

"什么名字?"程熙很有兴趣。

"一个叫樱吹雪,一个叫星如雨。"走得累了,我们坐在展厅一角的长椅上,对着满室灯光,我给他讲我在日本看到樱花骤然飘零的凄美景象,又给他念辛弃疾的那首词:"东风夜放花千树,更吹落,星如雨。是不是特别美?设想一下,如果有一栋水晶城堡那样的房子,全部是玻璃屋顶,天气好的时候,就可以透过屋顶看星星;天气不好的时候,就挂上一盏盏灯,那情景,就是词里所说的星如雨吧。"光是想想,我都觉得挺美的了。

"放心吧,我会让你美梦成真的。你说的这些灯,我一定会设计出来的,你这些名字我可先申请了专利,不能再给别人用了啊。"程熙肯定地说。

"话说,你们生产的灯,有到这里来展出吗?"我说完才后悔自己说话不走脑子,他身为一个小作坊的老板,在这类声势浩大的博览会上,其实就是一个跑龙套的,不,连跑龙套的都算不上,这里都是灯饰界巨头才能跻身进来的。他们家生产的那些灯,说白了就是山寨各大品牌,我这纯属是哪壶不开提哪壶。

"还没有。"程熙倒是挺乐观,对于未来,他总有种不可救药的乐观,"不过现在没有,不代表以后没有,总有一天,我会有自己的品牌,有自己公司设计的灯,我做的灯,将和它们一起点亮这里。"他伸手指向那一排排品牌灯饰的logo,那里都是些在灯饰界响当当的名字。

"你一定可以的。"对于他,我也有种不可救药的乐观,也许有人会觉得他狂了点,可我却很欣赏他身上的这种少年意气。少年心事当拿云,年轻的时候,谁不是心比天高呢,可只有极少数人,才敢于去说,更敢于去做。当他说出上面的话时,我毫不怀疑,总有一天,他的名字也会跻身那些闪亮的名字之中,和那些前辈一起,共同构成整个灯都的熠熠星空。

逛完了灯展,我们一起去看闻名遐迩的吴镇灯光秀。灯光秀分成几个板块,灯都生态湿地公园可以看 3D 音乐喷泉和巨幅水幕电影,据说是华南最具魅力的全景水幕 3D 喷泉,配合着迷离绚彩的灯光,如梦似幻。

公园北面的人工湖,设计的主题则是"荷塘月色",只见一轮满月似的灯自水中升起,婀娜身影在月中舞动,荷影点点,如同一幅水墨画,让人不禁生出神游天外的感想。

人民广场更是灯火璀璨,花坛中间树起了一株灯树,这是光的生命之树,随风飘扬的是光之树的种子,景点主持人介绍说,这象征着吴镇梦、灯光梦走向世界。

当我还在为这光之树惊叹时,程熙拉了拉我的衣袖,指向上空说:"小昭,快看!"

我抬起头来,只见在这流光溢彩的光之树上方,飘浮着成千上万半透明的灯盏。

"啊,这么多水母!"我很煞风景地喊道。

"什么水母啊,这叫光精灵。"程熙笑着为我纠错。

光精灵,这个名字还真贴切。这浮在夜空中的灯盏,一盏盏轻轻地浮动着、闪烁着,倏忽而来,倏忽而去,如梦似幻,还真的像调皮的小精灵。

"太美了!"我仰起头来看得出神,像是走进了一个璀璨的梦中,不禁喃喃自语,"我不是在做梦吧。"

"是挺美的,不过我觉得还可以设计得更加和谐些,就拿这下面的光之树来说,单独看很壮观,但和天上飘着的光精灵不太搭,总觉得有些喧宾夺主,削弱了这种如梦似幻的气氛。要是有一天,我也可以参与灯光文化节的策划设计就好了。"程熙也跟着我喃喃自语。男人和女人就是不一样,同样是做梦,他的梦境还是要现实得多。

"相信我,你没问题的。如果有那么一天,苟富贵……"我伸出双手,等着他过来和我击掌。

149

把朋友变成男朋友的第一天

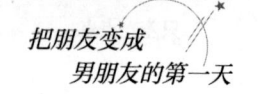

"勿相忘。"他并没有和我击掌,而是走了过来,轻轻地拥抱了我一下。他的拥抱比羽毛还要轻,手一落到我肩上,就迅速滑开了。

可我还是战栗起来,有种不真实的眩晕感。就当这是个梦吧,如此璀璨、如此美好的梦,我愿意沉醉在这个梦里,永远不醒来。

"要是这些灯可以永永远远地亮下去就好了。"望着这满街灯火,我不禁有些怅惘。

"傻瓜,哪有灯会永永远远地亮下去呢,再美的灯光节,也有落幕的一天。千里搭凉棚,没有不散的筵席。走吧,夜深了,我们回去休息吧。"程熙的电动车又没电了,他还是推着车走在前方,刚刚的拥抱可能只是一个哥们间的熊抱吧,因为几秒之后,他就恢复了那种朋友之间应有的分寸感。

"嗯。"我跟在他后面,很想上前去挽住他的胳膊,但终究还是不敢。灯光将他的影子铺在地上,形成了一道淡淡的修长黑影。他肯定不知道,在他身后,我伸出手,轻轻抱了下那道黑影。

2

理想是丰满的,现实却往往骨感。

程熙刚刚立下伟大目标,就碰到了创业以来的一道坎。他的淘宝灯具店一开始只是小打小闹,卖的灯具也花样百出,只要顾客需要的灯,他们都卖。这样很快就遇到了瓶颈,每月营业额卡在两万那里再也上不去了,他对此一筹莫展。

为了打开僵局,他把网店全部交给家里人,自己则一个人跑到G市来,希望能拓宽一下销售渠道。尽管在同一座城市,他却忙得脚不沾地,偶尔和我吃顿饭,也是不到半小时就结束,赶紧又得出去跑。

我那些年一直在地产公司做,营销、策划、销售都做过,发现那几年有个迹象,就是直接卖精装楼的越来越多。一般号称的精装楼其实只是简装,就算装个灯，也是最简单的那种照明灯，可还有一些中高档的精装房，会配上全屋的灯，如筒灯、射灯、吸顶灯、厨卫灯、客厅灯、壁灯、镜前灯、卧室灯、台灯、儿童灯等。

我把这种现象跟程熙说了，他便把各个楼盘当成自己主要的销售阵地，可当时大多数楼盘都已经有了固定的灯饰供应方，而且都是业内叫得上的牌子。尽管程熙使出浑身解数，磨破了嘴皮子，也很难说服地产公司放弃这些知名品牌来选择他这么一家无名小企业作为供应方。

"看来打铁还得自身硬啊。"一次午间聚餐时，看着他焦头烂额的样子，我心念一动，拿出包里的纸和笔，推到他面前，让他写下他做灯饰的优势和劣势。

他接过笔，二话不说写了起来，劣势那一栏写得毫不费劲，唰唰唰就写了好几行，比如缺乏原创性，没有自己的品牌之类，等写到优势时，他苦思冥想了一阵，才勉强写下了"便宜"两个字。

我帮他分析说："其实吧，中小企业要和大企业竞争的话，必须靠物美价廉来取胜，价廉这一关你已经做到了，我看了下你们的价位，比欧普、华艺之类的低的不是一点半点，可见已经把利润压得很低了。但是物美方面，还是有很大的提升空间的，我看过你的网店，也参观过你的仓库，发现了一个问题。"

"什么问题？"

"你们什么都卖啊，想想看，问题在哪里？"

程熙一挑眉毛："你是说，缺乏自己的特色？"

"是了，或者可以这么说，没有自己的定位。不管是创业还是打工，我觉得吧，最主要的是精准定位，然后突出核心优势。"我继续侃侃而谈，"以我们楼盘为例吧，你知道的，我们公司起步晚，拿的地都比较偏远，如果要和其他楼盘拼地段的话，是很难取胜的，那怎么办呢？就只能错位发展了。

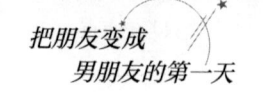

我们干脆就不和它们拼地段,而是拼环境、拼物业、拼服务,并且把这些打造成了我们的核心优势,如果业主置业不想在市中心的话,第一个就会考虑我们。在地产界,也算是树立了一个新的标杆吧。"

程熙看着我口若悬河,眼神有些复杂,分不清是惊愕、欣赏还是赞叹。

"不好意思,我平常在公司开会常常要拿方案说服大家,都成职业病了。"在他的注视下,我不禁羞涩起来。

"士别三日,当刮目相看啊。"程熙说,"小昭,我刚刚才发觉,这些年你成长得好快,我如果再不奋起直追的话,就快跟不上你的脚步了。"

他居然这样说,还蛮令我吃惊的,在我心目中,我才是跟在他后面奋起直追的那个人,我忙说:"千万别这么说,我这只不过是班门弄斧罢了,都是从你那学的呢,说起来,我还应该尊称你一声师父呢。"

程熙不解:"别开玩笑,我什么时候教过你了?"

我提醒他:"你还记得吗,以前我们还住在杨坂村的时候,有一次我工作受挫了,你就叫我坐下来,把自己的优势和劣势都写出来。你还教我对着镜子练习微笑,说只有发自内心的微笑才能打动人。"其实我心里还有句话不敢说出口,你还说过,我笑起来很好看,这些你都不记得了吗?

他终于想起来了:"哦哦,小昭你记性真好,这么久以前的事,还记得这么清楚。"

我心说,哪里是什么记性好了,只是有些事情记得格外清楚罢了。人的记忆都是有选择性的,大多数事和大多数人都如同过眼云烟,转头就忘,只有你特别在乎的人,你才会记得关于他的每一件小事。我定了定神,将这些心思都抛出脑外,才重新将思绪拉回来说:"言归正传,所以你现在需要做的,就是先找准定位,定位准了,下一步才是营造核心优势。"

"你说得对,该怎么定位才好呢,硬拼是不行了,现在要出奇制胜,就只能剑走偏锋。"程熙陷入沉思之中,两道眉毛轻轻皱起,眉心间浮现出一个淡淡的川字。

我很想伸手去抚平他眉心的细纹,可我什么都没做,只是说:"不用太着急,我们一起想,总会想出来的。"

定位这事,可不是一时半会儿就能想出来的,我暂时也给不了他更好的建议,一顿饭吃完,我们只能先匆匆告别,各自奔忙了。

我说到做到,那些天里,除了忙活自己的本职工作外,我基本都在想着他的灯饰生意到底应该如何定位。我不知道程熙那边的状况如何,至少"定位"这两个字,已经快把我折磨疯了,营销本来就是个费脑子的活,可我还从来没有为任何一桩公事,耗费过这么多脑细胞。

公司正好这阵在城郊推新项目,我大部分时间都是待在那里。这个项目采用了我的一个营销方案,整体定位于"归园田居",不消说,正是从陶渊明的诗里得到的灵感。从前年开始,我们公司就只做精装楼盘了,而且装修风格也是与时俱进、随时调整的。比如新建的这个楼盘,为了烘托出"归园田居"的气氛,整个小区的楼房都偏中式,尤其是别墅区,主打的是中式别墅的概念,一水的粉墙黛瓦,让人以为来到了江南的庭院。

样板房已经提前建好了,我特意去看了下。走进去一看,整体装修都透着股古韵,一屋子的家具都是用黄花梨做的,门窗采用了一些雕梁设计,阳台上种下了几竿纤细的翠竹,书房里摆的都是线装书,客厅里放了一张古琴,到时候开盘时会请古琴师来表演。

"很不错啊,我都想住在这儿了。"我对陪我来参观的基建部同事感叹。以前我总觉得,只有中老年人才会欣赏这种古色古香的中式装修,太土了,也太落伍了,可参观了这套样板房后却觉得,古典风格其实并不是那么土,也可以相当清新雅致。

"刘总你不知道吧,这种风格叫作新中式古典风,今年最流行这种风格了,之前的简欧田园风格反而没那么火了。现在不是说要复兴传统文化吗,

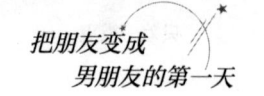

很多人喜欢这个调调呢。你年纪这么轻,正好给我们一些建议,这样装修怎么样,可以接受吗?有没有什么需要调整的?"

作为一个年轻人,我表示这种新中式古典风还挺对我的胃口的,传统中融入了一些现代的元素,但我还是尽可能地提了些建议,比如家具的色调还可以明亮些,灯光有些暗沉了。

灯光?说到这我抬起头来,特意打量了一下屋子里挂着的灯,为了配合整体装修风格,一屋子挂的都是羊皮灯,造型和外观确实都挺漂亮,但问题就是这些灯的外罩稍厚了点,以至于照射出来的灯光有点昏黄。

"灯具供应方已经确定了吗?"我问同事。

"这个一早就定了的,都是合作惯了的公司。"同事说了一家灯饰公司的名字。

"哦哦,这家公司的水晶灯、照明灯都不错,但羊皮灯好像一般啊。私底下问一句,现在还来得及换灯饰供应商吗?"

"来不及了,也不好换,这家公司的老板和我们徐总很熟,我们这些虾兵蟹将可不敢在太岁头上动土。不过刘总你的意见我可以反馈给供应方,让他们改良一下灯罩。"同事和我挺熟的,言语之间也不避讳。

"我明白了,我也是想多了,老板都不介意,我们又何必多事?"我赶紧笑着拿话岔开了。

回去的路上,我心中隐隐约约有一个想法,可急切之间就是无法成型,这导致我坐地铁的时候心不在焉,一不留神就坐过了站。

正想着要坐回去时,包里的手机响了,电话一接通,就听到宋倩儿脆亮的大嗓门嚷嚷:"这都什么时候了啊,刘小昭你是不是又放我鸽子啊?我都约了你多少次了,每次都说忙忙忙,你不会是忙着谈恋爱去了吧?赶紧从实招来。"

我这才想起,之前答应了晚上和她一起去星夜荟吃饭逛街呢,忙一迭声地道歉:"不好意思不好意思,忙工作忙疯了,刚从城郊回来呢。我现在马上就过去,你先找个吃饭的地方,回头把地址发给我就行。"

宋倩儿还在那嘟嘟囔囔的,为了不让大小姐多等我,我只得从地铁口出来,直接打了车过去。

饶是如此,等我到了的时候,菜也已经上齐了,大小姐的脸色更是不大好看,毕竟平常都是人家等她,我却让她在这苦苦等了一两个小时。

"好啦好啦,我保证吃完饭一定舍命陪君子,你爱逛多久我就陪你逛多久,大不了今晚不睡觉了。"我只得哄她。

"行了,你不睡觉,人家商场还得打烊呢,赶紧吃吧,不然等下就没什么时间逛了。"宋倩儿看着我,不怀好意地笑了,"多日不见,贡献点八卦来听听吧,要是精彩的话,我就再原谅你这一回。"

这笑容,真让我汗毛直竖,我问她:"你想听什么八卦?"

"你和邱志啊,上次不是去西藏了吗,春风几度了吧,透露一下,后来怎么样了啊,有没有下文了?"宋倩儿一八卦起来就两眼放光。

"有啊!"我老老实实地回答,"后来他邀请我去他家了。"

"怎么样怎么样?"

"如你所猜的那样,他还真是个富二代呢。"

"有多富啊?"

"无非是老豆(老爸)有厂,家里在白鸿山有豪宅,具体有多富我哪知道啊,你又不看TVB,不然照着里面的那些富豪联想一下就行了。"我一边啃着香茅烤鸡扒,一边三言两语交代完了。

"就这些?也太简单了吧。"宋倩儿有些失望,可熊熊燃烧的八卦之心还是不肯熄灭,继续追问,"然后呢?你准备嫁入豪门了吗?"

"然后就没有然后了啊。"

"啊?他向你求婚,然后你拒绝了?"

"没那么夸张,但也……差不多吧。"其中细微之处,我也不想多说。

"你啊你,平常口口声声说要嫁个有钱人,这回真碰到了个有钱人,反而怂了,刘小昭你傻不傻啊?"宋倩儿一副老母亲恨铁不成钢的样子。

"三毛说得好啊,看得不顺眼的话,千万富翁也不嫁;看得中意,一文不名也可以嫁。"

宋倩儿冲我翻了个白眼:"什么鬼啊,欺负我没读书吗?三毛这话我可记得很清楚,人家后半句明明说的是,看得中意,亿万富翁也嫁,也就是说,一定得嫁个有钱人。"

我回了个白眼给她:"那她最后还不是嫁了荷西,有情饮水饱嘛。"

"那你既然没有去攻克豪门,最近到底又是在忙啥呢?"

"还能忙啥,忙着思考人生……"这是真的,就算是在享受美食的时候,我还是在一刻不停地琢磨着。

"得了吧你,再思考下去都魔怔了,你看你这顿饭走了几次神,都不知道你脑子里到底在想什么。"

我又出了一会儿神,才顾得上问她:"对了,倩儿,你认识什么需要采购大批灯具的土豪不?"我这也是病急乱投医了。

宋倩儿没接我的话茬,倒是很敏感地反问了我一句:"是程熙让你帮他问的?"

"没有没有,他怎么可能开这个口?我看他最近生意比较难做,所以想帮帮他而已。"我连忙否认。

"小昭,你别太傻了,我跟你说啊,千万不要跟那种处在奋斗期的男人在一起,这种男人往往穷得要死,野心却大得要命。看看你眼前的这个人吧,我可是过来人,说的都是血和泪凝结成的经验。"宋倩儿忽然一本正经地说,"你肯定觉得我是攀上高枝甩了张正吧,不仅你这么认为,大家都这么认为,我也懒得解释。"

我真的一直这么认为的,听她这么一说,好像另有隐情。

宋倩儿顿了顿,才幽幽地说:"事实上是他勾搭上了一个富婆,那人一口气买了他二十张画,于是他就觉得她是他的知己。那女人的年纪,至少比他大了十岁,长得也一言难尽,可那又怎么样,人家有钱,在他那个圈子里也有影响力。"

"不会吧。"我的确有些震惊,张正那人虽然嘴上花,但我觉得他心地不坏,对倩儿更是爱若珍宝,怎么会为了一点点利益,就辜负一直陪在自己身边的姑娘呢,我忍不住问,"你有没有问过他,也许另有隐情呢?"

"若不是亲眼所见,我也会怀疑自己是冤枉了他,可我的确清清楚楚地看到,他和那女人一起去开房,可笑的是,还是那女人刷的卡付的房钱呢。你说我喜欢的是个什么男人啊,偷个情还让对方买单。"宋倩儿提起张正来,脸上浮现出一抹鄙夷的冷笑,语气中满是不屑。

我也一时语塞了,真没想到,他们的故事竟然有个如此不堪的结局,换成是我,也未必会比倩儿大度多少。

"所以小昭啊,别以为你陪着男人同患难了,对方就会和你共富贵,那些陪男人一起吃苦的姑娘,最后往往成了他们的垫脚石,坐享其成的反而是其他的姑娘。别把男人想得太好了,他们配不上我们的深情,如果一个男人老是让你为他牺牲的话,你最好让他有多远滚多远。"宋倩儿这番话说得咬牙切齿,像是说给我听,更像是在宣泄心中累积的怨气,"你一定以为程熙和张正是不一样的吧,我跟你说,男人都差不多的,老话说得好,天下乌鸦一般黑。"

"你扯哪去了?"我讷讷地辩解,"你又不是不知道,我和程熙,我们……只是朋友而已。"

"朋友?哈哈,他这么跟你说的?那你这个朋友,可比他那个女朋友仗义多了。"

把朋友变成男朋友的第一天

"他们已经分手了。"

"那更好啊,守得云开见月明,你的机会来了。"

"倩儿你不要胡说八道了,我说过人家只是拿我当朋友啦。"

"他拿你当朋友,那你呢,你也拿他当朋友吗?"

"当然,你再这么乱开玩笑我可要生气了。"我警告她。

"好吧好吧,你说是朋友那就是朋友,只要你喜欢,你就这么一直自欺欺人下去吧。"宋倩儿还是那样略带一丝嘲讽地笑着,一双眼睛亮亮的,在这样的目光面前,我忽然有了一种完全被看穿的感觉。原来她什么都知道,我那么小心翼翼守护着的秘密,落在别人眼里,只不过是掩耳盗铃式的自欺欺人罢了。也许所有的暗恋都是掩耳盗铃,你以为隐藏得很好的秘密,其实早成了周围人尽皆知的笑话。我蓦地恼羞成怒,又发作不得,只能涨红了脸说:"你还说!"

"好了好了,逛街去吧,说这些有什么意思!为了弥补你被伤害的脆弱心灵,这顿我请了。"宋倩儿招手叫来侍者,很爽快地买了单。

星夜荟差不多是G市最奢侈的一个商场了,汇集了诸多一线品牌。对于这些牌子,我一直抱着可远观而不可近玩的态度,总觉得走进去的话,只怕会被导购扫地出门,只有跟在宋倩儿身后,才有胆进去走走瞧瞧。

不知不觉中,倩儿已经成长为以往在TVB中才能见到的那种"白骨精",修炼出了一身的名媛范儿,走起路来香风习习,逛起街来一掷千金,随便走进哪家品牌店派头一点都不输。我跟在她后面,总觉得这位大小姐一时兴起,没准会对着导购说:"这款衣服每种颜色都给我来一件,全部包起来!"

女人的心情,果然三分天注定,七分靠打拼,尤其是倩儿这种血拼动物,逛了一圈之后,刚刚还有点低落的她马上多云转晴,脸上洋溢着幸福的光彩。她血拼的能力也着实惊人,逛了包包店又逛服装店,我则紧随其后,在她试衣服的时候负责在外面看守东西,在她逛街时负责拎着大包小包。这

158

些年她从未停止过跳槽，换工作和换男人一样频繁，看这血拼的架势，目前的工作和男人应该都挺不赖。

"你怎么什么都不买啊，一路都魂不守舍的。"宋倩儿问我。爱购物的女人就是这样，不仅自己爱买，还恨不得身边的女人都被带动一起买买买。

她说得对，我的身体尽管游荡在星夜荟的品牌店里，我的灵魂一直还停留在新楼盘的那间样板房里，有个朦朦胧胧的想法在脑子里转呀转的，却还是没有成型。

"我可买不起，你一个包包，抵得过我们一家人一年的生活费了。"我心不在焉地说。

"拜托，人靠衣装懂不懂，你好歹也是总监级别了，没几套穿得出去的衣服、没几个背得出去的包包怎么行？"在一家品牌店，宋倩儿风风火火地帮我选了好几件衣服，"喏，这件、这件，还有这件，全部拿进去试试。"

"这不大适合我吧。"我目瞪口呆地看着她选的那几条裙子，有多层蕾丝的，有背部镂空的，还有深V领的，平常这样的款式都是我不敢挑战的。

"不试怎么知道呢？我也是搞不懂你，一个年纪轻轻的女孩子，打扮得跟个中世纪的修女一样；更搞不懂的是，居然还有二世祖欣赏你这种风格。"宋倩儿不由分说把那几件衣服往我手里塞。

只要是女人，就无法抵挡华衣美服的诱惑，我的内心还在抗拒，我的身体却很诚实地被宋倩儿推进了试衣间。不试不知道，一试吓一跳，不得不说，大牌就是大牌，每一个细节都是如此熨帖，光是拿在手里就已经让人爱不释手了，更不用说穿在身上了。

我在几条裙子里挑选了一下，决定先试那条深V领的黑色雪纺法式茶歇裙，这条裙子整体比较复古风，简单而又不失性感，暴露尺度在我可以接受的范围内。当我穿着那条裙子走出来的时候，宋倩儿一个劲地为我鼓掌："真是惊艳啊！小昭，你原来是颗明珠，却埋没了这么多年！"

把朋友变成男朋友的第一天

她把我拖到镜子面前,给我打气:"来,抬头,挺胸,面带微笑,你看看你自己有多美!"

我照着她的指示看向镜子,镜子里面的女孩子差点让我认不出来了。这件黑色茶歇长裙似乎具有水晶鞋一样的魔力,瞬间就将一个怯弱的、不自信的女孩子变成了一个明朗的、自信满满的女孩子。穿上它,我不再是在乡下田间劳作的刘小招,而是大 G 市的 office lady。这条裙子最合我心意的就是线条非常简洁,没有一点多余的点缀,也没有一处多余的挂饰,我本来不高的身材被修饰得格外修长,V 领也开得恰到好处,有一点小性感,却又不过分。

"小昭,你到底穿多大的内衣?"宋倩儿身材高挑,却常常以平胸为恨,这下就像发现了新大陆一样,一双眼睛盯在我身上,嘴里还喋喋不休,"都怪你,平常捂得太严实,根本就看不出来,真是暴殄天物啊!"

她不知道,她所羡慕的身材,曾经带给过我多大的困扰。我胸部发育得比一般女孩子早,加上又买不起好的内衣,在漫长的青春期里,我都是穿着妈妈给我改的旧背心,含着胸驼着背,恨不能将胸缩回去。尽管如此,我还是能从男生们的好奇和女生们的不屑中感受到自己的不一样,那时我多么希望自己是个隐形人。很多年过去了,我已经不再羡慕平胸的女生,却还是落下了喜欢含胸的毛病。

"女士,买下来吧,这条裙子很多顾客试过,只有你穿得最好看,又性感又高级,真是很难得了。"一旁站着的女导购也如此说。

看着镜子里那个焕然一新的自己,我真是有点舍不得脱下来了,可回到试衣间偷偷看了下吊牌上的标价,只好恋恋不舍地脱了下来。这条裙子是挺好的,可现在的我,感觉还是配不上它的昂贵啊。小一万的价格,都快接近我一个月的薪水了。

"其他几条不试试吗?"导购不死心地问我。

"不用了。"我就是这么死心眼,通常第一眼看中的东西总是最喜欢的,接下来再好的东西也入不了眼。

"那买了这条吧,今年就流行这种复古风,靓女你气质古典,穿这条裙子去约会,男朋友肯定更喜欢呢。"导购继续游说我。

听她提起"复古风""古典",我忽地心念一动,电光石火间,一个酝酿已久的想法终于喷涌而出,我把裙子塞到导购手里,对她说声不好意思,就急匆匆地往外面跑。

"喂,你去哪里?"宋倩儿在背后叫我。

我这才想起她还在店里,忙又折返回去,一迭声地说:"抱歉抱歉,我临时有急事,陪不了你了,你一个人慢慢逛,对不住了,下次再请你吃饭赔罪。"说完不等她回答,就又往外冲。

"喂喂,这裙子也不买了吗?什么事这么急,就不能等等吗?"宋倩儿又叫。

"不买了!"我头也不回地跑了。在我心目中,的确有件事十万火急,哪里还顾得上买裙子呢,再说我也买不起。

3

我冲出星夜荟,是急着给程熙打电话。本来想着在电话里说说就算了,可谁知越急就越说不清楚,最后他干脆打断我说:"还是见面聊吧,你在哪里,我过来找你。"这时其实已经不早了,我居然也没顾虑到第二天还要早起上班,一口就答应了。

这时也顾不上找什么地儿了,就约在星夜荟旁边一家烧烤店见面。我是直接跑过去的,十分钟的路程只花了五分钟,跑得一头大汗。没过多久,程熙也骑着电动车来了,也是一脑门子的汗。

我们随便点了点东西,一落座就热火朝天地聊了起来,严格来说是我在滔滔不绝,程熙偶尔问两句。那些鱿鱼啊羊肉串啊流水般地端上来,谁也顾不上吃。我说话语速本来就快，这下忙着要把心里的想法说出来，更是竹筒倒豆子一般说得噼里啪啦，程熙一边往我杯子里倒茶，一边把那些烤串往我手里递，说："小昭你边吃边说，慢慢说，不着急的。"

这个时候我哪里吃得下，一张嘴光顾着说了，我先是描绘了一下今天在新楼盘样板房的所见所闻，当我说到一屋子挂的都是羊皮灯时，程熙忽然打断我说："我明白了，你的意思是，现在新中式古典风这么流行，不如主攻羊皮灯？"

"不一定是羊皮灯啊，陶瓷灯、木艺灯、铁艺灯、布艺灯，只要是风格偏中式的都可以吧。"我建议说，既然西式灯具市场差不多已经饱和了，不如试试挖掘一下中式灯具这块市场。

"中式灯具，新中式古典风，倒是可以试试新中式灯这个概念。"听了我的提议，程熙的眼睛一下子亮了。

"没错，这个概念好，新中式灯，听上去没那么老古董。"说完了该说的话，我终于又恢复了吃货本色，接过他递给我的肉串，不顾形象地据案大嚼起来，"我给你贡献了这么好的点子，这顿可得你请了。"

"那当然，老板，你过来一下，看看你们这还有什么是我们没点的，都给我们上一份。"程熙豪气干云地一挥手，"再给我们一箱啤酒。"

"要不要这么豪啊！"我吓了一跳。

"你帮了我这么大忙，吃点烤串怎么了，就是要天上的星星，我也得摘下来给你。"程熙展颜一笑，近来始终拧着的眉头总算是舒展开了。

我也笑了："你有本事摘，我还没地方放呢。"

事情有了眉目，终于可以开怀畅饮了。我们坐在秋日的凉风里，喝着啤酒，吃着烤串，不知不觉啤酒瓶子喝空了一堆。我数了数，他喝了六瓶，我也不赖，整整喝了四瓶。

我一喝酒就容易上脸，只觉得脸越来越烫。程熙倒是脸色丝毫不变，只有一双眼睛越喝越亮,静静地凝视着我,像是要看到我的心里去。喝着喝着,他忽然停下来说:"小昭,我知道你在你们公司做得很好,但是我有时候想,如果你可以屈尊来帮我就好了。"

"屈尊?朋友间还用这么严重的词。"我问他,"问题是隔行如隔山,我能帮你什么呢?"这是实话,我既不会设计画图,也不会制作生产。

"你只要负责提供创意就够了啊,然后我再负责把你的想法落到实处。比如,你提供一个思路,我根据这个来做一盏灯,再交给你命名,配上漂亮的文案,还愁没有市场吗?"程熙看来是有点醉了,居然说,"你看过那么多武侠小说,肯定听说过一句话吧,双剑合璧,天下无敌,就像年轻时的杨过和小龙女,分开来都不算太强,但只要一人使全真剑法,一人使玉女剑法,合起来就可以秒杀金轮法王。"

这个比喻我喜欢,妙就妙在他用来举例的杨过和小龙女恰好是情侣,拿神雕侠侣来打比方,他是在暗示想和我比翼双飞吗?一想到这个,我禁不住接着他的话说:"你这是要干什么,开夫妻店吗……"

程熙本来在喝酒,一听这话竟呛到了,我也不好意思再借酒装疯,只得掩饰说:"开个玩笑而已,别往心里去。"他笑笑没说话,只是继续给我倒酒。我想我一定是醉了,不然怎么说得出如此没羞没臊的话呢,幸好酒气上涌,恰到好处地掩饰了我的面红耳赤。

程熙当然不会仅仅听了我的外行话就付诸行动,而是又骑着那辆电动车,到附近各个楼盘去转悠,看业主们是如何装修的。这一看他也发现了,装修走中式古典风的还真不少,而且多是有钱的主。考察之后,他果断调整了产销方向,专做新中式灯,主打的是中高端羊皮灯和陶瓷灯。

以前的中式灯大多存在着款式不够新、灯光不够亮的问题,这些他都在设计制作中一一改良,将一些现代工艺的元素融入传统的中式灯具中,他亲手画出的草图,连我这个外行看了后都不禁拍案叫绝。根据图纸制作出的

灯，确实也如预期的那样，既明亮时尚，又不失古典韵味。

作为他信赖的朋友，我也贡献出了自己的一份力量。我不会做灯，可我会给他设计的每一盏灯都取一个美美的名字，再配上一两句美美的文案啊。我不会设计，可我懂营销啊，他家主打的广告语"我们卖的不是灯，而是意境"就是我苦思冥想了数日才写出来的。

那时淘宝上卖中式灯的寥寥无几，偶尔有几家，也是卖那种特别复古的灯，程熙的店正好填补了这个空白。一卖才发现，不仅仅是G市，全国经济发达地区对中式灯的需求都蛮大的。再加上那几年老有专家提倡传承优秀传统文化什么的，中式灯的销路越来越广。程熙和他的灯具店，恰恰赶上了这个好时期，销售量一时井喷。

那阵差不多是程熙最忙的时候。他招了十几个人，还租了一套带仓库的独立别墅，仓库用来储货，别墅用来住人。

他的店冲到了淘宝同类店铺前十的位置，即便如此，程熙并不满足，他和他父亲整天埋头在各类配件中，希望能够开发设计出造型更美观、更独特的灯具来。

他还申请注册了一个商标，准备等商标下来后，就致力于开发生产自己的灯具品牌，不再做贴牌生产。

销售量一上去，就需要人手，光靠家庭作坊的模式已经难以为继。程熙踌躇满志，准备招兵买马，扩张版图。他有一次还专门跑来G市找我，很郑重地跟我说："小昭，我现在需要帮手，你愿不愿意过来帮我？"

我说："让我考虑一下，过几天再给你答复。"

可一直等到半个月后，我才打电话跟他说，我考虑好了。

程熙满怀期待地问我："你哪天来，我去车站接你。"

我说："程熙，很不巧，公司正好给我升了职，你知道的，我等这个升职机会等了很久。"

程熙说:"我明白的。"

隔着一根电话线,我都能听出他的失落。

我向他解释说:"程熙,我很抱歉,我不像你那么有理想、有闯劲,我只求脚踏实地一步步往前走。对于我来说,安稳比自由更重要。程熙,我知道你想飞,很抱歉我不能陪你一起飞。真的很抱歉。"

"小昭,你不用抱歉。"程熙反过来安慰我,"我这边一切情况还不确定,我没法承诺能够给你什么……待遇。是我太唐突,让你为难了,小昭你真的不用放在心上,是我考虑得不周到。"

有句话滚到我嘴边,差点就要脱口而出,我费尽全力,才把它咽下去。还好,程熙没有多说什么,就收了线。我握着手机,眼泪滚滚而下。程熙,如果你知道我遇到了什么,会不会比较容易谅解我?

你根本就没怪过我,其实不能原谅我临阵脱逃的,是我自己。

那半个月内发生了什么,我始终没有告诉过程熙。那天他提出让我去帮他时,我回去一咬牙把辞职信都写了,正准备递交时,家里的二妹打来电话,说妈妈的身体状况很不好,因为怕我担心,一直隐瞒着没告诉我,现在她感觉妈妈实在撑不住了,才偷偷给我来了个电话。

我一听急得不行,赶紧给她们买了机票,让二妹陪妈妈来G市看病,来之前妈妈还念叨着机票那么贵干吗不坐火车呢,这一回我坚决没有听她的。从机场接到妈妈时,我眼泪都差点掉下来,我不过是一年没回家,眼前的妈妈已经瘦得几乎认不出来了。我记忆中的妈妈是那么健壮那么能干,可以毫不费力地挑起一两百斤的重担,也可以绣出全村人都啧啧称叹的枕头被套。爸爸不大靠谱,是妈妈用一己之力撑起了我们这个六口之家。

小时候日子那么苦,受过那么多白眼冷遇,我却从不害怕,因为我知道有妈妈在。她会在爸爸打我的时候把我搂在怀里,用她的背拦住落下的拳头;她会在别的小朋友笑我没有球鞋穿时,熬上一个夜晚用白布做出几可乱真的球鞋来；我考上高中时交不起学费，是她领着我一家家地敲开亲戚家的门，说尽了好话才借来了学费。为了还那笔钱，她承包了一大片黄花地，每天中午都顶着烈日去地里摘黄花，一摘就是两三个小时，夏天的日头那么毒，有一天她顶不住烈日的炙烤，晕倒在黄花地里，还是路过的人发现了才把她送回家。

这就是我的妈妈，尽管她认识的字仅限于自己的名字，尽管她发起脾气来也会忍不住揍我们，但她真的倾尽全力，给了我们她能给出的最好的一切。如果没有这样的妈妈，我可能还在村里的田间劳作，或者像村里其他姑娘一样，读了初中就南下打工，然后把每一分血汗钱都寄回家。妈妈说过，她付出那么多的努力，最大的愿望，就是希望我和妹妹们不要再重复她的命运。这些年我独自漂泊在外，每当支撑不下去的时候，就会想起妈妈这句话，我知道我不能回头，只能一路向前，因为在我背后，有妈妈希冀的目光，我不能辜负她的期望。

我小时候村里没有电，点的还是煤油灯，现在我觉得妈妈就像那盏油灯一样，默默地燃烧了那么久，已经接近油尽灯枯。她那么瘦小，那么苍老，曾经浓密的黑发全都花白了，脸上一道道皱纹像用刀子刻出来的一样。她才不过五十岁出头啊，跟我一个公司的苏玫，只比妈妈小了几岁，看上去却至少比妈妈年轻了十几岁。

我不敢多看妈妈的脸，怕看了会落泪。接到她后稍微休整了下，第二天我就带她到本市很有名的一家大医院去检查，一轮检查下来，毛病还真不少，我感觉妈妈就像一架年老失修的机器，每一个齿轮都疲惫了。妈妈平时老嚷嚷着心口痛，按照医生的嘱咐，这次特意做了个二十四小时的心电图，显示问题挺严重的，建议找专家复诊。

我赶紧在网上预约，可谁知专家们的号如此抢手，该院据说最好的一个专家，整个月的预约都排满了，妈妈的病哪里可以再拖那么久。我让二妹带妈妈出去吃点东西，自己连饭也顾不上吃，就又跑回去现场挂专家门诊的号，却被挂号的护士告知，今天的号已经挂完了，要看病的话只有明天一大早就来，任我怎么恳求她，她也只礼貌地告诉我没办法。

一种前所未有的无力感突然攫住了我，我好像又回到了小时候，小朋友们把我围在中间，一个个轮番耻笑我家里穷，说我不配跟他们玩。那种孤立无援的感觉瞬间席卷而来，小时候我还可以哭着回家找妈妈，可现在天大地大，我已经无人可以依靠。我的眼泪唰地掉下来，为了不让那么多人看到，我瑟缩到医院大厅的一角，将头埋在膝盖上，痛痛快快地哭起来。有路人经过，并没有谁感到奇怪，医院每天都在上演死亡和离别，没有人会因为一个陌生人的哭泣而驻足。

不知道哭了多久，突然听到有人叫我的名字："小昭，小昭，是你吗？"

我抬起头，透过蒙蒙泪眼，看见一张熟悉的脸，脸上满是惊讶和关切，是邱志。

"你怎么了？"他伸手想为我拭泪。

"没什么。"我赶紧掉过头去避开他的手，勉强收住了眼泪。

"没事你能哭成这样，你这么狠心的人，跟我提分手眼泪都不掉一滴的。"邱志一把将我拎了起来，"刘小昭啊刘小昭，你就是死鸭子嘴硬，也只有我这么善良的人才愿意理你了。"

"你生什么病了？"我哭得头发晕，张口就问。

"闭上你的乌鸦嘴，能不能别咒我啊，我就是到这来探望一个长辈而已。"邱志看着我，脸色忽地一沉，"刘小昭，莫不是你查出了什么病？瞧你哭成这样，不会是绝症吧？小昭你别怕，现在医术这么发达，什么病都治得好的，不行的话，我们还可以去香港治呢，那边医疗水平更高，我妈咪也有朋友在那边……"

都什么乱七八糟的啊，尽管如此，我还是觉得有些感动，邱志给我的印

167

象一直是挺没心没肺的，没想到我们都成为路人了，他还对我如此关心。"别胡说八道了。"我问他，"对了，你是本地人，有熟悉的医生吗？可以帮我一个忙吗？"

"小昭你别吓我，你真的生病了？"邱志一把抓住我的胳膊，抓得我的胳膊好疼。

"我没事，是家里人生病了。"我这时已恢复了平时的利落，三言两语将我妈的情况交代了一遍。以前我最不愿意麻烦邱志，因为不想欠他人情，可目前是什么都顾不上了，只要能让妈妈顺利就诊，别说求他了，就是让我以身相许我也愿意。

邱志也挺干脆的，二话不说就开始打电话找人帮忙。本地人人脉就是广，再说他这种富家子弟，认识的人大多都要给他几分薄面，于是一轮电话打下来，我为之揪心的难题，他三下五除二就搞定了。

"还愣着干吗？赶紧叫阿姨过来看病啊。"有了邱志的鼎力相助，接下来一切都还算顺利，专家给我妈妈详细地检查了一下，确诊为冠状动脉血管发生动脉粥样硬化病变而引起血管腔狭窄或阻塞，造成心肌缺血和供氧不足，通俗来说就是冠心病，比较严重的那种。关于如何治疗，专家给出的建议是做心脏支架或者搭桥。

"这两种手术的区别在哪里呢？"我很想这么问又不敢问，还好邱志帮我问了出来。

"简单来说就是做支架手术小，花费相应也小，搭桥的话算是个大手术，花费相应也大。"

"那到底做支架好还是搭桥好呢？"邱志这穷追不舍的劲，真让我感激涕零。

"如果没有经济顾虑的话，那还是搭桥比较好。"这位专家医生看来和邱志挺熟的，熟人面前说话自然也不用有顾忌。如果不熟的话，他不一定愿意给什么建议,不讨好不说,还得担风险。

"那就搭桥吧。"我和邱志异口同声地说。讲真,和他交往那段时间,我们也没有这么一条心过。

"那得花很多钱吧,要不还是做支架吧。"我妈在一旁急了。

"放心吧,阿姨,我们不差钱。"我还没说话,邱志已经抢着说了。

我看了他一眼,心想谁跟你是我们啊,但在这紧急关头,只能先不计较了。我妈也看了他一眼,可能很奇怪我是从哪结交了这样手眼通天的公子哥,可当着外人的面,她也不好多问。

邱志还是很给力的,不知道他费了多大的功夫,总之医院以最快的速度安排了搭桥手术,还是由最好的心脏外科医生主刀。手术很成功,术后我妈又被安排住进了最好的病房,还是单人间。

如果说有什么问题的话,就是花钱未免多了点,一台手术花了小十万,再加上住院费用,差不多十五万了。我这些年尽管收入还可以,但需要长期支援家里,又买了房子,手头的现金只不过两三万,连医药费的零头都不够。邱志像是看出了我的难处,悄悄帮我垫付了。

我妈妈也嫌贵,在医院住了十天就非得出院。我本来想让她住满两个星期的,但见她术后恢复得挺好的,也就没坚持了。

出院后没多久她就回家了,说放心不下家里老的小的。我拗不过她,只得叮嘱她在老家医院定时进行抗凝治疗,又给她买了些保健品什么的,才将她和二妹送回去。二妹快大学毕业了,这次为了照顾妈妈连找工作的事都落下了,也急着要赶回学校。

妈妈走前问过我邱志是干吗的,我含含糊糊地告诉她是个有钱人家的少爷,她又问他是不是我男朋友,我赶紧解释说只是朋友。

我以为妈妈会失望,谁知道她松了口气,对我说:"不是男朋友就好,不然他们家那么有钱,我们家这么穷,只怕你嫁过去会受委屈的。小昭你也

把朋友变成男朋友的第一天

大了,该找个男朋友了,但你不要因为我们家穷,就想着要找个经济条件好的,妈只希望你能找个知冷知热可以疼你的人就行了。"我听了心里一酸,妈妈还是和以前一样,最怕她的女儿受委屈。她越这么为我着想,我越是觉得对不起她,她为我付出得太多,而我给予这个家的回馈还是太少了。

这次邱志帮了我大忙,我再铁石心肠,也不好再拒他于千里之外。他倒很奇怪,以前我对他冷冷淡淡的,他却一派热情,现在我几次三番要请他吃饭,他反而找各种理由推托。

有次我忍不住说:"那你总得给我一个感谢你的机会吧,你帮了我这么大忙,我该怎么感谢你呢?"

他这样油嘴滑舌惯了的人,居然没有接着我的话说出"以身相许"四个字,而是淡淡地说:"我帮你不是为了让你感谢我的,小事一桩,以后不要再提了,至于医药费,我知道你肯定是要还的,这个不着急,你慢慢还就是。"

我当然不依,软磨硬泡请他吃了顿饭,过了阵他又回请了我一次,我们也算恢复了邦交,尽管是君子之交淡如水那种。

这么一耽搁,直到程熙发出邀约半个月后我才给了他答复。在电话里我骗他说我升职了,其实我并没有升职(升职是后来的事),只是为了还邱志那笔钱,我向公司预支了工资,没办法离职。当然这并不是充足理由,我完全可以向他说明这一切,可是我没有。

最根本的原因是,妈妈的这场病让我意识到,原来一场病就足以让一个家庭重新沦为赤贫,身为穷人家的孩子,我实在没有勇气,更没有资格拿自己的事业去做赌注。妈妈已经支撑不住了,我必须接替她成为整个家庭的顶梁柱。如果我的工作再出现什么变故和风险,那受影响的就不是我一个人,而是我们一家人。我不能因为一己的悲欢,就拿整个家庭的未来去赌。

想来也是悲哀,以前我总觉得程熙太累了,可到头来才发现,谁能够挣脱原生家庭的影响呢？他有他的原生家庭需要背负，我也有我的原生家庭需要背负，我们都是负重前行的蜗牛，每次快靠近对方时，一考虑到背负的重担，又一下子缩回自己的壳里。

第八章
感谢那是你，赠我空欢喜

1

自从拒绝程熙邀请我过去帮忙的请求后，我就很少去程家了。我心里有道坎迈不过去，总觉得亏欠了他们一家人。

程熙和我之间的联系也没以前密切了。他不再像之前那样，频繁地给我打电话称我是他的军师，或者是汇报一下当天的经营状况。我并不怪他，毕竟，他忙嘛，听说他的店销量越来越好，正在考虑租厂房请人生产，接下来还有开实体店的打算。

以前在他落魄时消失的那一帮子狐朋狗友，有不少又恢复了和他的邦交。其中有一个和我的关系还不错，上面的情况大多是听他说的。多么讽刺啊！我居然要通过其他人才能知道程熙的近况，而我们曾经是多么好的……室友。

我以为我和程熙之间的关系将继续这样淡下去，没想到有一天竟接到了他的电话，电话里，他兴冲冲地邀我和他们一家人去琼海的某个小岛上度假，因为他注册的商标下来了，大家伙想好好庆祝一下。

他说："小昭，你都好久没到我们家来玩了，我们家人可挂念你呢，特别是我妈,每次做剁椒蒸鱼的时候都会念叨说,要是小昭也在这里就好了。你看看,老太太对你这么偏心,连自己的儿女都比不上。"

他都这样说了,我也不好意思拒绝。

去之前那天晚上,我加班加到八点,忽地按捺不住,打车跑到星夜荟,还好,我一眼相中的那条黑色深V领针织长裙还在,我咬牙买下了这条对于我来说昂贵得令人咋舌的裙子,为此不惜透支了一张信用卡。

以前逛街时,宋倩儿总说我是一个退而求其次的姑娘,明明很喜欢的衣服却不敢买,理由有很多,太贵啦,风格不适合啦,也许在骨子里,我仍然是那个自卑到尘埃里的乡下姑娘,看到好的东西第一反应不是拥有,而是退缩,因为觉得自己不配。可这一次,我终于买下了这条裙子,管它配不配呢,无论如何,我想试试。不然的话,也许有一天等我可以毫不费力地买得起它时,它早已被别人买走了,那就追悔莫及了。

去的那天按照事先约定的,我从G市出发,他们一家人从吴镇出发。我身上穿的还是件半新不旧的衣服,那条新裙子被我放在箱子里。我赶到码头时,却看见只有程熙一个人等在那里。

见了我,他迎上来,笑容特别灿烂,眼睛特别亮,他说家里临时有点事,其他人都来不了。

"这么巧啊,就我们俩去吗?"我心情有点儿复杂。

"对,就我们俩。"他向我亮了亮手中握着的两张船票。

"既然船票都买好了,那就去吧。"我说,"总不能浪费钱吧。"

琼海有很多不知名的小岛,像颗颗珍珠散落在海面上,我们去的那个小岛要坐两个小时的渡船。我平时不晕船的,那天风浪比较大,打得船颠簸个不停,我胃里一阵翻滚,伏在垃圾桶旁吐得天昏地暗。

程熙在身后用手轻轻摩挲着我的背,他说在网上看到个偏方,只要把一张伤湿膏药贴在肚脐上,就可以缓解晕船。

我说好是好，可在船上到哪去找伤湿膏药呢？

他说我带着呢。

我忙问他要了，拿膏药去洗手间贴在了肚脐上。

报告广大的晕船晕车患者，这招真的有效！而且效果可以说是立竿见影！如果说有什么副作用，就是伤湿膏药有股特别的药味，可能不是每个人都喜欢。

出来后，我没那么晕乎了，暗暗感激程熙，嘴里却抱怨他不早点把伤湿膏药拿出来。

他讪讪地笑了："没想到你还有这么柔弱的一面。再说，我怕你以为我蓄谋已久呢。"

我本来没这么想的，可他这么一说，想想也未免太巧合了，正巧他一家人个个都临时有事，正巧他身边带着治晕船的伤湿膏药，我心念一动，嘴上却说："真糟糕，总是让你看到我最逊的一面。"

他笑着说："没事，更逊的一面都见过呢。"

船摇摇晃晃开了两个小时，总算到了。海水在阳光下无边无际地伸展开来，是那种滟滟的蓝，蓝得让人身心舒展。蓝天碧海在远处交汇成了一条线，让人见了心胸都开阔了。面前就是我们即将登陆的小岛，四周全部被海水包围，像是停泊在大海中的一只小船。

"哇，想不到琼海这么蓝。"我笑着跟程熙说。来之前确实没抱什么期待，毕竟我去过很多很棒的海边，却没想到近在咫尺的琼海，还有这样一片天生丽质的海域养在深闺人不知。

这是一座还没有完全开发的小岛，连正规的酒店都没有。"这里有酒店吗？"我之前去过台山的上川岛，那里配套已经非常完善了，岛上全是酒店食肆，可眼前的这个岛，却还保留着原始的渔村风味，放眼望去，大多是低低矮矮的自建小楼，显然并没有那种星级的酒店。

程熙干脆地回答我："没有。"

"那我们住哪？"

程熙故意逗我："学原始人那样洞居穴处，酒店没有，仔细找找山洞总会有的。"

"呸。"我啐他，"你想学张翠山和殷素素那样住在山洞里吗？"

"放心吧，不会让你风餐露宿的。"程熙介绍说，岛上住着些渔民，本来是靠海吃海的，见来的游客越来越多，也学人家把自家空置的房子改造成了民宿。

来之前他早通过电话订了房间，我一间，他一间，是货真价实的海景房，都面对着大海。站在落地窗前，就可以看到一望无际的大海，浪花一朵朵往上蹿，仿佛要蹿到人脚边来。房间装修设备简单得很，只是把墙刷白了，放了些简单的家具，条件和正规的酒店自然没法比，却正好有种古朴清新的味道。

我们放下简单的行李，就去岛上玩。那是个很美的小岛，有着曲曲折折的海岸线，还有座种满凤凰木和木棉树的小山，水泥马路一直延申到山顶上。岛上有自行车出租，三十块钱可以骑一整天，程熙租了辆双人自行车，后面搭着我，奋力往山顶蹬。这时候是春夏之交，正是南方最美的季节，小岛上的凤凰树都开花了，绿叶细如碎羽，开放在其上的花就像一簇簇火焰，灼得人眼睛生疼。我们就在凤凰树的火焰中穿行，胸中也像有团火在熊熊燃烧着。

每逢坡度陡峭的地方，我们就大喊着"一二，加油"，然后大笑着一起发力。最后的那段坡特别陡，都快接近六十度了，其他人都是把自行车推上去的，我也想跳下车，程熙却不肯，非得坚持蹬上去。好在我们还算身强力壮，总算挑战成功，等到了山顶上，身上穿的T恤都汗湿了，我一边喘气一边大笑着说："大功告成！"

把朋友变成
男朋友的第一天

程熙倚在自行车旁,颇有深意地望着我说:"不亲个嘴儿吗?"原来他懂这个梗的,只是以前装作不懂而已。

什么?他在调戏我吗?我简直不敢相信自己的耳朵,脸唰地就红了,赶紧从自行车后座跳下来匆匆往前走,装作没听见他的话。武侠小说中常常提到的"心中一荡",此刻我终于体会到了那种滋味,心中就像有一架秋千,在那荡啊荡的。

下山的时候轻松多了,程熙都有精力唱歌了,唱的自然是他最爱的五月天。以前住一起时他老唱,副歌部分我都会了,就跟着他一起高唱:

"每个孤单天亮,我都一个人唱,默默地让这旋律和我心交响。就算会有一天没人与我合唱,至少在我的心中,还有个尚未崩坏的地方。其实我们都一模一样,无名却充满了莫名渴望。一生等一次发光……"

我们的歌声,飘荡在高山大海上。海风吹得一山的树叶簌簌作响,像是在和我们一起歌唱。

踩自行车踩得饿了,我们就去岛上找吃的。近海处开了一溜海鲜大排档,我们随便找了一家坐下。程熙点了一大堆吃的,我几次说够了,他总是不听。他说:"小昭,以后你想吃什么就吃什么,我请得起。"我知道,他还记着羊肉串那回事呢。

小岛上的海鲜真是无比美味。渔民们烹调讲究原汁原味,除了皮皮虾的做法是椒盐,其余什么白贝、海螺、螃蟹之类都是清蒸或者白灼,连鱿鱼都是清蒸的。我头一次吃到清蒸的鱿鱼,那味道只能用惊艳来形容,吃进嘴里一股鲜甜,而且很有弹性。

一大桌子的海鲜,基本都被我吃掉了。我边吃边惊叹,哇,这类贝壳好好吃,哇,这种生鱼片比三文鱼刺身还要美味。

他基本不动筷子,只是默默喝酒,默默将剥好的皮皮虾放在我碗里。我平常不爱吃虾,因为嫌剥虾太麻烦,尤其是这种皮皮虾,一身的硬壳,一不小心就会扎了手。以前吃饭时见到有些男人为女朋友剥虾,有时也会很羡慕,可我并没有碰到过这样的男人,也许他们觉得我并不是那种需要他们剥虾的女人。平生还是第一次,有人这样耐心地为我剥虾,连虾线都细致地去掉,我只要负责一口吃掉就行。我一边享用着皮皮虾的鲜美,一边却有些诚惶诚恐,仿佛这样的待遇,不是我应该享有的。

程熙大部分时间都在看晚霞,偶尔笑眯眯地看看我。

那天的晚霞确实太好看了,整个天空都被染成了粉紫色,又倒映在海水里。那样如梦似幻的粉紫,让人的心不由自主地温柔起来,我不禁感叹说:"太美了,一定是紫霞仙子今天出嫁,所以才会有这么美的晚霞吧。"

程熙很配合地给我捧哏:"嗯嗯,嫁给至尊宝了。你看那朵云,不正像只猴子吗,他身披金甲圣衣、脚踏七彩祥云来娶她了。"

我笑得差点把嘴里的皮皮虾喷出来:"你这是任意篡改电影的结局,当心导演揍你。"

"我让他娶到了紫霞仙子,他感谢我还来不及呢。"

"那白晶晶怎么办?"我刚问完就后悔了,再没有比这更煞风景的问题了,聊紫霞就聊紫霞,扯什么白晶晶嘛,不过我确实很想知道,至尊宝真正爱的女人到底是谁呢,好奇心促使我继续问,"你说至尊宝到底喜欢白晶晶还是紫霞呢?"

程熙愣了一下,才说:"都喜欢吧。"

"我明白了。"我点点头,"原来至尊宝是个渣男啊。"

程熙想了想,又说:"一开始喜欢白晶晶是真的,后来喜欢紫霞,也是真的。"

"那看来还不是太渣。"

吃完饭后,程熙提议去散散步消消食。我让他等等我,然后就飞奔回酒店,换上了那条斥巨资买的裙子。等我再出现在他面前的时候,他抬头看我

把朋友变成男朋友的第一天

一眼,又迅速掉过头去,原来他居然也会这么腼腆,原来男生偶尔腼腆起来居然这么动人。

我们在海滩上漫步,晚霞还是那么绚丽,霞光把凤凰花染得血一般红。我们在满天彩霞中慢慢地走着,偶尔说两句话,就算是不说话的时候,感觉也很美好。

一群小孩子正在沙滩上扔沙子玩,看见我们两个外来者,忽地同仇敌忾,把我们当成标的物,纷纷拿着沙子往我们身上扔。我和程熙奋起反击,奈何他们人数太多,我们终究还是寡不敌众,只得落荒而逃。跑出了好远,才摆脱了那群小调皮鬼。我们笑成了一团,我大声说:"呀,好久没有这么开心了。"

程熙温柔地说:"我也是。"

我惊魂甫定,忽然听见程熙说:"小昭,我有事跟你说。"

我发现在奔跑中,我们的手已经无意中拉在了一起,我忙往外抽,可是他紧紧握住,并没有松手。

"什么事?"我假装镇定地问他。

"来之前,我骗了你。"

"什么?"

"其实,我家里人根本不知道这次出游,我事先就只订了两张船票。"

"原来你是拿他们当幌子啊。"看他这么严肃,我忍不住调节下气氛。

他没理会我的插科打诨,继续说:"小昭,你听我说,我们家这两年生意还不错,接连两年利润都突破了一百万,以前欠的债务总算还清了,还略有盈余。"

等等,这些和我有什么关系啊?我暗自嘀咕。

他的声音慢慢低下去:"小昭,我知道,你小时候吃过太多苦,所以没有安全感。我现在自然还不能算有钱,但是你放心,肯定会越来越好的。"

我忍不住打断他："你真以为我是那种非得嫁个有钱人的姑娘吗？"

他没说话，也没松手。

我轻轻笑了，说："告诉你吧，看得不顺眼的话，亿万富翁也不嫁；看得中意，一文不名也可以嫁的。"

他更紧地握住了我的手，说："小昭，我喜欢你。"这六个字他说得极郑重，像是酝酿了小半生，耗尽了他所有的力气。

霞光铺天盖地洒下来，在他身上镀了一层金，宛如天神。这天神一样的男子，正一动不动地望着我，似要望到我的灵魂深处去。

满心的狂喜翻涌上来，瞬间将我淹没，我一阵晕眩，脚下一软，差点没跌倒。

程熙一把扶住了我，问："小昭，你怎么啦？"

我欢喜得掉下眼泪来，怔怔地反问他："程熙，你知不知道，我等你说这句话，等了有多久？"等到差不多都失去希望了，却没想到，在我快要绝望的时候，终于等来了他的这句告白。

程熙扶着我，温柔地给我拭泪，他说："小昭，我知道的，我全知道。"

霞光笼罩着我们，我怀疑一切都像这光影一样，终将转瞬即逝。我不放心地问他："程熙，你怪不怪我？"

他露出诧异的表情："我为什么要怪你？你对我那么好。"

"不不不。"我心中忽地一阵酸楚，这酸楚马上化成了眼中的泪，我再问他，"我没过去帮你，你真的一点都不怪我吗？"

"当然不。你已经帮了我那么多次。"

那么，还等什么呢？我双手轻轻环住了他的脖子。

程熙低下头来，用他的唇，温柔地覆盖了我的。

不是没有吻过，可现在吻我的人，是程熙啊。不知道为什么，即使是在巨大的欢喜中，我也克制不了隐隐的心酸。我就这样一边接受着他的亲吻，

一边肆无忌惮地流着眼泪。

"小昭,你别哭。"

泪水掉到唇上,我对那个吻的印象停留在眼泪的咸味上。

我们在沙滩上散步到很晚很晚,走两步,就停下来亲吻一下。吻真是上帝赐予人类的最美好的事情,尤其对于刚刚陷入爱河的年轻男女来说。

程熙跟我说了很多事,他说他喜欢我不止一天两天了,可是考虑到自己的经济状况,一直不敢向我表白。他说他很后悔浪费了这么多时间,没有早点跟我袒露心迹。

"你那么聪明,那么优秀,我怕你瞧不上我。"

真没想到,看上去那么骄傲的程熙也会有自卑的一面,可能真正喜欢一个人就是这样吧,哪怕你才华盖世、美貌无双,还是会觉得自己不够好,怕自己配不上他,程熙这样,我又何尝不是如此呢?

我伸出一根手指,轻轻搁在他的唇上。我知道他明白我的意思:不要紧的,现在开始也不算太晚,我们总算在一起了,对不对?

程熙,我也有好多话要说给你听,但是不急的,我们还有好多好多时间。我可以把这些话,留着以后慢慢说给你听。

现在,且让我们尽情地亲吻吧。

当夕阳的余晖就快消失时,我才突然想起了一件事,我从包里掏出手机,对程熙说:"我们来拍张照吧。"真奇怪,我们认识了这么多年,竟然从来没有一起拍过一张照片。不过仔细想想也并不奇怪,我们一直都是朋友,谁会没事和异性朋友合影呢?

"天都快黑了,要不明天吧。"程熙说。

"不不不,我就要现在拍。"其实我想学其他女孩子那样撒娇的,可惜画虎不成反类犬,像我这样的女汉子,即使撒起娇来也气势如虹,带着种不由分说的味道。

好在程熙还算配合,他揽着我,将头凑过来,对准了手机,两张脸对着手机一起微笑,留下了一张合影。照片里,我们并没有靠得太近,可能是因为刚刚在一起,还没有习惯亲密。说实话那时我恨不得和全世界分享这份喜悦,所以趁程熙不注意时,偷偷把这张照片发到了微博上。

晚上我们像以前合租那样,一人一间房隔墙而睡。我在床上翻来覆去很久,然后听见墙壁传来有节奏的声响。是程熙在呼唤我。

大家都是成年男女了,既然如此,还忸怩什么呢?

我从床上一跃而起,往外面奔去。在走廊上碰到了穿着睡衣的程熙,两个人在黑暗中哑然失笑。然后他拦腰抱起我,我们一起倒在了他的床上。

于是有了更火热的拥抱和更缠绵的亲吻,在他的手就快要蠢蠢欲动时,我终于忍不住支支吾吾地告诉他:"那个……我那个来了。"

他看起来不是很失望,还有点隐隐松了口气的神情。

来日方长嘛。

那时候我们都这么想。

2

第二天我睡到很晚才起床,醒来一摸,程熙已经不在枕边了。

这家伙,肯定是趁我睡懒觉自己去找好吃的了。

我换了衣服,去外面找他,果然在海滩上看见了他。清晨的海边还没什么人,他一个人坐在那里,背对着我,背影还蛮落寞的。

我悄悄走到他身后,双手蒙住他的眼睛,故意压低了嗓子说:"打劫,快点选,劫财还是劫色?"

但并没有意料中的笑声响起,我听见程熙说:"小昭,对不起,我要回去了。"

我吓了一跳,问他:"是不是家里出什么事了?"

把朋友变成男朋友的第一天

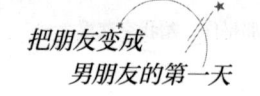

他说:"不是,是施施。"

他告诉我,施施和男朋友大吵了一架,清早就给他打电话,她在电话里哭得很伤心,说一个人离家出走了,不知道该去哪里。

我心想,她哭得伤心,自然有男朋友安慰她,你去凑什么热闹?但看见他满脸的歉意,只好说:"那你赶紧回去吧,这个小岛也没什么好玩的,一天就玩够了,也该走了。"

每个人都有自己的软肋,施施,就是程熙的软肋。既然强留不住他,何不装大度?

程熙如闻大赦,马上去补买了一张船票。这张是给我的,他的那张,早就买好了。

我该若无其事才对,可心里却像被针扎了一下。

船来了,程熙拉着我的手急急跑向渡口。我挣脱他的手,奔到沙滩上,在沙子上画了一个大大的心形,里面写着"CL"两个字母,是程熙和我两个人姓氏的缩写。

程熙在甲板上叫我,我恋恋不舍地再看了一眼小岛,才往渡口走。船没开出多远,我看见潮水涌了上来,等到再退下去时,那个写着"CL"的心形已经被潮水抚平了。

我突然有了一种不祥的预感。

程熙和我在车站就匆匆告别了,他搭车回吴镇,我则上了去G市的班车。去G市的车先开,车子快要出站时,我听见车窗玻璃响,往外一看,只见程熙站在车窗外,拼命向我挥手。车是空调车,窗子是密封的,我听不清他说什么,看口型隐约是"你放心"。我把手伸出去,隔着车窗和他的合在一起,然后,车就开动了。

他并没有像言情剧中的痴情男主角一样,跟在车子后面跑。

我有什么不放心的呢,我们才刚互诉衷肠,施施只不过是他的前女友。

可是为什么,那种不祥的预感越来越强烈。我终于忍不住拿起手机,将昨天发的那条微博删了,好在这个微博账号只有几十个人关注,应该没什么人看到我和他的那张合影。

再见到程熙,已经是一个星期之后。那一个星期里,我每天晚上都几乎是睁着眼睛熬到天亮的,眼前全是程熙的样子。白天强打着精神在公司上班,同事们见了,都说我面无人色。饶是如此,我还是没有给他打电话,我想他如果想见我,自然会来找我的。除此之外,还有一个理由,不打电话的话,就永远不会听到失望的答案。如果注定要失望,我也希望那一天来得晚一点。

他总算来找我了,虽然离我们分别已经过去了一个星期,但总算没有辜负我的期待。

我在他面前一向言笑自若,那次竟不知拿他怎么办好。一会儿说:"我去给你倒杯水。"一会儿又说:"白水不好喝,我去找点茶叶吧,你要绿茶还是红茶?"

程熙看着我,眼里都是不忍,他说:"我什么都不要。小昭,你坐下好吗?我有话跟你说。"我看着他,他仿佛下了很大决心说,"小昭,我很抱歉。"

其实从他刚进门那一刻,我一看他的神情,就知道大势已去。为什么我们总是在说抱歉,不是我跟你说,就是你跟我说,程熙,我什么都需要,就是不需要你的抱歉。

这些我都没有说,我只是静静地看着他,等待他开口,像死刑犯等待最后的处决。

过了很久很久,他终于说:"小昭,我知道这对你不公平,可是我没办法,施施受的打击很大,她那个男朋友,听说对她非常不好,总是和她吵架,这次还动手……打了她。"

我还是不说话,怔怔地握着手里的杯子。

183

把朋友变成男朋友的第一天

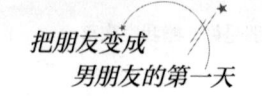

程熙看我一眼,继续说,义愤填膺的:"施施那么温柔的女孩子,他居然那样对她!小昭你说,他是不是个混账?"

我点了点头,以表赞同。

程熙陷入了回忆之中,他说:"我和施施认识了很多很多年。她还很小的时候,就跟在我后面跑,要是谁欺负了她,我就会跑过去把那个人揍一顿。我们认识了这么久,我不能看着她被人欺负,在她最需要我的时候,我不能扔下她一个人不管,小昭你说对不对?"

我只好继续点头。是的,你认识她超过二十年,喜欢她少说超过了十年。而我和你,认识才几年,在一起不过短短一天。你偏向她是应该的,只是,你真的不用再跟我说抱歉。

怕什么来什么,他说:"小昭,真抱歉,我知道这对你不公平。可是,施施太脆弱了。"

这些话一定很难说出口,可他终于还是说了。没有说出的潜台词是:你那么坚强,她比你更需要我。

这就是最后的判决吧。程熙,没想到,我在你心中竟如此坚强,更没想到的是,坚强竟然成了你放弃我的理由。早知如此,我宁愿不要这么坚强。

可坚强已经成为我的惯性,尽管我很想撒泼耍赖,很想拉住他的手说不要,很想扑在他的怀里痛哭一场,但我还是笑着说:"你是为那天晚上的事抱歉吗?那大可不必,现在都是21世纪了,谁还在乎这点事呢。如果你是担心我伤心,那更加不必了,你放心,我绝对不会难过得生病,更不至于去寻死。"

"小昭,我不是这个意思,我的意思是,施施她现在需要我,我得陪她熬过这段最难熬的时间,然后……"

"然后你再回到我身边?程熙你有没有想过,你这样置我于何地?"我已经尽量控制自己的情绪了,可说出这些话来仍然忍不住发抖。

程熙的脸上露出非常沉痛的表情,过了很久他才轻声说:"我只是想让你等等我,如果你愿意的话……"

"行了,那我直接告诉你吧,我不愿意。程熙你听明白了,我不愿意再等下去了,你这样对我很不公平知道吗?"我干脆利落地打断了他,我不知道我为什么要这样说,其实明明我还是舍不得他的,明明我还是愿意再等一次的,反正已经等了那么久,又何必在乎再等一会儿呢?可我嘴里说的和心里想的完全不是一回事,也许我只是不忍心让他再为难下去,既然他下不了那个决心,那就让我来帮他下吧。

"是我想错了。"程熙伸出手来想摸我的头,手到半空又缩了回去,"小昭,你别这样。你这样,我很难过。"

我还是笑:"你大可不必难过。想必你也知道,我的理想是嫁个有钱人。追我的男孩子里,很多都比你有钱,那个邱志,你也认识的,就比你有钱得多,家里有豪宅,还有公司呢,人家都向我求婚了。所以你不用担心,我会过得很好的。"

程熙没再说什么,告辞的时候,我送他到门口,他掉转头来跟我说:"小昭,你一定要好好的。"

我响亮地回答:"那当然。"

他离开时的脚步并不沉重,看来他完全相信我会过得很好,也相信我能嫁个有钱人。程熙啊程熙,你怎么这么好骗呢?世界上纵然有灰姑娘,那灰姑娘也美得不得了,你见过像我这么平庸的灰姑娘吗?照我这样的姿色,也就配你这样的还差不多,谁知道连你也不要我。妈妈跟我说努力总有回报,为了靠近你,我已经很努力很努力了,最后为什么还是够不着你?

我有时真恨我自己,恨我为什么不能在你最困难的时候,抛开一切坚定地站在你身边;恨我为什么不能放下尊严,抱着你的双腿求你不要离开我;恨我长得不够好看,性格不够温柔,连名字都透着一股不祥。真是的,我为

把朋友变成男朋友的第一天

什么要改名叫刘小昭呢？小昭是一个和分离有关的名字，《倚天屠龙记》中的小昭不就永远离开了她的张公子吗？还是父母给我取的名字好，小招，提手旁的招，这样你不管走到哪里，都有我招着你牵着你，路再远你都会回头的，是不是？

但是我知道，即使重来一次，我还是会做出同样的选择，我的出身、我的责任已经决定了我没有办法抛开一切去追逐爱情。

和程熙分开之后，我哭了三五天，慢慢也就不哭了。想了他一阵子，慢慢也就不想了。

我的努力劲都放在了工作上，只有工作从不负人，两年后，我的薪水都涨到能在魅力新城买楼了。当我在这座城市里拥有了两套房子之后，我蓦然发现，追求我的男人竟然都是真正的高富帅。你看，原来世界就是如此势利，想嫁高富帅，你自己就得是白富美。问题是我都是白富美了，干吗还非嫁高富帅不可呢？

我这么努力工作，其实为的只不过是当某天再遇上自己心爱的人，不会再因为考虑到经济问题而与他失之交臂。

分开后的头一年我和程熙只见过两次，屈指可数的两次。

一次是他路过G市，去公司找我。碰到我们在开例会，刚升为营销总监的我，正在声色俱厉地训斥一个下属小姑娘。

程熙在会客室等我，隔着一道玻璃墙，把我的狰狞面目尽数看在眼里。会后，他婉转地对我说："小昭，我怎么觉得你现在有点陌生了呢？也许是你如今太精明强干了。"

一句话说得我满脸通红。我如何听不出，他是在提醒我，不要用当初别人对待我的方式去对待那些新人，他们就和曾经的我一样无助。

程熙，我们当初曾经相约，不要让以后的我们变成自己讨厌的样子。我让你失望了是不是？

从那以后，我越发不想见他了。他的出现，总是在提醒我的过往。

还有一次是他听说我在装修新房子，自作主张要送我所有的灯具。我跟他说不用了，他还是坚持开着车拉了一车的灯过来。

他来的时候，客厅、卧室的灯都差不多装好了，他打量着我房间里的灯，疑惑地问："小昭，怎么你装的这些灯，和我刚开网店时卖出的第一批灯一模一样呢？"

我说："你可能看错了，或者是记错了。"

他坚持说："不会的，那是我卖出的第一批灯，每盏灯的外观我都记得很清楚。"

我微笑着说："你想多了，物有相似。"

他没再说什么，只是我从他的眼睛里看到了一闪而过的沉痛神色。这样的神色，还是多年前见过的了。他应该早和施施结婚了吧，婚后生活一定很幸福，那他还有什么不快乐的呢？

这些事情，我从来不问，他也从来不说。

3

从那以后，我再也没有见过程熙。顶多在逢年过节时打个电话，每当这时，他总是问我："小昭，你过得好吗？"我毫不犹豫地告诉他："当然很好。你看到我朋友圈了吧，我刚和男朋友在芭堤雅玩呢。"

他追问："看到了，美人美景，怎么没晒晒男朋友的照片？"

我笑着说："长得太帅，不敢晒，怕姐妹们嫉妒。"

他也就不问了，后来连电话也不打了，变成短信问候。有了微信之后，又变成了微信送祝福。他有时在微信上给我发个剁椒蒸鱼的图片，说他妈又想我了，我就礼貌地回一句"谢谢"。

倒是在万达广场逛街的时候，碰到过施施。

把朋友变成男朋友的第一天

她胖了一点,整个人容光焕发,光彩更胜往昔。她手里推着辆婴儿车,小宝贝长得粉雕玉琢,可爱极了。但是等等,这个宝宝的头发怎么是金黄色的?程熙家按说并没有金发碧眼的血统啊。

我正在狐疑,施施拉着一个老外向我介绍说:"这是我老公。"

我更加疑惑了,老外大大的鼻头、肥肥的肚腩,程熙就算整了容,要整成这个样子也太有难度了吧。

"你和程熙?"我试探着问她。

施施说:"你猜对了,我没有嫁给程熙。"

我还在恍惚,施施已经把婴儿车塞给她老公,说要和我聊聊。

在商场的咖啡馆里,施施搅动着面前的卡布奇诺,开门见山地说:"小昭,你一定很奇怪我为什么没有嫁给程熙吧。"

我表示默认。

"小昭,我原本也以为,我肯定会嫁给他,因为我们相爱了那么多年,程熙对我很好,我现在也觉得,他是对我最好的男人。"施施喝了口咖啡,说,"可是我们忘了,人的感情是会变的。"

我愕然地摇了摇头:"不会的,施施,他那么爱你,怎么可能会变?"

"小昭,你错了,我也错了,甚至连他也错了。"施施看着我,目光有点凄然,"他选择留在我身边照顾我时,我也以为他爱的是我,后来我们才发现,那不是爱,那只是责任。而他当时爱的人,是你,小昭,你在他心里撒下了一颗种子,不知不觉地,已长成了他心底的一棵树,没有办法那么轻易拔掉。"

我惊愕得说不出话来,只听她继续说:"他和我在一起没多久,就发现了自己内心的真情。他对我还是很好,但是爱已经消失了,再也不可能找回来。我们纠结了有大半年,最后,他说不能再骗我,也不能骗他自己,还是选择了告诉我实话。"

"我以为他和我分开后，会很快来找你，小昭，他没有找你吗？"施施问我。

我苦笑着摇了摇头。

施施也很困惑："怎么会这样子呢？让我想想，他一定是怕你自尊心太强，不肯再接受他。还是他来找过你，被你拒绝了呢？"

"也许吧。"我说。那些微信朋友圈的照片，是不是无意中充当了我们的屏障？说实话我也不知道。

"既然这样，小昭，你去找找他好吗？"施施提醒我。

我谢了她的好意，答应她回去就给程熙打电话。

和施施道别后，我恍恍惚惚地往停车的地方走，半路上忽地杀出了一个飞车党，一把抢过我拿着的手袋。

我下意识地抓紧手袋，摩托车开出去后，我还是没有放手，被车子拖着在地上滑行了几米远。

"你不要命了是不是？"飞车党朝我厉声呼喝，有锋利的刀片在我手背上划过。

我吃痛，只得放手。眼瞧着摩托车绝尘而去，我捂着鲜血淋漓的手，坐在地上哇哇大哭。

闻讯而来的巡警安慰我说："小姐，钱固然重要，命更重要啊！"

我哭得更厉害了。我哪是为了什么钱？手袋里有手机，那里面存着我和程熙拍的照片啊，那是我们仅有的一张合影。

经历了这么多事，我从一个怀疑者渐渐变成了宿命论者。手机的丢失，让我相信命运是不可违抗的，也许命中注定，我和程熙只能错过。

其实想想，手机丢了有什么呢，不过就是一张照片而已，只要我找到他了，只要他还在原地等我，那我们再拍一张不就行了。我可以去吴镇找他，我也可以向我们共同的朋友打听，可不知为什么，我就是没有去找。我担心

把朋友变成男朋友的第一天

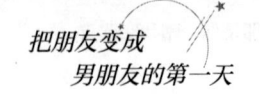

他或许早已有了女朋友,也担心他已经不喜欢我了。我已经承受过一次失去他的痛苦,没有办法再承受一次。或许,这就是人们说的近乡情更怯吧。

可是程熙,为何我不找你,你也一直不来找我?如果我过得不好,你是不是早就来找我了?多么遗憾这些年我居然一个人生活得好好的,我没本事像你那样闯出一片天,可也升了职,加了薪,买了房,有了车。尽管没有男朋友,追求者还是有的。

可是程熙,如果能拿这一切来交换,我宁愿我一无所有,住在破旧的城中村里,只要身边有你。

和施施谈过的那天晚上,我躺在沙发上,看第一千零一遍《大话西游》。这次我终于看懂了,这就是一部关于错过的电影。当紫霞仙子爱着至尊宝的时候,至尊宝以为他爱的人是白晶晶。当他幡然醒悟,察觉到最爱的人是紫霞时,已经永远失去了她。

电影里的人还可以借助月光宝盒一次次穿越回去,我们这些凡人除了接受命运的拨弄,还能够做什么?

程熙,我有好多好多话想跟你说,可惜再也来不及说了。我骗了你很多次,你邀请我去帮你忙的时候,正好我妈妈心脏要动手术,我欠下了一大笔医药费,只能先留在公司慢慢打工还钱。

还有那次,你选择了施施,我跟你说我一点都不难过,其实我难过极了,躲在屋子里哭了三天三夜,整个人瘦脱了形。我明明可以告诉你我很难过对不对,但是我没有。

还有我房子里装的那些灯,你没看错,是我在你的网店买的。你让过工作给我,让过房子给我,我为你做那么一点点事,当然也没必要告诉你。

还有一次,你问我怎么不晒男朋友的照片,我完全可以借此告诉你我并没有男朋友啊。但我还是骗了你。

这些事,你永远都不会知道,也不必知道了。

程熙，每次一想到此生再也无法和你相守，就有种剜肉割骨般的疼痛。我知道终将有一天，我会淡忘你，或者孤身一人，或者选择另一个男子相伴，就像你淡忘我一样。

可你永远都存在，在我心中尚未崩坏的地方。

当我为初入社会的小师妹介绍工作，当我收留了一条流浪狗，当我试图缓和与父亲的关系，当我在工作之余还偶尔保持点风花雪月的情怀时，我都会想起你来，想到你在世界的某个地方，坚持着我所坚持的信仰，做着我所做的事，我就会感到不那么寂寞。

第九章
重逢是比相遇更美好的事

1

"杨坂村就要回迁了!"

接到宋倩儿的电话时,我刚刚睡醒,整个人还有些恍惚,一时竟没有反应过来。

"不恭喜我吗?"倩儿喜气洋洋。

"恭喜你啊!这下后半生都不需要奋斗了。"我总算反应过来了。

"我跟你说,过阵儿会摆回迁宴的,到时一定要过来凑个热闹啊。"在得到了我的允诺后,她很快挂了电话,可能还有大把的人需要报喜。

世上的事有时就是这样荒诞,仿佛还是昨天,我们还一起住在杨坂村的握手楼里,每次遇到停水停电或者其他不顺心的事时,宋倩儿总是咬牙切齿地表示,一定要离开这里,死都不回来了。那时我们都一心想离开这又破又挤的城中村,去往更广阔的天地,其中她的决心是最大的。

谁能够想到,很多年以后,她居然嫁了一个杨坂村的拆二代。那个小伙子是当年房东姚姨的儿子,非常朴实本分的一个人,开一辆蓝色的二手高尔夫,人也和车一样低调,下班后会穿着人字拖去海鲜市场买菜,他名字中有一个伟字,我们都叫他阿伟。当年他家里做了好吃的,偶尔会给我们端一份来,可能是那时就对倩儿动了心思。

这些年倩儿的追求者不说有一打,至少也有一桌,没想到最后的胜出者居然是这个貌不惊人的小伙子。我以为她未卜先知,早就看出了人家拆二代的潜质,她却告诉我,只是因为有段时间她胃不好,他每天穿越大半个G市去看她,带上他妈妈煲的爱心汤水,那老火汤煲得出神入化,在收服了她的胃的同时,也收服了她的心。当然,她同时强调说,如果不是他家里拆迁能够分七八套安置房的话,她可能还是不会那么快就同意嫁给他的。

倩儿的婚宴是在G市著名的白天鹅宾馆举行的,席开三十桌,场面甚是浩大。白天鹅宾馆曾经红极一时,现在未免稍微有些过气了,但在老本地人的心中,它的地位还是很高的。倩儿的父母特意从山东过来参加宝贝女儿的婚礼,一家子人都生得高大挺拔、器宇轩昂,气势上倒把身为本地人的婆家压了下去。

倩儿那天没穿婚纱,而是穿着传统的大红嫁衣,脖子上、手腕上都戴满了金首饰。G市这里流行出嫁戴金器,她也算入乡随俗了,这可能是她最不时尚的一天,却也是她最称心如意的一天。新郎阿伟站在她身边,虽然换上了一身笔挺的西装,但不知道是紧张还是天太热,衬衫的领口被汗水泡得又软又湿。新郎本来就有点矮,加上那天倩儿穿了双高跟鞋,更是足足高了他半个头。可这有什么关系呢?正好供他抬起头来微微地仰望她,一个天仙化人,一个身家千万,倒也算得不不匹配了。

当天我是姐妹团的成员之一,穿着粉红色的小礼服在台上暗自张望了半天,却并没有看到那张熟悉的面孔。倩儿后来告诉我,程熙去参加一个什么国际灯饰设计大赛了,所以没来赴宴,倒是托人给她捎来了丰厚的礼金。没想到的是,张正居然来了,还是那么瘦,还是千年不变的爆米花发型,他倒是落落大方,坐在了娘家人那桌,还当众给了倩儿一个拥抱,说

是代表娘家兄弟。不知道这演的是哪一出，好在演戏的和看戏的都算大方，并没有上演什么前男友婚礼上横刀夺爱的狗血戏码。

宋倩儿私底下给我看过张正送她的结婚礼物，是一条细细的玫瑰金镶钻项链，这些年来在她的耳濡目染之下，我也一眼认出了这是卡地亚的，看上去平平无奇，其实价格不菲。

"真不知道他充什么阔佬，为了买条这样的链子，估计得在大芬村画上几百张《睡莲》《日出》吧。"倩儿拎着那条项链，语气是不屑的，眼神里却不自觉地掺了几分疼惜，最后她说，"你替我还给他吧，让他去柜台退了，这样的项链首饰我多得是，不差这一条。"

"算了吧，好歹是人家的一片心意，也不多这一条。"我劝她，"你也别忒小瞧了他，说不定这样的链子，对于他来说也不过是洒洒水小意思。"

"得了吧，你还真把他当成下一个陈逸飞（知名画家）啊？"倩儿撇撇嘴，"他那个人我还不清楚，半斤重的鸭子四两的嘴，功夫全在一张嘴上，说的比画的好多了。你也知道的，毒舌又不能当饭吃。对了，说到这个，他还弄了个微博呢，你关注过没有？"

"没有。"说到微博我就有点心虚，我之前有个微博已经弃用了，后来又注册了一个小号，只关注了一个人。

"你看看这个。"倩儿兴致勃勃地打开新浪微博，给我看张正的号，他才注册没多久，只发了寥寥几条微博，都是评点西方名画的，走的仍然是他一贯的毒舌路线，比如那幅著名的《蒙娜丽莎的微笑》，他就解读为"一个面瘫患者的自拍"，还有梵·高的《向日葵》，被他说成是"每个自恋狂心里都住着一个东方不败"……

我随意浏览了一下表示："还挺有趣的啊，说不定很快就会火了。"

"火什么啊，才一百多个粉丝，他嘴这么欠，不被人打死就算好的了，怎么可能火？"倩儿压根不相信。

不得不说，一贯英明神武、目光如炬的宋倩儿也有看走眼的时候。时代不一样了，就是有人爱看张正一张嘴损遍天下，而且数量还不少，凭着那一套嬉笑怒骂的功夫，他居然很快混成了新浪名博，未成名画家一下成了名声大噪的画评家，也算是歪打正着。

这些都是后话了。我当时的关注点是，为什么他们分手之后，居然还可以心平气和地做朋友。

"为什么不可以？你没听过那首歌吗？情人最后难免沦为朋友。"宋倩儿索性唱了出来。她就是这点好，不纠结也不沉溺，可以一边大方地关注着前男友的微博，一边开心地做她锦衣玉食的少奶奶。

我唯有表示膜拜。和倩儿相反，我好像是没有办法和前男友们做朋友的，总觉得那样会很尴尬。别说像倩儿和张正那样轰轰烈烈地爱过的，就算是和邱志这样平淡如水的，我觉得也不大可能继续做朋友。

有件事我没跟倩儿说过，邱志曾经向我求过婚，而且是正儿八经的那种。那正是我最失魂落魄的时候，连自己生日都忘了，他约我去吃饭，饭后很俗套地叫侍者推出了定做的蛋糕，然后当我吃蛋糕时，很俗套地吃到了埋在里面的钻戒，很大的一颗粉钻，粉色的光照得人的心都柔软起来。喜欢珠宝可能是女人的天性，梦露不是唱过一首歌叫《钻石是女人最好的朋友》吗，就算是平常从不戴首饰的我，也被这粉红色的钻石闪耀得一时怔忡起来。

"我帮你戴上好吗？"邱志还是这种霸道小总裁的风格，貌似在征询我的意见，然后不由分说就把那枚有着硕大粉钻的戒指套在了我的手指上，"瞧，你戴着多好看。"

确实挺好看的，戒指的尺寸刚刚好，我并不纤长白皙的手指在这粉色钻石的映衬下，居然也显得柔美多了。我狠了狠心，才舍得将它取下来，塞回邱志的手里。

"你为什么不要？"邱志一副很受伤的样子，他平常也是做惯大少爷的，

把朋友变成男朋友的第一天

一受伤就难免口不择言，很快就变成了对我的攻讦，"刘小昭你看看你现在这副鬼样子，好像丢了魂似的，都什么年代了，你还想学以前的烈女那样吊死在一棵树上吗？要不要给你立个贞节牌坊啊？真没见过你这么死脑筋的人，为了一棵树，就要放弃一片森林吗？拜托你长点心眼吧。"

我不知道说什么好，唯有苦笑而已。

他振振有词："你想想你有什么好的，长得很美吗？还是脾气很温柔呢？你这样的女孩子，天河随便扫扫都能扫出一箩筐。我跟你说就没什么男人中意你这一款的，也就我认识了你这么多年，不忍心看你一个人这么孤苦伶仃下去。"

我继续苦笑："所以你是可怜我吗？"

"你明明知道不是的。"他突然生气了，"刘小昭，我已经勉为其难向你求婚了，你就不能勉为其难答应吗？"

我吃惊地看着面前这个男人，这个年过三十依然满身孩子气的男人，他把自己当成什么了，拯救大龄女青年的盖世英雄吗？我摇摇头，轻声但是坚决地说："我不能答应，抱歉啊。"

"我说过我最讨厌你说抱歉了。"邱志盯着我，一双眼睛似是要喷出火来，不知道是因为愤怒，还是因为伤心，良久，他才气急败坏地问我，"你告诉我，我到底哪点比不上他？"

"你在鬼扯什么啊，这是我们两个人之间的事，你扯其他人干吗？"我反问他。色厉内荏说的就是我了，我总不能告诉邱志，你哪点都比他好，只有一点，你不是他。这种台词也太"中二"了，我说不出口。

"那你告诉我，我到底哪里不好呢？"邱志穷追不舍。

我沉默了很久，还是告诉他："你很好，是我不好。"

"谁说的，你明明很好。"邱志不服气。

"你刚刚说的啊，我长得又不美，脾气又很大，像我这样的女孩子，天河随便扫扫都能扫出一箩筐来。"

"刘小昭，你不用拿话来堵我。"他更生气了。

我斟酌了半天，最后只得说："好了好了，就当你说得对，你应该听过这句话吧，那些都是很好很好的，偏偏我不喜欢。"

"我没读过金庸，你不用跟我说这些。刘小昭，你一定要这么固执吗？"尽管还是嘴硬，但他总算没再强迫我收下那枚钻戒。

"那些都是很好很好的，偏偏我不喜欢"是《白马啸西风》里的一句话，书里写了一个很倔很倔的姑娘，喜欢的人爱上了别的姑娘，她却还是执迷不悔。邱志说我固执，可他自己何尝不固执呢？我没想到，在我那样不留余地地拒绝了他之后，他居然还来找过我，说什么就算做不了情侣，也可以做个朋友。

"不要骗自己了，邱志，你朋友那么多，不缺我一个。"我还是坚决地拒绝了他。

"这么一个小小的要求你都不答应吗？刘小昭，你真是太过分了。"他很幽怨。

我没有多说什么，只是毅然地切断了和他的一切联系，电话不接，短信不回，QQ 也不说话。我知道他怪我，但我只能这样做，因为没有人比我更清楚，以朋友的名义守候在一个自己喜欢的人身边的那种感受是多么无望，仿佛是水底月、镜中花，你以为伸手就能碰到了，可是一伸手，触碰到的都是虚空。对于喜欢又够不着的人，还不如离他远远的，没有希望，才能避免失望。

可是真的不抱一线希望了吗？如果是真的，为什么我一直没找男朋友？为什么妈妈那样催我，我还是迟迟不肯听从她的意见去结婚生子？我不知道我在等待什么，可我还是那样孑然一身地等下去，等待遥不可知的未来。

2

杨坂村庆祝回迁那天，摆了一千五百桌，超过万人赴宴。万人宴的照片和新闻占据了各大报纸的头版，成了当年街坊邻居们喜闻乐见的新闻之一。

宋倩儿作为回迁的业主之一，热情邀请我去赴宴。我那天正好也没什么事，就包了个红包去了，去了一看，好家伙，现场的场面真可以用宋丹丹在小品中的台词来形容，那叫一个锣鼓喧天，红旗招展。昔日的握手楼都已经拆掉了，全部换成了数十层高的电梯房，杨坂村也成为历史，现在的新名字叫作杨坂小区。

宴席就摆在杨坂小区的空地中间，一张张大圆桌已经摆好了，中间还搭好了舞台，铺着红色桌布的餐桌从舞台向四周散开，呈T字形，一眼根本望不到边。我们乡下老家乔迁的时候也会设宴招待邻居亲友，但哪里有这么壮观的场面。

我正在发愁该怎么进去时，听见宋倩儿叫我："小昭，到这边来！"我赶紧走了过去，只见倩儿穿着一条大红色的低胸长裙，通身都是名牌，脸上也笑意盈盈，看上去比结婚那天还喜庆。

原来现场是要安检的，还设了两个安检门，可能是为了防止像我这样的无关人员进去混吃混喝吧，倩儿出示了业主的邀请卡，工作人员才放我进去。我配合地将随身带的小包包交给他们检查，等顺利过了才顾得上跟倩儿调侃说："居然还要安检，是不是怕什么仇富的人过来投掷炸弹啊？"这可不是信口开河，来之前我稍微查了下资料，这里是寸土寸金的CBD地带，杨坂村的村民们平均每户分得186.1平方米的回迁面积，如果按照周边楼盘的均价估算，每户人至少坐拥一千万的资产了，那还是几年前刚回迁时，现在早已远远不止了。

"那是，在场的人少说也是身家千万的，安保工作肯定得做好。"倩儿拉着我往里走，"这边，你来晚了，就差你一个了。"

"什么叫就差我一个？"我心中一动，"你还叫了其他人吗？"

"就叫了你和程熙，还有张正，因为我们当年不是都住在这里吗，张正那厮没空，所以……"

我打断她问："程熙来了吗？"

"喏，在那坐着呢。"宋倩儿下巴往里一努，将嘴巴凑在我耳边说，"来之前我不是特意吩咐过你，打扮得漂亮点吗，你看你，随便穿身工装就来了，妆都快糊了。"

她越这么说我就越紧张，顺着她示意的方向，我看到圆桌旁坐着一个熟悉的身影，见我们来了，他赶紧站了起来。已经有段时间不见了，他看上去比以前略微稳重了点，以前他太瘦了，现在身材刚刚好，一件普普通通的白衬衫穿在身上也显得无比熨帖。

下午四五点的太阳还有点猛烈，阳光在他身上镀了一层金色，他就站在太阳底下，微笑着向我挥手。很多年前的一幕突然涌上脑海，那时我们就住在这里，每次我下班回家走到楼下时，只要抬起头来，就能看见他站在窗口，用力地向我挥着手。很多年过去了，他看上去一点都没有变，脸上的笑容还是那样温润，连挥手的姿势都一模一样。

我忽然有点鼻子发酸，倩儿在旁边推我："愣着干吗？赶紧去坐啊！"我还没回过神来，就已经被她拉了过去。一张大圆桌已经坐得满满当当的了，都是倩儿的亲友，除了房东姚姨和倩儿的老公阿伟外，我也就和程熙熟点，自然被安排坐在他的身旁。见我过来，他忙让座，倩儿打趣说这么久不见拥抱下吧，我们都笑了笑，客客气气地握了手。

在这握手的过程中，我假装不经意地抬起头来，默默打量了一下他。他看起来和以前没多大变化，还是留着小平头，很精神的样子，只是笑起来眼角会有淡淡的细纹。岁月总会留下它的痕迹，我在悚然一惊的同时，蓦地领悟到，想必站在他面前的我，容颜的变化亦同样令他心惊吧。我顿

199

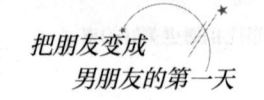

时后悔没有听倩儿的话，去做个美美的发型，换身美美的衣服。太阳晒得我脸发烫，可以想象，现在的我肯定是满脸油光，妆都褪得差不多了。

大热天的，他的手居然凉凉的，我的手在他掌心停留了三四秒，三四秒后，见他还没有放手的意思，我赶紧把手抽了回来。他一定不知道，在这短短几秒钟内，我内心居然有过这么多千回百转的念头。

"好久不见。"他说。

"好久不见。"我尽量克制住内心的暗涌，平平淡淡地说。

说完后我们都不知道说什么好了，幸好倩儿在一旁嚷嚷着说："都坐下来吧，你俩搞这么客气干什么，不知道的还以为是八国首脑会晤呢。"一桌人都笑，我们就在笑声中顺势坐了下来。

我曾经设想过我们重逢的场景，想得最多的，是我们在异国的街头猝然遇上，在漫天黄沙和满天星斗下相遇。也许说说往事，也许什么都不说，有了异域风情做背景，怎样的画面都是美的。

结果却是，我和他重逢在最平常不过的饭局，坐在吵吵闹闹的圆桌上，还有一大桌并不太熟的人。

我也设想过我们再相见会说些什么，但是最终能够说出口的，不过是最平常的"好久不见"。关于久别重逢，拜伦有句很经典的诗："倘若他日重逢，我将何以贺你？以眼泪，以沉默。"在这万人同庆的当口，眼泪是不适合的，所以唯有沉默而已。

还好舞台上的表演开始了，在喧闹的锣鼓声中，几头醒狮跃上台来，喝彩声伴着敲锣打鼓的声音，适时地掩盖了我们的沉默。菜也流水般地端了上来，不乏山珍海味，有鸿运均安烧肉、美满咸香鸡、清蒸珍珠龙趸、生灼九节虾、发财好市就手、鲍汁扣鹅掌之类，异常丰盛。倩儿在旁边很自豪地介绍说，为了此次回迁宴，特意去请了一支餐厨队，足足有六百人呢，他们前几天就过来了，忙着采购食材准备宴席，光临时厨房就搭建了六个。

我以为自己会没有胃口，但是很奇怪并没有，可能是大厨的手艺实在出众吧，我竟然每道菜都吃了不少，尤其是那道鲍汁鹅掌，鹅掌的骨头都已被细致地去掉，入口即化，淋在上面的鲍汁用来捞饭正好，我吃下了大半碗白饭。程熙还是吃得很少，就像上次在小岛上吃得那样少，九节虾上来的时候，他剥了只虾放在我碗里，我不动声色地夹回他碗里，矜持地告诉他："谢谢，我自己剥就好。"他便也不再坚持了。

菜上了几道后，舞台上唱起了粤曲，锣鼓声没有那么吵了，一桌人就趁势交谈起来。都是拆迁户，最感兴趣的话题当然是和拆迁有关的。倩儿谈锋很健，说了很多和拆迁有关的内幕，比如有一户几个子女为如何分房子大打出手，还有坚守到最后一刻不肯拆迁的最牛钉子户之类。好在这些烦恼她都没有，阿伟是独子，上面还有两个姐姐，都嫁去外地了，家里分的房子都给了他，所以以后他们只要坐在家里收租就行。

"恭喜你们以后就成包租公、包租婆了。"我敬了倩儿一杯。

"没你想的那么轻松，现在这杨坂小区少说也有两千多套房子出租，哪那么容易租出去呢？"倩儿说。

"得了吧，要不我们交换下，让我也体会下有钱人的烦恼。"我笑着打趣她。其实程熙坐在我身边，我还是有些紧张的，连说笑也没那么自如。

"对了，程熙，我们房子里的灯还没买呢，看在我们多年朋友的分上，你可得给我打个折。"倩儿隔着我对程熙说。

"没问题啊，现在G市也有我们的实体店，你有空自己过来选，我给你按出厂价算。"程熙一口答应了。

桌子那端的姚姨忽然说："那个，熙仔啊（熟了后她一直叫他熙仔），我好像在电视上看到过记者采访你，说你是什么崛起的新星，我也不懂，只知道你现在是老板了，真为你高兴啊！"

"阿妈你说的是经济频道吧，真是巧了，我上次去小昭那玩，看见她也

把朋友变成
男朋友的第一天

在看那个节目,是采访民企新星的吧,程熙还真挺上镜的,平时不觉得,在电视里看着还蛮帅的……"倩儿这人什么都好,就是稍微缺了点心眼,一打开话匣子就该说的不该说的都往外倒。我频频地向她使了几次眼色,她还是兴奋得刹不住嘴,情急之下,我只得往她脚上狠狠一踩,谁知这心直口快的山东大妞瞪着我,声如洪钟地说,"小昭你踩我脚干吗,疼死我了!"

一桌人瞬间都看向了我,我又羞又恼,只恨不能像平时聊QQ那样,马上开启隐身功能,这样就能让所有人都看不见我了。倩儿这个大嘴巴,说什么不好,偏偏要把我这件事抖出来。她可能还不知道,我那天看的不是直播,而是特意在电视上录下来的,真荒唐啊,想不到有一天我要知道他的近况,居然需要通过电视这种媒介。

"哪有,本人长得丑,出镜就更丑了。"好在程熙似乎看出了我的尴尬,帮着拿话岔开了,还假装虚心地向倩儿请教如何才能在镜头前显得脸小之类的技术问题。

正当我长嘘一口气,又准备开启埋头吃吃吃的模式时,姚姨突然开口问道:"熙仔啊,你现在也算是混出头了,准备什么时候娶小昭过门呢?到时可别忘了请我们大家去喝杯喜酒啊。"

这话说得……我仿佛看见雷公拿着一把剑,当头向我劈了过来,被雷得外焦里嫩的我正好在喝一碗汤,听了后手一抖,汤洒到了桌子上。

"小昭,你小心点!"程熙眼明手快地抽出几张餐巾纸,一边用纸去擦桌子上流淌的汤水,一边忙着向姚姨解释,"姚姨你误会了,我和小昭不是你想的那样,我们是……很好很好的朋友。"

尽管他在朋友之前还加上了"很好很好的"这个定语,可我听了后,还是不由自主地感到失落,这回手抖得更厉害了,碗一倾斜,大半碗汤直接洒在了我的衣裙上,还有几滴溅在了程熙的身上。

"你没事吧?"几乎是在同时,我们一起问出了这四个字,一起伸出手

202

去想为对方擦拭溅在身上的汤，慌乱中我们的手碰在了一起，我赶紧把手缩了回来。

汤很烫，洒在身上灼得皮肤有些生疼，我的手背火辣辣的，身上穿的裙子也湿了一大块，我尴尬得无以复加，没办法再安然坐下去，赶紧跳了起来对大家说很抱歉，得先走了。

"你去换套我的衣服再走嘛。"倩儿在我身后叫我，姚姨也喊我有空去她家喝汤。

"不用了，你们继续吃，不用管我！"我谢绝了她们的好意，尽管知道自己有些扫兴，但这个时候我只想离开这里，立刻、马上，此刻我最想掌握的就是那种瞬间移动的能力。

好不容易从万人宴上脱身，我长长地出了一口气，这才发觉手背上被烫的那一块火辣辣地疼。

"小昭，你很疼吗？"有人拉住了我的衣角，不用回头我也知道肯定是程熙。

"不疼。"我淡淡地回答。

"你在这等我一会儿好吗，一分钟，就一分钟。"他说完这句话就跑了，在这个间隙，我本来是可以拔腿就走的，可是地心引力仿佛突然变得无穷大，竟使我无力离开，我就那样站在原地，呆若木鸡。

程熙很快就回来了，手里还拿着根冰棍，最普通的那种淡白色的牛奶冰棍，他捧起我烫伤了的那只左手，将冰棍贴在上面。已经是十月了，天气没那么热了，我被冰得手下意识地往后一缩。

这回他却紧紧拉住没有放开我的手："有点冰是不是，坚持一会儿，用冰敷一下烫伤的地方，就不会起泡了，这还是当年我们住在一起时你教我的生活小妙招呢。"

我也不再挣扎了，任由他握着我的手，眼睛里酸酸的，像是有什么东西在积蓄，得努力仰起下巴，才能不让它掉下来。

"你还记得啊。"我说。

"当然记得啊，你说过的每一句话我都记得，你告诉我切洋葱要放在水里切，这样手就不会那么痛，你还告诉我，吃鱼的时候骨头不要扔了，可以留着喂猫。小昭，你教会了我好多好多事。"他说得很真挚。

我却装作不经意地说："哦，你记性真好，我都差不多忘了。"

"是吗？"他用眼神质询我，目光灼灼。

我被他看得不好意思，只得低下头去，将注意力集中在手上，这才发现冰棍已经开始融化了，冰水滴滴答答地掉下来，手上黏糊糊的一片。

我还在发呆，程熙已经掏出纸巾，细致地帮我擦手，我触电似的甩开了他的手，近乎生硬地说："你不用这样，我自己来就行了。"

"小昭，你一定要这样拒我于千里之外吗？"程熙的脸上，浮现出了一种极其酸楚的神色，我差点就要心软了，然后我听见他说，"我以为，再不济的话，我们至少还能做个朋友。"

"很好很好的朋友吗？"我几乎要冷笑出声了，"程熙，你知道我为什么最讨厌杨过吗？因为他动不动就要认人家当妹妹。就算你想当杨过，我可不想当程英、陆无双，你是想和我玩结拜兄妹那一套吗？"

"我没有啊，你误会我的意思了……"程熙惊愕地看着我，他可能是头一次见我如此尖酸。

"抱歉啊，程熙。"我用了很大的力气，才一字一顿地将这句话说出口，"我不想再和你做朋友了。"

程熙脸上的神情更酸楚了，可他最终还是说："我明白你的意思，小昭，如果你觉得做朋友让你难受的话，那就照你说的办吧，我尊重你的决定。"

既然如此，又何必继续站在这里上演"相顾无言，唯有泪千行"的戏码呢？我冲他挥挥手就要走，他却追上来说要送我。我本来坚决不肯的，直到他说出"让我送送你吧,就当最后一次",我才不再拒绝了。

他帮我打开了副驾驶那侧的车门,我却谢绝了他的好意,钻进了后座。车里冷气开得很足,真皮座椅柔软舒适,可不管是开车的人还是坐车的人,都一句话没说。

我不禁想起,许久以前,他开着他的无敌小电动,后面载着我,他吹着口哨,我哼着《沧海一声笑》,那时候的日子,真是每天都快乐得闪闪发光啊。在后座看着他熟悉的背影,有句话一直在我的脑海里回旋,"我们再也回不去了"。以前看小说的时候,只觉得这句话矫情,等到真正懂得其中意味的时候,就真的再也回不去了。

下车的时候我跟他说:"程熙,再见。"

他也跟我说:"小昭,再见。"

这个"再见"我说得非常郑重,因为我知道,很可能以后就再也不见了。有些话我没跟程熙说,我不是不想跟他做朋友,而是我没办法再和他做朋友了。他的确是个很好很好的朋友,可问题的关键是,我根本没法只拿他当朋友。

回到家里,手已经没那么疼了,满腔心事,却找不到一个人来诉说,我忍不住打开手机,发了一条微博,引用了李商隐的一句诗:此情可待成追忆,只是当时已惘然——致我们再也回不去的年少时光。

这些年里我已经习惯了有什么情绪都一个人默默消化,不和人抱怨,也不找人诉苦。可人的情绪总是需要一个宣泄的地方,所以无意中我把这个微博上的小号当成了一个树洞,有什么难过伤心的事,就向着树洞说。这次也一样,说出来就没那么难过了,我又可以照常去冲凉洗漱。

等我从浴室出来后,发现有人评论了我的微博,只是简单的七个字:"少年情事老来悲。"这是南宋姜白石怀念年少时的情人的词,短短七个字,无限凄凉,尽在其中。

把朋友变成男朋友的第一天

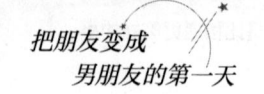

其实我还远远没有活到姜白石那个年龄，可现代人的生活密度比古代人大得多，还不到三十岁，就好像尝尽了人生的百般滋味，回首年轻时的荒唐和热血，确实有恍若隔世的感觉。看着这位网友的留言，有些好笑，更多的是心酸。

很奇怪，我这个微博是个小号，粉丝只有一百多，平常发的微博基本都是我日常生活的碎碎念，很少有人评论。想到这，我点开了那个评论者的头像，他的微博名字叫作"星如雨"，注册时间是两年前，除此之外他发的微博都是转发的，没有任何资料可以查。

"星如雨"这个名字似乎有点熟悉，我思索了一会儿，没有思考出任何头绪，于是索性将这事抛到了一边。

第十章
这一次我绝不放手

1

从那以后,程熙在我的生活中差不多是彻底消失了,人和人之间就是这样吧,既然不能相濡以沫,那么最后的结局无外乎是相忘于江湖。那年春节,我仅仅收到他一条拜年短信,简简单单的"新年快乐"四个字,我随手也回了他"新年快乐"四个字。

如果没有什么变故的话,日子大概就会这样不咸不淡地过下去,我将会遇到某个不好也不坏的男人,谈一次不温不火的恋爱,然后顺理成章地走进婚姻。

过了年后,我换了新发型,购置了一批新衣服,甚至听从亲友们的建议,去相了两次亲。虽然都没什么下文,但好歹算是迈出了第一步,表达了某种决心,释放出了某种信号。人生那么长,总得向前看对不对,谁能一直停留在过去呢?

就在我准备奋发图强,以崭新的面貌投入全新的生活中时,有一条消息小小地扰乱了我平静的心绪——五月天要到 G 市来开演唱会了。

最初我是在报纸上看到这个消息的,并且不是在报纸的夹缝里,而是在

把朋友变成
男朋友的第一天

二版醒目的位置上。作为一个营销人员,我头一个反应是五月天的营销团队真舍得花钱。

"呀,五月天要来了啊。"助理小姑娘给我送材料时,正好撞见我对着那张报纸在出神,马上好奇地打探起来,"怎么刘总你也喜欢五月天吗?"

我其实并不追星,对于五月天,当然也算不上是那种疯狂的歌迷,连五个人的名字都叫不全,只知道主唱叫阿信,还有个贝斯手叫玛莎,所以我耸了耸肩,对助理小姑娘说:"不算吧,就是听过他们几首歌而已。"

"那你喜欢他们哪首歌呢,《温柔》《倔强》,还是《知足》?"原来助理小姑娘是个深藏不露的"五迷"(五月天粉丝的简称),这么看来五月天真是红了很多年了,当年我们读大学时很多人在听他们的歌,没想到现在的小孩们还在听。

"都还不错,不过我更喜欢《我心中尚未崩坏的地方》吧。"我说。

"这首好像不算太热门哦,我看了这次演唱会的歌单,上面恰好有这首歌啊。"助理小姑娘提醒我,"刘总你要去听他们的演唱会吗,那可得早点订票啊。"

我吃了一惊:"票很难买吗?"

"特别难买,不过也特别值得。"助理小姑娘花痴起来就没完没了,两眼放光地向我描述,"我有个'五迷'朋友去年还特意跑到台北去听了他们的巨蛋演唱会呢,真是太棒了,特别燃,也特别热血。听她说,唱那首《知足》时,全场都拿出了手机,可以看到一整片用手机灯光打出来的星空,刘总你想象一下那种场面,是不是特别震撼人心?"

我并没有觉得特别震撼,可我还是礼貌地微笑着嗯嗯啊啊以表赞同,听她这么一说,我低头细看了一下报纸,一看就差点从椅子上跳了起来:"票怎么这么贵啊!"演唱会的票分好几个档次,最便宜的也得255元,然后往上依次是355元、455元、655元、855元,最贵的居然要1155元。

"这有什么啊,我第一时间就订了1155元那种,可以近距离地接触偶像。要是255元那种票,就在体育场的最边上,连个人影都看不清楚。刘总你又不是买不起,我向你保证,绝对会物超所值的。"助理小姑娘卖力地向我安利起来。

"行了行了。"我被她逗笑了,"你要把这个安利的劲放在咱们公司楼盘的营销上,那保证客似云来。"

"总之,一定要去听一次五月天的现场演唱会哦。"助理小姑娘冲我吐吐舌头,知趣地退出去了,临走时还不忘问我,"刘总,要我帮你想办法弄张票吗?"

"先不用了吧。"我把那张报纸丢在一旁,就将这事暂时抛诸脑后了。

五月天的营销团队确实强大,那阵子关于他们要来开演唱会的宣传简直铺天盖地,不仅是报纸上,还有地铁上、商场的巨幅屏幕上,甚至连我们小区的电梯里,都能够看到这五个男人的身影。不得不说宣传还是挺有效果的,就拿我这种非典型性"五迷"来说吧,本来对演唱会是没什么兴趣的,可是架不住这么一而再再而三地轰炸,那一点点微弱的兴致就像小火苗一样,见风就噌噌噌地长,很快就燃成了熊熊烈焰。

我百度了很多关于五月天的资料,最后决定破一次例,就当一次他们的迷妹吧,于是我叫来助理小姑娘说:"可以帮我订张票吗?"想了想一咬牙加上句,"就订最贵的那种吧。"足足1155大洋啊,我妈要是知道我这么挥金如土肯定会吃惊得合不拢嘴。

"抱歉啊,刘总,票早就卖光了啊,我说你也太后知后觉了吧,早知今日,何必当初?"助理小姑娘恨铁不成钢地吐槽我。

"那黄牛票还有吗?"我不死心地问。

"估计也够呛,而且我没有这方面的渠道,可能帮不上你的忙了。"助理小姑娘一副深表同情但是爱莫能助的表情。

"好吧，那不麻烦你了。"我颓然倒在椅子上，原本燃起来的兴致瞬间被浇灭不少。本来就是啊，一大把年纪了，学人家小年轻追什么星呢。可我到底还是不肯死心，在椅子上没躺多久就一跃而起，拨通电话向宋倩儿求助，指望着她一个新贵少奶奶，没准手眼通天能帮我弄张票来。

"五月天？我没听错吧，小昭你今年快三十了，又不是十三，追什么星呢，要追也得追小鲜肉吧，像他们这种大叔，有什么好追的？"电话那端传来哗啦哗啦搓麻将的声音，看来倩儿是在一边搓麻将一边讲电话。

"你就帮我问问吧。"我央求她。

"好吧，你等我一会儿，我打电话问问朋友。"

十分钟后，倩儿回复我，找遍了她在G市认识的朋友，包括做娱乐记者的，很可惜没有弄到一张票。

"真是活见鬼了，几个大叔开的劳什子演唱会，居然火爆成这样，据说一个月前就没票了，现在离他们的演唱会只剩下一个星期了，你也不早点说。"她表示很不解。

"那算了吧，不好意思，麻烦你了。"又是一盆冷水浇下来，晶晶亮，透心凉，这下我心中的那簇小火苗彻底熄灭了。

挂了宋倩儿的电话，我决定彻底不去想这件事了，倩儿说得对，追什么星啦，有那个工夫用来相亲也好啊。

可这世上的事就是这样，当你彻底不抱希望的时候，没准又会出现转机。几天之后，我突然又接到了宋倩儿的电话，她劈头第一句话就是："票还要吗？"

"什么票？"大半夜的，我正睡得迷迷糊糊的，一时没有想起来。

"五月天演唱会的票啊，我的姑奶奶，这可是我求爷爷告奶奶好不容易弄来的，你可别告诉我没兴趣了啊。"

我赶紧向她保证："有，兴趣大大的有。"

"还是前排 VIP 的票呢，多少人抢破头也抢不到的，你可别浪费了。"倩儿好像生怕我不去。

我连忙说："去，我当然会去啊，有两张票吗，我们一起去吧，票钱全算我的。"

倩儿笑我："哟，你对五月天可是真爱啊，依你这小抠门的作风，能够大方一回不容易啊。"

为了讨她欢心，我不惜谄媚地说："我对你也是真爱啊，一起去听吧。"

"算了，我不去了。"倩儿顿了顿说，"实话告诉你，票是找张正弄到的，他肯定会去，我就不去了。"

"没什么吧。"我还记得，不久前杨坂村回迁她还请了张正呢，依倩儿的性格，又不是那种没法和前任做朋友的。

"不了，人家都有女朋友了，我就不去凑热闹了。"倩儿说，"再说我刚怀孕，演唱会那种闹哄哄的场合，不太方便去。"

"呀，恭喜你啊，这下姚姨和阿伟要高兴疯了。"我由衷地为她开心。

"那是，他们恨不得把我当观音菩萨那样供着呢，这也不准去，那也不许吃，这还只有两个月呢，剩下的八个月还不得闷死我。"倩儿这算是典型的"言若有憾，心实喜之"吧，"行了，不跟你多扯了，我也要去睡觉了，票我明天叫人送到你公司去吧。"

我一迭声地道谢，寻思着得找个日子去香港，给未来的干儿子买点婴幼用品什么的。

2

那是我人生中第一次听演唱会，事先我查了攻略，当天特意早早地就去了 G 市大学城体育馆，在外面买了贴纸和荧光棒。

走进体育场一看，大多数人比我来得还早，差不多可以容纳三万人的场

把朋友变成男朋友的第一天

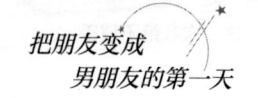

馆,已经接近座无虚席了。舞台也搭建好了,很炫酷的样子。我穿过人山人海,去寻找自己的座位,从后面一直走到前面才找到,位置在第三排,离舞台很近。

我去的时候还早,两边的位置都空着,过了一会儿张正才来,拖着他的小女朋友。那个女孩子长手长脚的,远远走过来我差点以为是宋倩儿,走近了才发现人家顶多二十来岁,头发挑染成金色,身上的布料也少得惊人,但眉眼间确实和倩儿有几分相似,算是杀马特版的宋倩儿吧。我想起倩儿说过的那番话,"陪着男人吃苦的姑娘,最后往往成了他们的垫脚石,坐享其成的反而是其他的姑娘",不禁有些感慨。

"嗨,小昭!"张正还是老样子,留着千年不变的爆米花发型,见了我就热情洋溢地打招呼。

"谢谢你的票啊。"我对他没那么热情,可看在他给了我一张票的分上还是保持着基本的礼貌。

"什么票啊,不知道你在说什么。"张正捅了捅他带着的小女朋友,"Gigi,叫人啊。"

那姑娘就吊儿郎当地叫了声:"大姐好!"

张正瞪了她一眼:"会不会说话啊,什么大姐,哪里有大家,明明是年轻漂亮的小姐姐!"

那姑娘好像有点怕他,赶紧又怯怯地叫了一声:"小姐姐好!"

"你好。"我跟她打了声招呼,然后对张正说,"行了行了,你别难为人家了,叫什么都一样。"作为一个三十岁的老阿姨,我还是颇有自知之明的,人家小姑娘不叫我阿姨就挺可以的了,干吗还要计较这个?

"好久不见,你可出落得漂亮多了啊。"那晚我脑子发热,出门前换上了那条深 V 领的黑色针织长裙,这裙子我就穿过一次,之后就压在了箱底,这次不知道怎么就翻了出来。张正贼眉鼠眼地盯着我的胸口,没羞没臊地说:

"小昭同学，以前怎么没觉得你这么有料呢？"

"一边儿去，这么多年了，嘴还是那么欠。"张正可能不知道，我本来就对他有意见，这下更是不愿意忍受他的聒噪，于是干脆招手叫小姑娘过来，"来，小妹妹，你过来这儿坐，我们聊聊。"

"好呀好呀。"小姑娘很开心地和张正换了个位置。

想不到的是，这位 Gigi 姑娘比张正还要聒噪，我不过随口问了句张正是在哪认识你这么漂亮的小姑娘的，她就叽叽呱呱地说了一长串。

原来他们也是在演唱会上认识的，不过是陈奕迅的演唱会，他们算是不打不相识吧，一场演唱会听下来就勾搭成奸了。

对，勾搭成奸，这是 Gigi 小姑娘的原话，而且是眉开眼笑着说出来的。

"能不能注意点措辞，谁跟你勾搭成奸了？你小学语文一定是体育老师教的吧。"连一旁的张正也听不下去了。

"小姐姐小姐姐，你看他凶我。"Gigi 小嘴一扁，双手摇着张正的胳膊撒娇，"大叔，我说错了你也不用这么凶嘛，你这么凶，人家好怕怕哦。"

我在一旁看得直起鸡皮疙瘩，被叫作大叔的张正倒满脸都很受用的神情。我瞬间领悟到 Gigi 和倩儿只是形似而已，实际上她对付男人比倩儿段位高得多了。我们那一代的女孩子，大多比较硬朗，不太懂得向男人撒娇，我是这样，倩儿也是这样。

这么说说闹闹的，时间过得飞快，陆陆续续又进来了不少人，我旁边的那个座位还是空着，估计是哪位有钱的少爷没事烧钱，1155 块大洋啊，就这么打了水漂，我都觉得有点肉疼。

来听演唱会的歌迷们普遍年龄不大，像我和张正这样的已经算年纪偏大的了，混在一群平均年龄二十出头的潮男潮女中间，真是突兀的存在。周围的人都在兴奋地嚷嚷，只有我俩显得有些心不在焉。

灯光照到舞台中央，在山呼海啸的喝彩声中，万众期待的主角登场了，

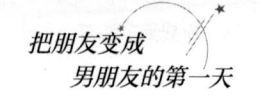

台下的孩子们顿时全都站了起来，挥舞着荧光棒大声欢呼，叫着："五月天，五月天！"

一支乐队能够红超过二十年，果然是有它的生命力的，我不禁也被现场的气氛感染了。就在这时，我听见身边有人说："不好意思，来晚了。"

我转过头去，一脸惊愕地看见旁边的座位上已经坐了一个人，那含笑的眼睛，那微微上扬的双眉，不是程熙又是谁呢？就在那一刹那，我突然明白了，演唱会的门票怎么可能是张正买的呢，他和我一样，也算不得铁杆"五迷"，只有程熙才是。

"你来了啊。"我讷讷地不知道说什么。

他笑着冲我点点头。

幸好台上的阿信开始唱歌了，台下的男男女女们也安静下来，轻轻挥着荧光棒跟着哼唱，这是属于他们的时代金曲。

五月天的演唱会就像一个大型的KTV，由台上的他们领唱，台下的歌迷们跟着一起唱，几万人一起高歌，一起热舞。五月天的经典曲目实在太多了，即使像我这种不是粉丝的人，也有很多首会唱的。

对于我来说，他们的歌声更像一种召唤，召唤出了记忆中的千千阙歌，以及那一去永不回的青春岁月。他们的每一首歌，都会勾起一帧深藏在我脑海里的画面，从来不敢想起，却永远也不会忘记。

"闭上眼，请你闭上眼，问自己无数平凡日子里面，选出你生命中最好的那一天，再问你最糟的那天，或许也留下什么让你改变……"不用闭上眼，我也能选出我生命中最好的那一天，在那个小岛上，当他俯下身来吻我的一刻，我就已经确定了，这就是我生命中最好的那一天，然后接下来的第二天，就是最糟的那一天。

五月天那天还唱了《伤心的人别听慢歌》，事实上伤心的人最好不要听过去的老歌，因为老歌里面沉淀了太多的陈年往事，你以为忘记了的，昔日的歌声会让你想起来，一幕幕一帧帧都记得那么清楚。他们的歌就像一架时光机，搭载着这架时光机，可以在过去的十年内自由穿梭。

当台上的五月天唱到《知足》的时候，全场观众都掏出了手机，我真的看到了一整片用手机灯光打出的星空，这里面有我的，有张正的，也有程熙的，星星点点的光芒，汇成一片人造的星海，如银河落在了人间。

想起查攻略时，网上有人说，千万不要一个人去五月天的演唱会，不然在万人大合唱时，在蓝色荧光棒的涌动和周围人的尖叫声中，在那些关于青春、友谊、梦想和爱恋的歌响起时，没有人会转过头来对你笑，你会觉得很孤独。所以一定要找一个同样深爱五月天的志同道合的朋友或恋人一起去，一起分享感受。

可我站在那里，连转头看看旁边那张脸的勇气都没有，明明知道只要我冲着他笑，他会转头对我笑，只要我伸出手去，他就会握住我的手，可我就是不敢，那一刻我终于明白了，什么叫作咫尺天涯。

唱到倒数第二首《倔强》时，全场都一边流着眼泪一边跟着唱，我的泪水终于也忍不住迸了出来。"就算失望不能绝望，我和我骄傲的倔强……"听五月天长大的一代人，谁没在灰心丧气时被这句歌词打动过呢？！真没想到，看演唱会也会看得如此热泪纵横，好丢脸啊，我偷偷看了下，身边的小姑娘已经哭花了妆，张正也在那抹眼泪，连程熙的眼眶也红了。

记忆中程熙总是在笑，我从来没有见到过他哭的样子，哪怕是背着一身的重债，哪怕和青梅竹马的女朋友分手，他也没有哭过。可是此刻，他就在我的身旁，热泪滚滚而下，哭得像个孩子一样。

五月天的歌可能有魔力，现场的观众们哭成了一团，抽泣声就快要压过轻和的歌声，Gigi索性一头扎进了张正怀里痛哭起来。

我还在犹豫该不该效仿时，一双手把我轻轻地揽在了怀里，滚烫的泪水滴在了我的脸上。这下我完全丧失了抵抗力，索性将脸偎在他胸前，也痛痛快快地哭了起来。丢脸就丢脸吧，反正全场跟着一起丢脸，我也顾不得这许多了。

一首《倔强》唱完了，在全场歌迷的热烈呼唤下，五月天又回到了舞台上，返场唱了一首《听不到》。这首歌是如此舒缓、如此甜蜜，一下把全场带入了温柔甜美的梦境中。身边的几对小情侣紧紧依偎在一起，其中有个女孩子和小男友忘情地拥吻着。

五月天浅吟低唱着：

"我的声音在笑，泪在飙，

电话那头的你可知道。

世界若是那么小，

为何我的真心你听不到，

你听不到，

你听不到，

听不到听不到我的执着，

扑通扑通一直在跳……"

阿信的嗓子已经有些哑了，毕竟他已经年过四十了，连续在台上又唱又跳了三个小时，体力再好也筋疲力尽了。

就在他喑哑的歌声里，我哭得几乎不能抑制，泪水掉下来，把程熙胸口的衣服全打湿了。我很想问他，世界若是那么小的话，为何我的真心你听不到，听不到我的执着，听不到我的心扑通扑通一直在跳，到底是我伪装得太好，还是你一直假装不知道？

唱完这首歌，演唱会就结束了，已经有人提前离场。我多么希望五月天能够一直唱下去，这样演唱会就能永不散场，我们就能拥抱在一起，一直哭一直哭。像是做了一场梦，如此青春、如此热血的梦，大家都宁愿待在里面，永远不再醒来。

可再美的梦,也会有醒的那一刻,当五月天的歌声停止时,我悚然一惊,如梦初醒,立即从程熙的怀里挣脱出来,然后不待他反应过来,就急急地往场外走。

人潮很快就将我们分开,从今以后,也许又会和以前一样,我们又将一个人在人海里浮沉。我甚至来不及和他说再见。不过这样也很好,无为在歧路,儿女共沾巾,程熙,这场演唱会,就当是我用来和你告别的方式吧,告别你,告别青春。

3

五月天的演唱会像是一杯加了冰的威士忌,非常好入口,但是余劲非常大。那晚我匆匆搭车回家,谢绝了张正再去喝一杯的邀请,也谢绝了程熙送我回家的好意。

回到位于天河的小公寓已经很晚了,可能演唱会的余劲还没散,我居然失眠了。我睡眠一直还可以,平常一沾枕头就能睡着,可那天晚上怎么也睡不着。我试过数羊,结果越数越清醒,最后干脆爬了起来,打开电脑,随手点开了一个视频。

视频是我从电视上录播下来的,正像宋倩儿调侃的那样,视频里的程熙有一张非常上镜的脸,他不说话的时候,就像宝剑藏在鞘里,显得有些内敛,可一旦说起他醉心的事物来,那种无意中展现的锋芒就如同利剑出鞘,让人过目不忘。

接受电视台的访问时他事业已大有成就,成为灯饰界一颗冉冉升起的新星,有了自己的品牌和工厂,网店刚刚入驻了最大的电商平台,又从德国载誉归来,由他设计的一款灯饰作品拿到了著名的AF设计大奖。

在电视里,他向观众展示他亲手设计的那款灯具,据他介绍,这款灯具是一组照明组件系统,由于使用隐藏的电磁连接器,所以在照明的时候不会

把朋友变成男朋友的第一天

产生阴影。可以调节光线亮度和色温,只需一颗旋钮,就能让光线如水般自然流淌。我不懂设计,只觉得那组灯看起来美极了,悬在天花板上,宛若夏夜间常见的星河。

当主持人问到他这组灯具设计的灵感来源时,他沉吟了一会儿说:"这组灯的名字叫作星如雨,灵感来自南宋著名爱国词人辛弃疾的一首词,东风夜放花千树,更吹落,星如雨……我有个好朋友很喜欢这首词,曾经对我说,如果能制作出符合词中意境的灯来,一定会特别美。"

主持人很感兴趣地问:"原来还有个这样的故事啊,现在果然拿到了大奖,你有什么想对这位好朋友说的吗?"

程熙顿了顿,看向镜头说:"我想对她说,没有经过你的允许,就擅自用了你取的名字,你不会怪我吧?还有,我设计的这款灯,没有辜负你的创意吧?"

说到这时,他的眼神仿佛要穿过屏幕,一直看到人的心里去。我隔着屏幕,和视频里的他对视,也只有以这种方式,我才敢迎上他的眼神。是谁说过的,念念不忘,必有回响,如果这组灯算是回响的话,那么他一直还对我念念不忘吗?

每次看这段视频,我都很想去找他,可最后还是放弃了。我是多么想见他一面,但我并不确定他是否也那样想见我。

我把电脑扣上,心情更加激荡了,于是走到厨房从冰箱里拿出一瓶冰镇过的酒,给自己倒了一杯。

不知道今夜能不能看到星空呢?如果能看到,坐在阳台上,一边看星星,一边喝酒倒也不错。怀着一丝渺茫的期待,我一手端着酒杯,一手拉开了窗帘。

城市上方的天空早已被灯光污染了,一颗星星也看不见,天边只有一轮弯弯的下弦月,影影绰绰的,也看不大清楚。

我有点失望，正准备拉上窗帘，又低下头漫不经心地往楼下扫了眼，就在这一瞬间，我整个人都僵住了，拉窗帘的那只手也停了下来。我住的公寓正好靠着外面的街道，我赫然看见，街上站着个人，正抬着头往上望。我正好也往下看，于是两个人的眼神就确凿无疑地对上了，没有任何遮挡。这可不是隔着电视屏幕，而是现实世界里的对视。

一瞬间所有的血都涌上了脑子，我几乎能听见自己咚咚咚的心跳。不过几秒之后，我赶紧拉起了窗帘，可即便只有短短几秒，也能够让我确定，楼下站着的那个人就是程熙，同样让我确定的是，他还是能够令我怦然心动，哪怕是隔着这么远的距离。

仿佛是为了平息自己的心跳，我一口气喝光了杯里的酒，边喝边摸着胸口安抚自己：你就长点出息吧，这么多年过去了，你已经不是个小姑娘了，还要像年轻时那样奋不顾身地去爱一个人吗，而且是同一个人，你要不要这么傻啊你！

酒喝得太急，我感觉浑身的血液都燃了起来，脸特别烫特别烫。我冲到洗手间，打开水龙头，直接用凉水来洗脸，可一点都不管用，脸还是那样烫。洗脸的时候，我无意中抬起头来，看到镜子里有一张通红的脸，脸上还挂着点水珠，倒是挺可爱的。对着镜子，我禁不住笑了。

"小昭，你笑起来多好看啊！"看着镜子里的笑脸，我又想到了这句话。要死了要死了，都这么多年了，关于他说的每一句话，我怎么还是记得这么清楚？

他还在那里吗？他应该早走了吧？两种想法在我脑子里一直天人交战，我终于忍不住了，从床上一跃而起，唰地拉开了窗帘，拉之前还对自己说：就看一眼，看一眼之后马上拉上。

他果然还站在那里，我看了他一眼，又一眼，怎么也挪不开眼睛，再这么一动不动下去，我们两个都会当场石化吧。

把朋友变成男朋友的第一天

罢了罢了,死就死吧。为了给自己壮胆,我又喝了杯酒,才借着酒劲跑了下去。到了小区门口,我反而放慢了脚步,踟蹰着不敢向前,然后在他面前大约五米处停了下来。

很多话想说,最后只是傻乎乎地问他:"你怎么还不回去?"

他答非所问地说:"我唱首歌给你听好不好?"

我轻轻点了点头。

他便从后备厢里拿出了一把吉他,轻轻弹唱起来。说起来今天晚上的演唱会我唯一遗憾的就是,没有听到五月天现场唱《温柔》,仿佛心有灵犀似的,他唱的就是那首《温柔》:

"走在风中今天阳光突然好温柔,天的温柔地的温柔像你抱着我……"

他的嗓子微微有些喑哑,毕竟跟着五月天又唱又哭地嗨了一晚上。夜深人静的,为了不打扰别人,他把声音压得特别低,听着他低沉而柔和的歌声,我忽然觉得,天地都温柔起来,路灯洒下一层光晕,轻而柔地将我们环抱在里面。光晕中的他,剪影还是那么好看,身姿依然挺拔如少年,我终于知道他为什么喜欢五月天了,因为他和阿信、玛莎一样,身上都有种少年气息。这种气息和年龄无关,只要身上的热血和天真未泯,就永远葆有这种少年气。

我痴痴地看着眼前这个男人,这个我喜欢了很多年的男人,比起年少时的他,眼前的这个他显然成长得越来越好了,好得让我有点不敢接近。就好像逛商场时,面对一件昂贵而漂亮的衣服,明明买得起,却不敢买下来,只因为心底觉得自己还不配拥有。

一首《温柔》唱完,他停了下来,抱着吉他,温柔地凝视着我,眼睛又黑又清亮,年少时像是一泓清泉,现在经过岁月的砥磨,已经沉淀成了一汪深潭。

我被他看得脸颊发热,只好顾左右而言他,说:"很可惜今晚阿信没唱这首《温柔》，我很喜欢他在台北巨蛋演唱会上唱这首歌时的独白。"

谁知道他居然说："我念给你听好不好？"然后不等我回答，他就自顾自地念了起来，这段独白我之前在电脑上已经听过很多遍，但由他念出来，还是有种说不出的味道："如果你对我说，你想要一颗星星，那么我就会给你一颗星星；如果你对我说，你想要一朵花，那么我就会给你一朵花……"

念到这里，他蓦地停了下来，默默沉吟了一会儿，才一边望着我，一边一字一顿地继续说："如果你对我说，你要离开我，我想对你说，别走，留下来好吗？"

我听他说出这段话，脑袋有点发蒙，要是我没记错的话，阿信原来的版本是："如果你对我说，你要离开我，我想我不会强求，也不会挽留，只因为，我要给你我最美最好也是最后的温柔，我会对你说，我会说，我给你自由，我给你自由，我给你全部全部全部全部自由……"戏里面没有这个桥段的，我该怎么往下演呢？

"你念错台词了。"我试图纠正他。

"没有错，如果真有月光宝盒的话，我多么希望能够穿越回去。"程熙继续说着，语气异常坚定，"那么当你说要走的时候，我会对你说，别走，留下来好吗？曾经我以为，如果你要走，那么不打扰是我能够给你最后的温柔，但是我发现我错了，我不应该放手。"

他的话很动人，饶是我再铁石心肠，也差点被打动了，但我最终还是摇着头说："不，并不是这样的，你弄错了，要走的那个人是你，要放手的那个人也是你，一直都是你，并不是我。再说你要我留下来干什么呢？继续开开心心做朋友吗？"

"对不起，小昭，真的很对不起，我不知道会让你这么难过。"他又开始说抱歉了。

我最不想听到的就是他对我说抱歉，但他还是说了，于是我终于忍不住了:"程熙,打住,不要跟我说对不起。你知道我是什么时候决定彻底放弃你的吗?就是像网上说的那样,当我往前走了九十九步,而你连最后的一步都不肯走,我不想再靠近你了,你走得太快,我永远都跟不上,程熙,我已经快三十岁了,不再是二十几岁,我真的没有力气了。"

程熙深吸一口气,将吉他搁在车盖上,说:"那现在换我来靠近你好不好?你什么都不要做,只要站在原地就好,剩下的那一百步,都让我来走好了。"说完,他就一步一步向我走了过来。

我永远忘不了这一幕,凄清的月光下,他一步步向我走过来,每一步都走得很慢,却又走得那么郑重,那么坚定。他走向我,像是游子走向他久违的故乡,又像是小鸟飞回它栖息的梧桐。

近了,越来越近了,月光下两道影子交织在了一起,有那么一瞬间,我几乎就要心软了,我只要一伸手,就能触摸到他,可我突然害怕起来。就在他伸出手来,想要揽住我时,我往后一退,沉声说:"太迟了,现在说这些都太迟了。"

程熙的手停在半空中,满脸都是困惑:"你有男朋友了吗?"

我果断地摇摇头。

"那你另外有喜欢的人了吗?"

我还是摇了摇头。

"那你试着再接受我一次好不好?"他望向我,眼睛里满是亮晶晶的期待,像一个想吃冰淇淋却又不敢的小孩子,满怀希冀地等待着大人的首肯。我沉默了一会儿,最后还是艰难地摇了摇头。我分明看见,他眼睛里的光芒迅速地暗淡下去。"很晚了,我得回去睡觉了,你也回去吧。"抛下这句话,我飞快地往后退,退到离他数米外才转身跑回了小区。

"小昭!"他在背后喊我。

我没有理会,一口气跑到小区里,直到进了电梯,才发现自己紧张得浑身都瘫软了。我无力地瘫坐在电梯里,泪水伴着汗水一道涔涔地流下来,一闭上眼睛,就会想起他那失望至极的神情。对不起,程熙,我不想让你失望的,可是我已经失望了那么多次,真的不想再来一次了。

4

第二天,我强撑着去上班,一整天基本都是昏昏沉沉的,整个人的状态可以用王菲一首比较冷门的歌来形容,那就是《梦游》。开会的时候在梦游,看文案的时候在梦游,连吃饭的时候都在梦游,差点把盖章的印泥当成酱油蘸了吃。

好不容易撑到快下班的时候,手机在桌面上嘀嘀响,我拿起来一看,是程熙发给我的微信:我来接你下班好不好?我咬了咬牙,回了条:不用了。他迅速秒回:这次我不会放手了。我没再回,把手机直接扔进了包里。

胸口那一块像有热流在涌动,我的手在桌面上胡乱移动,慌乱中打翻了刚开封的牛奶。我抽出一张面巾纸急急去擦,不知怎么的,越擦越乱。

坐在隔壁的同事问我:"你怎么啦?"

我也不知道是怎么了,只觉得心中有股说不出的酸楚,无边无际的酸楚,酸楚中又隐隐夹着丝甜蜜的心悸,让我既想流泪又想微笑。

他说他这次不会放手了,这是认真的吗,还是随便说说而已?印象中他是个很骄傲内敛的人,死缠烂打那种事是做不出来的,我已经这样一再拒绝他了,他还会继续坚持下去吗?这样胡思乱想的结果就是,那天我破例没有加班,而是早早就下了班。

临走前去了趟洗手间,一照镜子差点没惊叫出来,镜子里的女人顶着一头乱糟糟的头发,一张脸面无人色,脸上的黑眼圈浓重得连遮瑕膏也掩盖不住。走到公司楼下时,听见一群女同事在门口叽叽喳喳地说着什么,我的心不禁怦地一跳:她们围观的对象,莫不是程熙?

把朋友变成男朋友的第一天

我在人群的缝隙中偷偷往外一看,果然是他,怀里还抱着一大束花。这么高调,倒是不像他以前的风格。我吓了一跳,赶紧冲回一楼的洗手间里,从包里拿出补妆的气垫霜来,用力往脸上抹了好几下,可惜再好的化妆品这时也拯救不了我暗淡无光的肌肤,我折腾了好久,还是没什么效果,最后只得又涂了点口红,这样看上去脸上至少有了点活气。

等折腾完了,我才敢往外走。他倚在车边,正满脸微笑地看着我,手里还夹着一支烟,烟的微光印在他脸上,明明灭灭,让他看上去有点恍惚。和我一起下班的女同事惊呼,呀,他开的车是豪车啊。

所有的车在我眼中都是一个样,只是那天晚上,他倚着的车在我看来简直就是神仙驾下的七彩祥云,我迎着他走过去,脚步有点飘,那种感觉就像漫步云端。

"我说过不用来接我的。"我按捺住心跳,假装平静地说。

"给你的,我记得很多年前我们闲聊,你说你喜欢百合。"他没接我的话,而是将怀里抱着的花递给了我。

不过是多年前信口胡诌的一句话,没想到他还记得那么清楚。我愣了愣,还是将那束花接了过来。百合抱在怀里,气味是那样馥郁,让人不忍释手。他为我打开了一侧的车门,我很想拒绝,可围观的同事们已经看热闹不嫌事大地开始起哄了,我不想当着这群吃瓜群众拂他的面子,只好上了车。

他俯身帮我系安全带,一股熟悉的气息扑面而来。"不用了,我自己来就好。"我推开他,自己手忙脚乱地系安全带,不知道是不是太紧张了,越忙乱就越是系不好。

"我来吧。"最后还是他帮我系好的。

"你饿了吗?"他一边开车一边问我,"想吃点什么?"

"不饿。"我摇摇头说,"随便吧。"

他就没再问我,而是自顾自地开着车,专走僻静的小路。我也没问他去哪,只是坐在他身边,一颗心怦怦直跳。车子在少有人走的路上缓缓行驶,路两旁的榕树在空中交织成一片,月光透过枝叶洒下来,斑驳的光影在地上跳动。

我在这座城市已经生活了很多年,但从来不知道,待了这么多年的小城还有如此美的地方。去哪里已经不再重要,有那么一瞬间,我突然希望这条路没有尽头。

我以为他会带我去吃些山珍海味,毕竟发达了嘛,当然得让昔日老友见识下自己的风光无限。没想到车子七拐八拐的,竟然拐进了一条旧得不能再旧的老巷子。

天空飘起了小雨,透过雨丝,我看到巷子里只有一间面店还亮着灯,门口用毛笔写了一个大大的"面"字。小巷僻静,一灯如豆,简直就是古龙小说中的意境。

"呀,这家店居然还在开着。"隔着车窗,看到这似曾相识的画面,我不禁笑了。多少年以前,也是一个下着小雨的深夜,他骑着电动车载着我,来这里吃面。那时候我们还只是萍水相逢,却没想到,一块浮萍和另一块浮萍之间,居然会有这么深的羁绊。

"是啊,生命力还挺强的,希望我做的灯也能像这家面店的灯一样,深夜长明。"程熙说。

我开门想下车。

"下雨了,你等一下。"我以为他想递给我一把伞,可很明显他车上并没有准备伞,他很快下了车,又绕到我这边,打开车门,在我下车的一刹那,他将手掌覆盖在了我的头顶。

他的手掌并不算宽大,根本挡不了什么雨,但很温暖,有一股融融的暖意从他的掌心透过来,我几乎战栗起来。

"小昭,你很冷吗?"他察觉出了我的战栗。

把朋友变成男朋友的第一天

"没有。"我疾步走了起来,还好到面店只有短短几十米,很快就到了。

面店还是老样子,简陋的木头桌椅,桌子上泛着油光,老板看上去一点都没有变老,连脸上的褶子都没有多一点,时光在这里像是停住了。

"来两碗面!"程熙熟练地点单,末了又加一句,"一碗多放点芫荽,一碗不要芫荽,都要重辣的。"我抬头看了看小店墙壁上的菜单,多少年过去了,一份大碗的牛肉面还是十四块钱,价格基本没变。在这物价飞涨的年代里,也算是个良心小店了。

面条很快端上来了,还是装在小脸盆大的粗瓷盆里,面条雪白,葱花碧绿,牛肉切得比纸还薄,搁了很多的油泼辣椒,将面汤染得红彤彤的。

程熙将放有芫荽的那碗往我面前一推:"这是你的。"又把另一碗没放芫荽的拿到自己面前,"这是我的。"

面条冒着热气,他吃得大汗淋漓,我却拿着筷子一直在发呆,心里纠结着,究竟要不要继续和他对坐着吃一碗牛肉面。

"小昭,你怎么不吃?"他停下来望着我问。

"太辣了。"这是实话,我来 G 市这么多年,已经吃惯了清淡的饭菜,特别是近年来,一吃辣的,脸上就会冒痘痘,久而久之,不管是在外面吃还是在家做饭,都习惯了不怎么放辣椒。望着这一大盆子油汪汪、红彤彤的面条,我 还真有点不敢下口。

"我记得你以前很能吃辣啊。"程熙说。

"你记性不错。"我漫不经心地说。

"当然,我还记得你说想买个小岛当岛主呢。"他说。

我心中蓦地一跳,那还是住在城中村的时候,自从听说琼海有很多无名小岛在拍卖,有的起拍价才不过几千块时,我动不动就两眼放光地跟当时的室友程熙描述我的小岛之梦。

"等我们有钱了,就去买个小岛隐居吧,叫上朋友们一起。"在我的理想蓝图里，岛不用多大，有山有水就行，岛上要种满桃花，天气好的傍晚，岛上的男男女女们就坐在桃树下，烤烤肉，喝喝酒，吹笛到天明。

还烤肉呢，就不怕把桃花都熏死了。程熙曾经笑我。

我不理他，继续兴冲冲地在本子上写我的小岛侠友清单，这个朋友还不错，古道热肠，把他的名字添上吧，那个朋友以前觉得仙风道骨，最近发现一身的俗气，看来名字得划掉。

这么幼稚的梦想，他却记得这么清楚，真让人羞惭不已。

我忽地想起那部《重庆森林》来，王家卫的电影一直不是我的菜，但那段台词却记得很清，一不留神就说了出来："一切都会变的，今天喜欢凤梨的人，明天又会喜欢别的。"

"我不太明白你在说什么，你知道我不看王家卫的电影的。"程熙一副茫然不知所云的样子。

"什么都会过期的，你知道我在说什么。"我注视着他。

爱情里最重要的也许就是时机吧，如果在错的时间里遇到对的人，那么注定只能错过，我和程熙，自始至终都没有遇到一个合适的时机，就像电影里的至尊宝和紫霞仙子一样，永远都是一个在靠近，另一个在逃避。

"不是所有的东西都像凤梨罐头。有一些东西，是永远都不会过期的。"程熙迎上我的注视，双眸粲粲如星，"不说这个了，你都饿了一晚上了，好歹吃一点吧，真的很好吃。"

我不置可否，拿起筷子来尝了一口。仅仅是一口而已，有股熟悉而陌生的快感瞬间在舌尖上爆炸开来，潜伏在骨子里的那种爱吃辣的血液一下子被点燃了。我的味蕾先于我的大脑做出了选择，在还没有充分思考之前，我已经不知不觉地吃下了大半盆面条。

"好吃吧，没骗你吧。"程熙看着我笑。

他可能不知道，此刻我真有点百感交集。我刚刚还振振有词地说一个人

把朋友变成男朋友的第一天

的口味是会变的，没想到，我自己的口味和喜好原来那么顽固，这么多年过去了，一碗放满了油泼辣子的面条仍然能毫不费力地勾起我的食欲，就像这么多年过去了，面前这个男人还是能毫不费力地让我心动。那些让你第一眼就喜欢上的东西，总是能让你一而再再而三地喜欢上，对它（他）们的喜欢仿佛变成了一种密码，已经深深地镌刻在基因里了。

为了不泄露内心过多的情绪，我不怎么说话，只是埋头吃面。程熙倒是谈兴很高，一会儿夸面条筋道好吃，一会儿又点评老板眼睛越发有神了，看来绝对是个练家子，而且功力精进了不少。

那晚还发生了一个小插曲。

当时，夜还不算太深，大约十点钟的样子，巷子里还有人在来来往往。我和程熙吃饱喝足，正准备结账走人，就听见了门外的争执，一辆自行车和一辆小车撞上了，也不知道是谁撞的谁。从小车上跳下了三条大汉，气势汹汹地挡住了骑自行车的那个女人。女人起初还在奋力争辩着，被其中一条大汉一拳捣在地上，她想挣扎着起来，后面又上来个人一脚踩在她胸前，踏得死死的。

"求求你们，放过我吧！救命啊！"女人凄厉的呼喊声回荡在苍茫夜色中，巷子里陆续有人经过，看她一眼，忙不迭地跑开了。

大汉们你一拳，我一拳，捣蒜一样落下去，女人的呼救声逐渐变得微弱。我本来很想挺身而出的，但看看大汉们那铁塔般的身材，又吓得一哆嗦，唯一能做的就是放下手里的筷子，抖抖索索去翻包里的手机。就在这时，坐在我对面的程熙忽然压低了声音说："你赶紧走，到前面那个巷口再报警。"然后他将面碗一推，起身站了起来。

"程熙！"我颤声叫他。

"别怕，我会没事的。"程熙回头冲我一笑，是他惯常那种仿佛什么都不在乎的笑容。他说，我还要陪你去小岛隐居呢。

不不不，请你不要去。我张张嘴想叫住他，忽然哽咽了，这个时候，我多么希望我喜欢的男人能够懦弱一点、自私一点，世界那么乱，装什么英雄好汉啊。

程熙拿着那个硕大的面碗往店外走，就像侠客拿着他的剑。

一步，两步，三步，我眼睁睁地看着他走了出去，心里不停地祈祷着：那个被我们称为退隐高手的面店老板呢，躲到哪里去了，快点出来吧，别再深藏不露了，兴许只要他一挥手，就能叫门口那三条蛮牛动弹不得。

可是他始终缩在柜台后面，不敢吭声。

程熙已经走近那三条大汉了，可以清晰地看见，他把手中的面碗猛地砸到了其中一人的后脑勺上。这个动作真是帅极了，比什么如来神掌、兰花拂穴手都要帅。

我总算拨通了110，就在我说出事发地址的几秒钟内，程熙的脸上已经挂了两道醒目的鼻血。又有几个路人经过，可谁也没有拔刀相助。

那些传说中的高手和侠客们，这个时候都到哪里去了？

我急得眼泪都掉了下来，泪眼朦胧中，只见程熙的身上又挨了几拳。他平时是有健身，可说到底只是个文弱的书生而已，哪里敌得过那几个蛮牛一样的壮汉！

我幻想中的场景一样都没有出现，警察没有从天而降，面店老板没有仗义出手，连路人也不曾打抱不平。

"程熙，我来帮你！"最后我终于冲了上去，挥动着拖把，流着眼泪，喊着程熙的名字加入了混战中。

"小昭，你走开！"程熙将我护在怀里，拳头如雨点般落在他身上。

也许是这英雄救美的一幕激发了路人的同情心，终于有两个路人也加入了我方战队，连面店的老板也受了感召，放出了他养的一条中华田园犬。那三个浑蛋尽管人高马大，也架不住这么多人一拥而上，很快就落了下风。

把朋友变成男朋友的第一天

在警察来的时候,我和程熙不约而同地撤了,这见义勇为的勋章,还是留给其他几个好汉吧。在问候了彼此的伤势后,知道对方没什么大碍,我们才放下心来。送我回家的路上,程熙还不忘警告我:"下次你别犯傻,你这小身板,别说打架了,添乱还差不多。"

"谁说的,要不是我关键时刻捅了那浑蛋一拖把,说不定你现在正在满地找牙呢。"回想起今晚的赫赫战绩,我不禁嘚瑟起来。

"曾梦想仗剑走江湖,最后却差点被流氓们痛扁。"程熙笑道,"不过也不错了,看了那么多武侠小说,总算有了一次行侠仗义的机会,而且还是和你并肩作战。"

是啊!多么珍贵的记忆,以后回想起这个夜晚,一定会熠熠闪光吧!我心里这么想,嘴里却只是打趣说:"小时候都以为自己行走江湖会是郭靖和黄蓉,再不济也是黑风双煞,没承想长大后能混成黄河四鬼都不错了,人生啊,如梦啊!"

"什么黑风双煞啊,我们是侠客好吗。日后江湖上说起我们来,一定是神雕侠侣那样的人物,就算我们不在江湖了,江湖仍会有我们的传说。"程熙大笑出声。

"侠客?有你我这么尿的侠客吗?"

我们对视了一眼,我披头散发,他鼻青脸肿,看上去一点都不像侠客,什么神雕侠侣啊,神经侠侣还差不多,神经病的神经。

5

半晌,程熙对我说:"不早了,你上楼休息吧。"

"嗯。"我温柔地说,"晚安。"

"晚安。"他说过晚安后,深深地看了我一眼,然后就转过身去,准备往回走。

我恋恋不舍地看着他的背影,在他走出几步之后,终于忍不住在背后叫住他说:"喂,这位侠客,不上楼去处理下伤口吗?"

他回头看着我,眼睛里满是喜悦,几乎是迫不及待地说:"好哇。"

到了我住的小公寓里,我让他随便坐,然后自己去找平常备用的药物。等我捧着药从卧室里出来的时候,发现他还站在小小的客厅中间。

"找个地方坐啊,傻站着干吗?"我叫他。

"坐哪啊?"他不好意思地挠了挠头。

我这才发现,公寓里真是乱得吓人,两把椅子上都堆着书,懒人沙发上乱七八糟地放满了我的衣服,尤为显眼的是有件内衣,斜搭在沙发背上。怪只怪这阵工作太忙了,每次加完班回到小公寓都奄奄一息,根本顾不上收拾,哪像以前和程熙一起合租的时候,洗完澡都得穿得整整齐齐地出来,到了房间里才敢换上睡衣。

气氛顿时变得尴尬起来,我面红耳赤地将药物搁在桌子上,手忙脚乱地开始收拾衣物。好在我手脚够快,一分钟后那堆衣服都被我塞进了卧室的衣柜里。

"不好意思,家里乱糟糟的,让你见笑了啊。"我招呼程熙坐下,他环视了一下四周,坐在了客厅里唯一的一张沙发上。

"没事,这里又没外人,你不用这么见外。"他宽慰我。

这话说的,我没法往下接啊!他就算不是外人的话,也不是"内人"啊。于是我就没接话,拉了把椅子坐在他对面,开始给他处理伤口。

家里只有碘酒、创可贴之类的东西,所以只能非常简单地处理一下。闹腾了一晚上,此刻在灯下相对静坐,我才发现程熙受的伤远比我想象得要严重,虽然还不到伤筋动骨的地步,但有些地方被揍得皮开肉绽的,看上去还是挺吓人的。

我拿棉签蘸上碘酒,给他轻轻擦拭手臂上的青肿。右边胳膊靠近肩膀处

把朋友变成男朋友的第一天

淤青了一大块，肿得有些厉害，我看着都觉得疼，他却一声也不吭。

"你疼就说啊，别强忍着。"我轻声说。

"没事，一点点皮外伤而已。"他连眉头都没有皱一下。

"你总是这样。"

"怎样？"

"我知道你的，再怎么疼也不会说出来，一个人默默忍着呗。"我一边给他擦上碘酒一边说。

"没有，真不疼。"他正这么说着，不提防我一不小心手重了点，他顿时疼得眉头都皱了起来，饶是如此，他硬是没有吭声。

"你就继续充好汉硬扛吧！"我瞪他一眼，手上的力道却赶紧放轻许多。

"那个，小昭。"他忽地放轻了声音，说，"我在微博上关注了你的小号。"

"什么小号？"我心中怦地一跳。

"你是不是有个小号叫花千树？"他问我。

刹那间像是有电光照过我的脑海，一连串蛛丝马迹都被串了起来，原来那个"星如雨"就是他的小号啊，我真是聪明一世糊涂一时，这么明显的 ID 都没有瞧出来。"东风夜放花千树，更吹落，星如雨"，敢情他就是看我小号叫"花千树"，才编了个"星如雨"出来。原来别后两年，我内心的每一点小欢喜、小失意都被他看在了眼里，这种无处遁形的感觉真的让人很想挖个地洞钻进去啊。

我心中震荡，抬起头来看了他一眼，又迅速低下头去，装作轻描淡写地说："没有啊，我微博号就是工作号，哪有什么小号啊。"心里想的是，等下我就得把这个小号给注销，看你以后还怎么窥视我的生活。

"我本来以为你已经忘了我了，直到那天我看到你在小号上吐槽说，想去看五月天的演唱会却买不到票，我就想，也许你还没有变，也许你和我一样，还在等着什么。"他没理会我的否定，自顾自地说了下去，"说实话这么多年我也不敢再抱什么希望了,我就跟自己说,再给自己最后一次机会,如果能在五月天的演唱会上再碰到你,就说明我们之间还有缘分,那我这次就绝不放手。"

我心里说,看来你是蓄谋已久啊,票那么贵,一千多一张,我怎么舍得不去呢。还说什么缘分呢,不过是你刻意安排的罢了,真当我是小孩子那么好骗吗?

"你别说这么多无关紧要的话,让我听了分心,弄疼你了我可不管。"我突然感到莫名的烦躁,打断他说,"把衣服脱了吧。"

"啊?"他双手抱胸,一脸愕然,"小昭你太直接了吧!"

"什么啊!"我啼笑皆非,"脱衣服处理伤口,你想到哪里去了?"

"哦哦,遵命。"他三下五除二地脱掉了身上穿的衬衫,似笑非笑地看着我,一副"我知道你在想什么"的了然表情。

我这还是第一次看见他赤裸着上身的样子。以前合租那会儿,他比我还注意这些细节,处处都以礼相待、谨守边界,大热天的也恨不能将衬衫最上面那粒纽扣扣上。现在脱了衣服看,身材还是蛮不错的,他不是那种健硕型的,身上只有一层薄薄的肌肉,却越发显得肩宽腰窄、骨肉匀称。

不过这时我的注意力全在他身上的伤上,也顾不上欣赏他的身材了。脱了衣服才发现,他胸前和后背上的淤青还真不少,背上还被划了一道口子,估计是缠斗时被推到地上磕破的。口子不深,但有点长,从后背一直绵延到了腰上。

我拿着棉签轻轻为他清洗那道伤口,碘酒碰到伤处有很大的刺激性,血珠一下子冒了出来,一直强忍着的他也忍不住倒吸了一口凉气。

"叫你逞能,都伤成这样了。"我一边数落他,一边用棉签擦去那些渗出来的血珠,擦着擦着,心疼得眼泪都掉了下来。

"小昭,你别哭。"真奇怪,他明明是背对着我的,居然知道我哭了,他

把朋友变成男朋友的第一天

是后背上长了眼睛吗?

"我哪有哭?"我骗他。

"你就是这样。"

这次轮到我问他:"怎样?"

"哭也要背着人,死倔死倔的。"他说完这句话,猛地转过身来,没头没脑地就吻了下来。

我猝不及防,竟然没想到要躲开,等到反应过来时,已经舍不得再闪避了。他捧着我的脸,嘴唇轻而柔地落下来,先是一点一点地吻去了我脸上的泪痕,然后才吻在了我的嘴上。

很久以前,就在那个小岛上,他吻我的时候,我也是这样泪流满面,所以这个吻就像是那个吻的延续和回声,隔着漫长的时光,他终于又吻我了。他的嘴唇是那样柔软,还微带着一丝泪水的咸味,他吻得那样温柔、那样郑重,就在这一个吻中,我终于尝到了那种向往已久的滋味,那是爱情的滋味,只有被真正喜欢的人吻着的时候才能体会到的那种百感交集的滋味。

这个吻带着种奇异的熟悉感,因为似乎已经预先演习过无数次,在回忆里,在睡梦间,在想象中。有那么一瞬间我觉得自己就要窒息了,然后我忍不住回抱住了他,却无意中碰到了他身上的伤,他疼得全身一抖,还是舍不得松开手,仍然紧紧地抱着我。

这一次我绝不会再放手了。我又想起了他说过的这句话。

吻到动情时,他用力将我一拉,我便跌入了他的怀里,两人一起陷落在软绵绵的懒人沙发里。

"不行!"我努力挣扎了一下,但女人的力气毕竟比男人小多了,完全没有挣脱,我情急之下不禁喊道,"我还没有准备好。"

"你要准备什么?"他还是笑。

"你跟别的女孩子也这么快的吗?"趁着他走神的间隙,我挣扎着坐了起来。

"小昭,你说什么?"他放开了我,脸色由困惑变得愤慨,"除了你,我哪有什么别的女孩子?"

"我不是这个意思。"我刚刚的确有点口不择言了,这次想了想才说,"我的意思是,我还没有做好准备接受你。"

"是我感觉错了吗,你对我已经没有感觉了吗?"他又恢复了困惑。

"我不知道。"我只能这么告诉他。

他盯着我看了半晌,才说:"我不逼你了,小昭,我们分开得太久,是得给你一点时间来适应,我太心急了。"

第十一章

一万年太久，我只要现在

1

我提着大包小包去探访怀胎数月的孕妇宋倩儿时，她正在喝婆婆姚姨专门给她炖的冰糖燕窝，见我来了，忙偷偷将燕窝往我面前一推，命令我赶紧喝了。

"干吗啊你，这可是你婆婆的一片爱心。"我不解。

"嘘！你小点声，别让他们听见了。"宋倩儿竖起一根手指，示意我压低声音。

我还是不懂。

"你看我都胖成啥样了。"她向我抱怨。

我打量了一下她，她确实丰润了一点，倩儿是那种典型的北方美女，骨架本来就偏大，所以身上稍多点肉就显得有点扎眼。当然我不敢这么说，只能宽她心说："没有啦，还好还好，孕期长胖个三五十斤都是正常的，生完后稍微节点食锻炼下，马上又是超级无敌大美女一枚。"

"还美女呢，都成中年妇女了。你看看我这张脸，是不是都有妊娠斑了，生完孩子至少还得再当上一年的奶牛，想起来就绝望。"倩儿看上去很沮丧的样子。

我那阵正好看到过孕妇自杀的新闻,一看倩儿这模样,很有点产前抑郁的症状,没想到她一个养尊处优的少奶奶,居然也会产前抑郁,多半还是因为太闲了,那么多时间没处打发。

"做少奶奶的感觉怎么样?"我问她。

"开始觉得挺好的,现在感觉也就这样吧。每天就是煲煲剧吃吃东西刷刷手机,以前还可以买买衣服做做美容去国外玩玩什么的,现在怀孕了,连这几项都省掉了。"倩儿说。

"每天就是煲煲剧吃吃东西刷刷手机,我啥时候才能过上这样的神仙日子啊?"我真诚地表示羡慕嫉妒恨。

"什么神仙日子啊,你来过上一个月试试就知道了,保准你能体会到什么叫作闲得发慌。"

倩儿本来就话多,一开启抱怨模式就没完没了,我足足听她抱怨了十几分钟,听得两耳滴油,终于忍不住打断她说:"要不你找点事做做吧。"

"我能做什么,家里这也不让那也不让,感觉再这么下去我都成废物了。"倩儿越发低落了。

"哪有这么漂亮的废物?"我不忍看她这样低落下去,便替她想了个主意,"要不你开个公众号吧。你这么爱穿会穿,随随便便写点穿搭文美妆文之类的,配上你之前拍的美美的照片,一定很快就会吸引许多粉丝的。"

"我行不行啊?"倩儿眼神稍微亮了点。

"当然可以啦。张正都能当艺术博主,你怎么就不能当时尚博主了?"我给她打气。

"你还真是一脑门子的主意啊,难怪程熙喜欢你呢。"倩儿话锋一转,开始两眼放光地向我打探,"听说程熙又开始追求你了?"

"听谁说的,张正吗?"我正在喝燕窝,听了她的话差点被呛到,"什么

把朋友变成男朋友的第一天

叫作又？他以前追过我吗？"

"行了行了，你又不是我小学语文老师，老挑我刺儿干吗？"一聊起感情上的事，倩儿马上就恢复了敏锐，"你这么说，是承认他现在在追你了？"

我无法回答，只得顾左右而言他："好啦好啦，你一个孕妇，这么八卦干吗呢？"

"孕妇怎么啦，孕妇就不能八卦吗？八卦是全人类的共同爱好。"宋倩儿继续穷追不舍，"说说看嘛，你们怎么样了，说不定我还能帮你参谋参谋呢。"

"不是不说，是真的不知道怎么说。"我老老实实地说。

这话并不是敷衍倩儿，我确实不知道我和程熙之间算怎么回事，我们之间的关系又该如何定位。

自从那次小巷大战之后，他只要有空就会来接我下班。公司的同事都对他印象好得不得了，因为他每次来的时候，都会带些甜品点心来给大家当下午茶。

他工作很忙，大本营毕竟还是在吴镇，在 G 市只是有自己的门店，所以要奔波于两座城市之间，平常一个星期不来找我也是常事，可即便他不在 G 市，也会给我发微信报告下行踪。

对他的邀约，我有时候会接受，有时候会拒绝，看时间，更看心情。他倒也不勉强。

我们之间的相处模式还和多年以前差不多，在一起就和老朋友一样随意地吃吃饭聊聊天，因为彼此之间已经很熟悉了，所以相处起来还算融洽，不至于无话可说。但要说有多亲密，似乎也不见得。

本质上程熙和我都是腼腆的人，不习惯死缠烂打，也不爱说情话，就拿平常发的微信来说吧，基本都是些很平淡的话，比如早点休息、加班别太晚之类的。除了那天晚上之后，我们连亲吻也没有了。

听了我断断续续的描述，宋倩儿笑得花枝乱颤，一手扶着腰，一手拍着桌子:"哎呀不行了,你们这是要闹哪样,合演一出《老友记》吗?"

我瞪她一眼,没有接话。事情往这个方向发展我也不想的,现在我们是恋人不像恋人,朋友不像朋友,我有时觉得自己真像《红楼梦》里的那个抱屈而死的丫鬟晴雯,众人都以为她生得好,一定和宝玉有私情,实际上却不过是枉担了一个虚名而已。

"我想想看,一定是你表现得凛然不可侵犯,所以他才这样的。程熙这个人我还是有些了解的,他太绅士了,太过尊重女孩子的感受,却不知道,女生是天底下最口是心非的动物了。"宋倩儿乐完了,开始帮我分析。

"我哪里口是心非了?"我连忙否认。

"你还嘴硬,那我来问问你。"宋倩儿又恢复了快嘴李翠莲的风格,连珠炮似的抛出了三个问题,分别是:

"你还爱他吗?"

"你只想和他做朋友吗?"

"他还爱你吗?"

这三个问题,难度堪比屈原他老人家提出的天问,我一个也回答不了。

"你啊,你就纠结吧。"宋倩儿伸出一根因孕后发福而变得肉乎乎的手指头,不客气地在我额头上戳了戳,吐槽说,"哦不,你这是矫情。你明明爱他,他也明明爱你,你们之间又没有第三者,干吗不爽爽快快地在一起。"她翻了个白眼,模仿起《甄嬛传》里华妃那个最经典的 pose 来。

我知道她在骂我"贱人就是矫情",一瞬间居然觉得此话说得好有道理,我竟然无法辩驳。

倩儿骂完我还不打紧,又加上一句:"不只是你,还有程熙,他和你一样矫情,你们就是一对拧巴人,心里想要,嘴上却不肯说,真是活该孤独终老啊。"

她这么一说,我眼前忽然脑补出了一幅画面:白发苍苍的程熙和白发苍苍的我坐在一起看电影,还是像现在一样客客气气的,连手也不牵一下。这画风,简直比孤独终老还要恐怖啊!

"喂喂,小昭你在想什么呢?"倩儿一句话把我拉回现实世界里。

我打了个冷战,蔫头蔫脑地说:"没什么啊。"

"我跟你说啊,刘小昭。"倩儿忽地放软了声音,拿出老母亲那种恨铁不成钢的架势来劝我,"像你和程熙这样知根知底、有过共患难的经历,最后又能兜兜转转走在一起的不容易,多少一起吃过苦的情侣,最后走着走着就散了,看看吧,你眼前就有个现成的例子,珍惜吧姑娘!"

闻言,我直愣愣地发问:"那倩儿,你现在幸福吗?"

"幸福?还算幸福吧。"倩儿扯动嘴角笑了笑,"如果幸福就是衣食无忧、生活安定、有人疼爱的话,那么我现在的幸福指数一定远远超过全国平均值吧。但是如果你问我快乐吗,我可以诚实地告诉你,我已经很久没有尝过快乐的滋味了。说起来,还是当年快乐啊,虽然那时候只能去A货一条街,买买山寨版的包包鞋子。"说到这里,她似乎有些伤感,但很快又潇洒地甩了甩头发,"人生这么长,谁还没点遗憾呢,重要的是向前看吧,留恋过去干吗呢,说不定人家早都忘了,我怀旧给谁看呢。"

倩儿就是萧亚轩歌中所唱的那种"潇洒小姐"吧,永远向前看,永远步履坚定,天大的事头发甩甩,大步地走开,没什么大不了的。我很佩服她这点,和她聊了一阵心情也好了不少。在这个他乡的城市,能有一二老友,而且是相交快十年的,已经足以慰藉平生了。再东拉西扯了一会儿,我怕她乏了,才起身告辞。

有件事情我没有告诉倩儿,其实张正并不是像她所说的那样"全忘了"。后来我才了解到,这些年来,张正也谈过几次恋爱,每次都谈得不温不火,女孩子嫌他不够热情,不够投入。

我和程熙劝他说,那你就热情一点、投入一点嘛。

张正摇摇头说，他再也做不到了。他现在不再像以前那样穷了，可以请女孩子看私人包厢的 3D 电影，也可以随时给她们买名牌包包，可是有些东西在他心底已经熄灭了。

"你知道吗，每次我给女朋友买名牌的时候，我就想，为什么不是倩儿呢？倩儿是个多好的姑娘啊，可是她跟我在一起的时候，买个包都只能买山寨版的。"

我想对他说，不要紧，倩儿现在大牌的包包可以随便买，家里有一排呢。可我知道这些安慰对张正来说没有用，他始终觉得，倩儿跟着他从来没有享过福。

"你怎么能说她没享过福呢？"我辩解说，"我觉得，倩儿跟你在一起的时候很开心，你曾经让她十分快乐。"

张正很怀疑："你确定吗？"

"我当然确定。"那时候大家过得很穷，却很开心，不知道为什么，现在有钱了反而没那么开心了。

我想对张正说，其实你和倩儿分开了未必不是一件好事，有那么多相守在一起的情侣，最后都变成了怨偶。

末了，我只是说，这么多年，你也该换个发型了，这个发型早就不流行了好不好？

年过三十的张正，依然留着当年的爆米花发型，他五音不全，可一喝醉酒就爱唱那首老歌：

"如果当时吻你，当时抱你，也许结局难讲。我那么多遗憾，那么多期盼，你知道吗⋯⋯"

良久，歌声渐渐弱下去，我和程熙面面相觑，看见张正倒在椅子上，喃喃地说："只差一点点，那么一点点⋯⋯"

只差一点点，阿根廷就赢了德国队；

把朋友变成男朋友的第一天

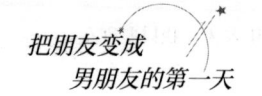

只差一点点，张正就能和倩儿厮守终身；

只差一点点，我们就能过上想要的生活。

该死的，我们为之深深遗憾，却又永远无能为力的，一点点。

我不知道，我和程熙，最终会不会也落得只差一点点。

2

G市这边每年少说也有十几场台风登陆，作为一个在内地长大的人，头一次经历台风时看见狂风暴雨还是挺害怕的，后来见惯了大风大浪，就习以为常了。

恰好那年的台风相对来说都比较温和，台风来的时候就是雨稍微大点，风稍微狂点，本地人都感叹说年景真不错，直到云母来袭。

云母来的那天我正好在琼海出差，那边有个项目开盘，营销负责人让我过去看看全盘把控下，本来这桩公事在前一天就了结了，恰好我有个老朋友在那边，借这个机会去她家拜访了下，她非得留我住下，于是就多耽搁了一晚上。

第二天我一大早就开着车去公司的楼盘那里转了一圈，又和项目的相关负责人开了个短会，忙完这一切就准备回G市。G市到琼海很方便，全程高速，一个多小时就到了，据天气预报，台风午后才登陆，正好可以赶在台风来临前返回。

不巧的是那天路特别堵，我虽然驾照拿了好几年，名义上是个老司机了，可实际上车买了只有两个月，完全是凭着艺高人胆大才敢一个人开高速，碰到事故什么的车就开得比蜗牛还要慢，这样光是开出琼海就花了不少时间。

台风天来之前的街景很诡异，我注意到街道上几乎已经空无一人，只有大大小小的车辆在急急忙忙地赶，可能都是赶着回家吧。我扭开车载广播，广播里正在实时播报云母的登陆情况："台风黄色预警，台风黄色预警，今年的13号台风云母将于今天14时登陆琼海，中心附近最大风力8级（18米/秒），中心最低气压1000百帕。"

当听到"这将是今年以来登陆我国的最强台风"时，我心里咯噔一声，已经开始有点打鼓了。但这时我从京珠高速转出来，才刚上华南快线，除了往前开已经别无选择了。车上的时间显示现在刚过一点，如果一切顺利的话，那么在两点台风登陆之前，按说我已经顺利抵达目的地了。

好死不死的，那天高速上又偶遇了一桩追尾事故，这么一耽搁，车载广播上的实时播报已经变成了："各位市民请注意，台风黄色预警现已升级为橙色预警，云母即将登陆，云母即将登陆，请关好门窗，切勿外出，做好各项防范工作。"

这才多久啊，一下就从黄色预警升级为橙色预警了。我再也不敢掉以轻心，将车开得飞快，一下就达到了高速上限速的极限。

但是已经来不及了，刹那风云变幻，电闪雷鸣，天地为之变色，传说中的云母说来就来了，威力果然不是盖的，大雨顷刻间倾盆而下，一个又一个炸雷在头顶响起。

超级台风来临的天气有多可怕呢？没有见识过的人可以设想一下世界末日的场景，没错，就是那种末日降临的感觉。整个天空都是暗黑色的，天昏地暗，就像突然回到了女娲还没来得及补天的那个远古时代，天空被撕裂了一道巨大的口子，滂沱大雨从天而降。

风雨越来越大，我紧张得浑身发抖，唯一可以庆幸的是高速公路两旁没有栽下平常街道上那种高大的树木，不然的话，在树下开车很有可能被树干砸中。

这么大的风，车子不会被吹翻吧？真是怕什么就来什么，我刚涌起这个念头，就遥遥地看见前方有辆小货车被唰地掀翻在马路上。我的妈呀，这可

是十几吨重的小货车啊，司机也不知道是死是活。这下我更紧张了，连方向盘都快握不住了，赶紧踩了一个急刹车，停在路边。

雨越下越大，停在这也不是个办法，前不着村后不着店的，那种天地间仿佛只剩下我一个人的孤独感比在大雨中开车还难熬。于是我咬了咬牙，重新启动了车子。

雨水不停地从天上往地上灌，完全没有一点停下来的迹象，高速公路上现在已经积了不少水。

我在大雨中艰难地开着车，心里祈祷着，一定要撑住，千万别熄火啊！我战战兢兢地握着方向盘，一遍又一遍祈祷着，希望老天能保佑我。

可老天只顾着行云布雨，完全听不到我等草民的祈祷，我在大风大雨中艰难地行驶了一阵，车子再也动不了了，任凭我再怎么踩油门，它还是纹丝不动，真的彻彻底底地熄火了！

深深的无力感涌了上来，我这些年在旁人眼里也算是混得风生水起了，可那又怎么样呢，自然灾害面前人人平等，在台风面前，再厉害的人也渺小得如同草芥。

无力之后，就是更加深沉的恐惧了。我承认我害怕了，而且非常害怕，我害怕我就这样被遗忘在高速公路上，在风雨交加中孤独死去，那么明天的新闻报道就会出现"女子胆大孤身上高速，被困车内无助死去"这样的标题。我真不敢想象，如果我妈看到了这样的新闻，会伤心成什么样。

雨还是不停地下着，我不敢下车，打开汽车警示灯后，就那样呆呆地坐在驾驶座上，突然想起一个词，"坐以待毙"。巨大的惶恐就像洪水一样顷刻将我淹没，就在我快要绝望的时候，放在副驾上的手机响了，程熙的名字在屏幕上闪烁着。

"小昭。"一听到他叫我的名字，本来就濒临崩溃的我瞬间就崩溃了，一下子哇地哭了出来。

"小昭你在哪里？"程熙的声音也一下子紧张起来。

"呜呜……我不知道。"

"小昭，你冷静一点，看看四周有什么。"

他的声音听上去还是那样柔和，像是有一种奇异的镇定作用，我稍微恢复了点理智，环顾了一下四周才告诉他："程熙，我现在在琼海往G市的高速公路上，车子抛锚了，雨下得很大，程熙，我好害怕……"说着我停止了哭泣，像是有力量重新注入我的身体内。

"小昭，你听我说，别害怕，你待在车里不要动，先发个定位给我。"他提高了声音。

我照他说的做了，发过之后才想起，这风大雨大的，他不会想着要来接我吧？我甩甩头，觉得自己未免太过自作多情了，人家可能是想知道我在哪，好向消防官兵求助呢。

"小昭，你等我，我马上来接你。"

"你说什么？"我急忙劝他，"不行，你千万别来，台风还在不断加强，太危险了。"

"没关系，我马上过来。"

"不行，你听我说……"我还想说服他打消这个念头，电话已经挂断了，再打过去就是嘟嘟嘟的忙音。

程熙这个人表面上很温和，可其实骨子里很固执，别人是不撞南墙不回头，他是撞了南墙也不会回头。他说要来接我，我当然相信他，正因如此，我才更加担心。

风吹得车身都摇晃起来了，我坐在车里，远远地看见附近有一处在建的楼盘，楼顶上的吊车被风一吹，居然像转盘指针一样旋转起来，转了一圈又一圈，一圈又一圈，仿佛跳起了华尔兹。

天哪！

把朋友变成男朋友的第一天

我心里哀号一声,转过头来不敢再看下去,唯一能做的还是继续向老天祈祷,这会儿我真的几乎忘了自身的处境,全神贯注地担忧起程熙的安危来。这么狂的风,这么大的雨,我只有求老天开开眼,让他能够一路平安。

等待让时间变得分外难熬,尤其是在这种风雨交加之中的等待,更是拉长了每一分每一秒。我不敢听广播,怕一听到有人伤亡的消息就会有不好的联想;也不敢刷手机,得留着点电,万一没电了等下程熙就联系不上我了。我就这样坐在座位上,苦苦地等着,满脑子都是程熙的影子。此刻,我不关心全世界,我只是想他,一心一意地想他。我再一次向老天祈祷,一定要把这个男人平安地带到我面前,为此我愿意付出任何代价。

这次老天终于听到了我的祈祷,大概在等了一个世纪那么久之后,我听见车窗玻璃一阵响,不禁一哆嗦,还以为车要翻了,反应过来才发现是有人在拍我的车窗。

我转过头去,看见程熙撑着一把巨大的黑伞,站在如注的暴雨中,正在用力地拍打我的车窗。

我一秒钟都没有犹豫,一把扭开车门,一头栽进了他的怀里。程熙身上很凉,因为这么大的台风,撑伞根本不顶事的,照样淋得一身雨水,我却紧紧抱住他,再也不愿意松手。

程熙腾出一只手搂着我,就只剩下一只手撑伞了,搁平常当然不用费什么力气,可这是台风天啊,一阵风吹过来,他手里的伞就撑不住了,嗖地就被风刮走了,连带得他也差点离地半尺。尽管如此,他还是紧紧地搂着我,没有放手。

我始终记得那一幕,昏天暗地,暴雨如注,仿佛回到了宇宙玄黄开辟鸿蒙时,天地间似乎只剩下了我们两个人,用尽所有力气抱住对方,来和这外界的暴风骤雨相抵抗。天地是如此之大,我们是如此渺小,可只要我和你还在一起,就没有什么可怕的了。

"走吧，先上车。"

等到了他的车上，我们两个已经被淋成了落汤鸡。他刚刚出发得匆忙，车上也没有备用的衣服，只好拿纸巾胡乱擦了擦就往回赶。

接下来的路程还算顺利，尽管还是风雨大作，但好在程熙开的是辆越野车，底盘很高，而且他驾龄很长，不像我这种新手，开起车来稳当多了。

"小昭，你不用担心，你的车先停在这，交给保险公司来处理就好了。"他一边将车开得稳稳当当的，一边还不忘温声抚慰我。

"你还在害怕吗？不用担心，不会有事的，很快就到了。"他可能怕我着凉，于是扭开了车子里的暖气。

"没有，开始很怕，现在不怕了。"我轻声说。从看到他的那一瞬间，我一颗心就已经安定下来，只要他还在我身边，就没有什么可怕的。

"好了，现在我来了，不会再有事了，你肯定也累了，先休息下吧。"他看我一眼，然后就专心开车了。

我不敢再和他多说什么，怕打扰他开车。出了高速进城之后，我一直悬着的心才算放下来。可能是刚刚太紧张了，现在骤然放松下来，又被这车上暖烘烘的热风一吹，我还真有了几分倦意。没过多久，我居然穿着湿衣服，靠在座椅上，就这么昏昏沉沉地睡过去。

3

这一觉睡得不大踏实，迷迷糊糊间，像是做了一个梦，这个梦是如此真实，在梦里，我居然能感受到程熙手指滚烫的温度。

当他的指尖触碰到我腰间冰凉的肌肤时，我终于迷迷糊糊地睁开了眼睛，然后就看见，程熙半蹲在我身边，正在解我衬衣的扣子。

"小昭你不要误会，你衣服都湿透了，我怕你着凉，所以想帮你换……"见我醒来了，程熙停止解扣子的动作，脸上写满尴尬。

把朋友变成男朋友的第一天

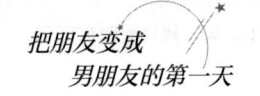

我没有说什么,而是将头凑了过去,用自己的嘴,堵住了他的。这是我第一次主动吻他,他一开始还有点愣,可马上就反应过来了,以更热烈的吻来回应我。

倩儿说得对,既然我还爱着他,他也爱着我,那还矫情什么呢。经历了台风天生与死的考验,已经算是劫后余生了,我突然领悟到,再没有什么比身边这个人更重要的了,相信他也有同样的感受。

窗外仍然是天昏地暗、电闪雷鸣,云母仍在肆虐,整个世界都笼上了一层末世感。以前在微博上看到个问题,如果今天就是世界末日,那么你打算如何度过。很显然现在我们已经有了答案。

此刻外面风雨大作,我脑海中只有一个念头:就算此刻死去,也算是不枉此生了。

当所有的狂乱都结束时,我的头枕在他的肩上,心里居然出奇的宁静,就像张爱玲形容的那样——"房里有金粉金沙深埋的宁静,外面风雨琳琅,漫山遍野都是今天"。

"你知不知道刚刚吓死我了,现在还能抱着你真是太好了。"程熙紧紧搂着我,"我真怕我找不到你,我更怕找到了你后,你再也不能冲我笑了。"

"对不起,真的对不起,让你担心了。"我喃喃地说。

"不要说对不起,你我之间永远都不要说这三个字了。"程熙更紧地抱住了我。

我们相拥静默,这时候,我才顾得上打量他这住处,原来这儿竟然是一套豪宅,而且是江景豪宅!据我目测,有两三百平方米,一梯一户大平层,屋子里家具不多,布置得疏疏朗朗的,装修风格偏现代,只用了黑白灰三色,越发显得房间宽敞明亮。客厅里挂着一幅梵·高的《星空》,当然是仿作,但仿作者的水准应该也不低,看上去并不匠气。

见我盯着那幅画看,程熙介绍说:"张正画的。"没想到这家伙确实有两

248

把刷子,这幅画画得远超大芬村的那些行货。

"你怎么了?"看我愣愣的,程熙不禁问。

半晌,我才讷讷地说:"那个,程熙,不,土豪,我们还能做朋友吗?"我听说过他这几年灯饰生意做得不错,尤其是在中式灯、意境灯这块,抢占了很大一块市场,却没想到他已经土豪到了这种地步。这可是城中寸土寸金的CBD地带,能在这地方有这么一套大平层,可能许多普通人奋斗一辈子也无法达到,比如说我。

"什么土豪啊?"程熙淡淡地说,"也就这两年手头稍微宽裕了点,所以置了点产业。"

我笑他:"你知不知道,电影里只有超级大富豪才这么说的。"

"那我还得努力一把。"程熙拉我起来,"别说这么多了,你先冲个凉吧。"

"可我没带换洗的衣服啊。"

"哦,差点忘了,我找给你。"程熙去了衣帽间,很快就回来了,手里拿着一堆东西,一样一样递给我:"喏,这是干净的浴巾,还有这个,你洗了澡就换上吧。"

他手里拿着一条睡裙,还是藕粉色的,有精致的蕾丝和刺绣,看上去很漂亮。

我手停在半路没有去接,狐疑地问他:"这是谁的啊?"

程熙不假思索地回答说:"我买的啊。"

这个回答我给零分,一个大男人,而且据我了解绝对是铁血直男的男人,买这么漂亮的睡裙干吗?我更加怀疑了,又问:"之前有女人在你这屋子里过夜啊?"

"绝对没有,我发誓!"程熙举起右手,"我买了这房子后,你是第一个来这的女人,我敢保证,连我妈和我妹都没来过呢。"

"那你买这个?几个意思啊你?"我拎起睡裙,似笑非笑地展示给他看。

程熙脸都红了:"就是有次逛商场的时候,无意中看到了,觉得你穿这个一定特别好看……"

听他这么说,我的脸也红了,也不好意思揭穿他,急匆匆地从他手里接过了那条睡裙。

程熙又叫住了我,叮嘱我说:"浴室里我特意叫人设计了一个浴缸,你可以泡个澡,淋了雨,可别感冒了。"

我松了口气,点点头表示知道了,就走了进去。

有钱人的豪宅就是不一样啊,这个浴室足足有我住的公寓客厅那么大,我真是开了眼界。靠墙处有一个巨大的浴缸,旁边有浴盐、精油什么的,我倒了点精油在水里,整个浴室就弥漫开一股百合的清芬来。

等我在浴缸里洗泡泡浴时,才发现,原来这浴室是半透明的。

我心中一跳,赶紧急匆匆地洗干净换了睡裙出来,程熙早就冲完凉了,就在腰间围了条浴巾。于是我又有幸欣赏到他的好身材,只见他身上裸露出来的肌肤白得惊人,被灯光一照,更是耀眼生辉,古书中怎么形容来着,"风神秀异,见者皆以为玉人",就是这种感觉。

"你脸怎么这么红?不是发烧了吧?"程熙伸过手摸我的额头。

"没有啊。"我问道,"你刚刚是不是存心的啊?这么多卫生间,你偏偏安排我在那玻璃浴室里冲凉,程熙你是不是别有用心啊?"

"什么啊,仅仅是这间浴室最近而已,我真没想这么多。"他矢口否认。

"那刚刚我洗澡的时候,你是不是偷看了?"

"没有啊。"程熙眼睛一眨,笑得不怀好意,"顶多是偶尔瞥一眼时,看到了一道剪影而已,那影子很模糊,根本什么都看不清。我真后悔啊,早知道浴室就应该装成全透明的,而不应该用磨砂玻璃,失策啊!"

"你还说!"我羞恼得抡起拳头,在他身上连捶了几下。

"没有没有,开玩笑的,真的什么都没有看到。"程熙笑着搂住我的腰,

"现在让我看清楚点好不好？"说着就俯身吻了下来。

就在这时，我的肚子咕咕咕叫了起来，真是煞风景啊！

这样的台风天就算有外卖，我们也不忍心叫。我想爬起来去厨房，程熙却按住我说："让我来吧。"

于是我就斜倚在沙发上，翻着杂志，听着外面的风雨声，任由他在厨房忙碌。他家的厨房是开放式的，我用眼角的余光就可以看到他忙活的身影，突然很想时间能够定格在这一刻，外面风大雨大，而我们相依为命。

片刻之后，有食物的香气从厨房里传来。我以为他做的是简单的速食面之类的，没想到他居然端出了煎好的牛排，配菜是凉拌沙拉，还开了瓶红酒，年份不知道，看起来价格不菲的样子。

我们没有一本正经地坐在餐桌前，而是面对面坐在客厅的巨大飘窗之上，一边吃牛排，一边欣赏窗外的无敌江景。

此时风雨已经平静了不少，可以看到奔流不息的江水仿佛就在我们脚下流过。我想起很多年以前，他离开这座城市的前夕，曾经对我许诺说，他一定会回来的。那时我觉得他一定会在不远的将来，声势浩大地归来，现在他确实回来了，却并没有大张旗鼓，而是不动声色地杀了回来。也许这就是成熟吧，人在年少的时候总是锐利得像一把剑，只有真正成熟后才会收剑入鞘，可我知道，那把剑的锋芒始终还在，只是藏了起来。

红酒入口香醇，牛排煎得恰到好处，连沙拉都拌得清爽可口，我吃得风卷残云，禁不住夸他："真是惊喜啊！你厨艺精进了不少啊！"记得以前，他的厨艺顶多够煮个泡面，而且是煮糊的那种。

程熙笑道："若不是为生活所迫，谁愿意修炼成一身本领啊？"

说者无意，听者有心，我不禁想到，这些年来，他作为一个没有背景、没有人脉的年轻人，在这个陌生的省份赤手空拳打下一片天地，肯定吃了不少苦吧。很遗憾那段时间我并没有陪在他身边，他的生命里，我已经缺席了

太久。

"程熙，你这些年一定很辛苦吧。"我说。

"还好啦，这世上也许有轻松的活法，也许有人躺着就能赢，但奈何你我都没有那个命啊。不过我始终相信，苦心人，天不负，既然早就输在起跑线上了，那就别和其他人相比，我们都是和自己赛跑的人啊，只要能赢了过去的自己，那就是胜利。"说这些话的时候他的眼睛开始发光，仿佛让人又看到了那个潜伏在时光深处的少年。

"你原来不光会煎牛排，还煲得一手好鸡汤啊。"我笑他，心里却很是触动，尤其是他那句"我们都是和自己赛跑的人"，是啊！某种程度上我们是同一类人，有一腔绝不认命的犟劲，信奉的都是"我命由我不由天"那一套，这注定了我们要比大多数人付出更多的努力，只有跑得足够快，才能超越我们的出身、我们的原有阶层、我们的固有思维。

"那是，你可以改称我大厨了。"他也笑。

我突然看到，他又黑又密的头发里，出现了几丝华发，在灯光下显得特别扎眼。"可是程大厨，你都有白头发了。"我还是笑，只是笑容里平添几分心酸。

"这样更好啊，就能白头偕老了。"程熙笑着捉住了我的手，骤然郑重起来，"小昭，之前真是浪费了太多时间，我们以后不要再浪费了好不好？"

我回握住他的手，郑重地点了点头。

4

第二天我醒来时已经红日满窗，程熙轻轻抱着我，温柔地注视着我，说："你知道吗，这种场景我幻想过很多次，早上一醒来，就能看到你躺在我身边。"

我亲了他一口，没好意思告诉他我也曾经多次幻想过这一幕。

这天我们都没有去上班,这对于两个视事业为生命的工作狂来说着实难得。程熙还好,他是老板嘛,有权支配自己的时间,而我就不同了,工作这么多年,连年假都从来没有休满过,这还是头一次请假。

但真是爬不起来,折腾了一个晚上,实在是太累了,两条腿都是酸的。我打电话过去请假的时候同事还以为我生了什么大病,我支吾了一阵,才把这事搪塞过去。

本来是想这么躺一天的,可人都是有惯性的,两个劳碌惯了的人,骤然闲下来,还真是不大适应。

到了快中午的时候,我提议说:"要不我们出去转转吧?"

"好啊好啊。"程熙连忙点头表示赞成,他也是个闲不住的。

"去哪呢?"他问我。

"要不去游乐场吧。"我兴致勃勃地提议。

于是我们换了衣服,随便背了个包出发了。台风过后,天气异常晴朗,阳光如此明媚,就像我的心情一样。

程熙开着车,带我直奔全市最大的游乐场,可谁知道那家游乐场的设施在台风里受损了,正在维修,今天不对外开放。

"那就算了吧,我们去看电影吧。"

"再转一转,不行再去。"程熙还是不肯放弃,又开着车转了几圈,几乎转遍了小半个城市,才找到一家照常营业的游乐场。

"太好了!那我们就可以玩过山车、摩天轮、碰碰车、海盗船、旋转木马了!"我接过票就冲进了园内,兴奋得像个小孩。

"小昭同学,请问一下,你小时候都没玩过这些吗?"

"一样都没有玩过。"我放慢了脚步,决定跟他说说我小时候的悲惨经历,"你可能不知道,在我们农村,别说是游乐场了,小朋友连个玩具都很少有的。我小时候唯一的玩具是一只小老虎,那是我过三岁生日时妈妈买给

把朋友变成男朋友的第一天

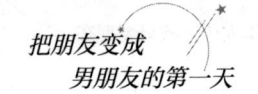

我的,它特别好看,一身金黄色的皮毛,威风凛凛的,我连睡觉都要带着它一起睡。后来弟弟出生了,这个熊孩子,居然把小老虎的皮给剥了,我气得大哭了一场。妈妈哄我说,如果期末考试第一名的话,她就再给我买一只。可我还是很伤心,因为就算再买一只,那也不是我心爱的小老虎了。"

"然后呢?"

"然后我真的考了第一,但……算了,家里实在是太穷了,弟弟妹妹们陆续出生,连学费都没有着落,哪里还有闲钱买玩具呢。"

"你从小就这么懂事啊。"

"也有不懂事的时候,比如那次,我闹着想去游乐场。"我偷偷看他一眼,看他听得很认真,才继续说下去,"那是我八九岁的时候吧,镇上开了一家游乐场,非常简陋,最高级的设施也不过是旋转木马。我特别想去那里玩,因为我们班的同学几乎都去过了,还有我们村的小伙伴们,总之除了我们家的小孩,基本都去过了。

"我妈再一次许诺,只要我能够坚持摘一个暑假的黄花,她就每天给我两毛钱,让我带着弟弟妹妹们一起去玩。黄花要摘两个月左右,我算了笔账,每天两毛,两个月就是十二块,那可是一笔巨款了,要知道游乐场的门票也不过是两块五,十二块已经足够我带弟弟妹妹一起去玩,还可以一人买一支雪糕。

"那个暑假,我一个人将我们家摘黄花的任务给承包下来。不知道你有没有摘过黄花,那是个特别苦也特别累的活,黄花摘早了不行,还没长好,摘晚了也不行,都开花了,就要赶在中午最热的时候去摘,那个时候的黄花长得刚刚好,饱满得就要绽放了,赶在这时摘下来分量最足。我那时还没有黄花秆子高,顶着七八月份最毒的烈日,一摘就是两三个小时,有几次我都热得快中暑了,可还是坚持了下来,就为了一天两毛钱啊,你看我是不是从小就有财迷的潜质。

"一个暑假下来,我妈如约给了我十二块钱,这可是她从一家人的牙缝里省出来的,她再三叮嘱我,千万不能让我爸知道了。"

"那你们最后去成了吗?"程熙眼中的疼惜,真真切切。

"没有。"我摇了摇头,"到了镇上,正好碰到我爸在赌钱,他身上的钱都输光了,他当着街上的人把我揍了一顿,把钱抢走了。"我冲程熙笑了笑,只有他才懂得,这笑容中蕴含着几多酸涩。

我以为我对我爸彻底失望是从他让我辍学去打工开始的,其实现在想想,也许是从游乐场事件开始的。事实上,我感觉我童年的快乐都被他剥夺了,连同弟弟妹妹的。这些话我都没有说,但是我想程熙是懂的。

"没事,好在我们现在都长大了,你想要玩什么,我都会陪着你的。"程熙伸出手来,轻轻地摸了摸我的头,"走,我们去玩吧。"

那天我们把游乐场里的项目都玩了个遍。

正好园子里没什么人,玩什么项目都不需要排队,光是旋转木马,我就坐了五回。玩碰碰车的时候,程熙老是让着我,我急了,非让他使尽全力,结果他把我撞得团团转。坐过山车时,我还好,程熙却吓得嘴都白了。真没想到,天不怕地不怕的他,居然也有害怕的时候。

我好久都没有这么放飞自我了,感觉实在太开心了,以前我们就像两个背着沉重负担的大人,只有在这一天里,我们暂时卸去了背上的重担,短暂地回到了儿时无忧无虑的状态。

5

以前逛某乎时看到个热门话题,和一个很喜欢的人谈恋爱是种什么样的体验?

我觉得我现在有资格来回答这个问题了:体验真是太好了。

那种感觉怎么形容呢,就像天地都忽地焕然一新,看什么都特别顺眼,

把朋友变成男朋友的第一天

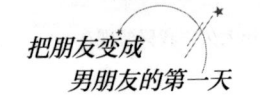

做什么都特别开心,一颗心被快乐涨得满满的,一不小心就会泄露出来。

是的,我恋爱了,和那个我喜欢了很多年的男人。不害羞地说,以前我曾经无数次幻想过如果和他在一起是种什么滋味,不是以朋友的身份,而是变成真正的恋人。现在我们成为恋人了,毫不夸张地说,那种滋味比我想象中还要好。

我和程熙并没有二十四小时黏在一起,成为传说中的恋爱连体婴。两个人都太忙了,尤其是他,正在拉融资找合作伙伴,忙得脚不沾地。可即使再忙,我们每天总会说会儿话,有时候是语音,有时候是视频。在工作的间隙,我偶尔会想起他来,我在牵挂着他,同时我也知道他在牵挂着我,这种感觉真是让人无比心安。

他在 G 市的时候,不管多晚都会想办法来见我一面。我们在一起当然并不只是缠缠绵绵,更多的时候是聊聊天吃吃饭,他什么都愿意跟我说,像创业遇到的瓶颈啦,融资的进展啦,我也是。

我不知道别的恋人是不是像我们这样,在一起总是有说不完的话,我们不仅是亲密的恋人,也是彼此最好的朋友。年轻的时候最向往的爱情就是一见钟情,现在才发现,与一见钟情相比,更好的是久别重逢,这代表着久处不厌,也代表着学会了珍惜。

他有时会送我一些礼物,每一样都很用心。我最喜欢的还是那只布艺小老虎,小老虎憨头憨脑的,披着一身金黄色的皮毛,蹲踞在地,一只前爪微微扬起,威风里透着股可爱劲。

"在哪买的啊?"这只小老虎和我记忆中那只小老虎长得好像,我抱着它,有种失而复得的喜悦。

"你猜。"程熙笑。

"不会是你做的吧。"我信口猜道。

"是的,在某宝上没看见有什么特别入眼的,干脆自己做了个,做得不是太满意。"程熙有点不好意思,"下次给你做只更好的。"

我微微吃了一惊,更多的是感动。

我知道他心灵手巧,却不知道居然心灵手巧到这种程度,会设计,会做灯,连布艺小老虎都会做,还做得这么栩栩如生、活灵活现的,一定花了不少心思。"不用了,这只就很好了啊,完全是大师级的水准。"这是真的,小老虎萌得我的心都快化了,真是越看越喜欢,我夸他说,"比我小时候那只还要可爱。"

"要是有时光机就好了,我就可以穿越回去,把这只小老虎送给八岁的你。"程熙说。

我心中一暖,嘴里却打趣说:"千万不要,我八岁时刚掉门牙,肯定丑得你一看我就会扭头便走。"

"哈哈哈哈哈,你这样一说我还真想穿越回去,看看你会不会真的把我丑哭。"

我不爽了:"我就丑得这么人神共愤吗?"

"哪有,明明很可爱的。"程熙捏捏我鼓起来的腮帮子,"何况你没听过那句话吗,好看的皮囊比比皆是,有趣的灵魂万里挑一。"

我被他逗笑了,我知道我不是那种身材长相各方面都无懈可击的标准美人,可是那又如何呢,不管我怎样,他都喜欢我。

人的审美受幼时的影响根深蒂固,在穿衣打扮方面,我向来是不求有功,但求无过,这方面程熙比我的品位高得多,自学成才能设计灯具,还能在国际上拿奖的,审美肯定不会差到哪里去。他喜欢帮我参谋,自从和他在一起后,同事们都夸我的穿衣水平提高了好几个等级。

有天逛街时,我本来看中一条泡泡袖、蕾丝边的公主裙,他却建议我选另外那条风格简洁、后面镂空露背的经典款。果然换了出来后,他看着我的眼神里写满赞美,连导购都由衷地夸我:"这位靓女气质真好,穿上我们家

把朋友变成男朋友的第一天

的裙子一下子秒变公主了。"

"不对,公主太娇弱了。"程熙双手抱在胸前,好整以暇地欣赏着我身上的裙子,"我觉得你穿上这条裙子有点女王范儿。"

"对对对,这位先生说得太对了,就是女王的感觉,气场太足了。"导购连忙附和。

我被他们夸得心花怒放,正在考虑要不要买时,忽然有人冲了进来,大声说:"宝宝宝宝,我要这条裙子,就是她身上穿的这条。"

说话的是个大号的芭比娃娃,真人版的那种,身材那叫一个火辣,头发也染成了芭比紫,配上美瞳和姨妈色口红,令人感觉误入了二次元空间。我扫了她一眼,目光停留在她身旁的男伴身上,苍天,竟然是好久不见的邱志,她刚刚叫他什么来着,宝宝?

我一脸蒙地看着邱志,他也笑嘻嘻地看着我,还是导购打破了这僵局,她说:"抱歉啊靓女,这个款式是限量版的,就只剩下这一条了。"

"宝宝,我们另外挑一条吧。"邱志哄她的芭比女友。

芭比却不依了:"不嘛,宝宝,我就要这一条。"

看着一对成年男友互称宝宝的画面,简直比当年在大学食堂看到情侣们互相喂饭还让我感觉不适。我打了个冷战,赶紧说:"没事,我马上就换下来,你买好了。"

"谢谢小姐姐!"芭比的嘴倒是挺甜的。

在试衣间换衣服的时候我有点担心,邱志以前见过程熙,彼此之间好像都挺看不顺眼的,此番前任和现任狭路相逢,他们不会打起来吧。

事实证明我是高估了自己的魅力,当我匆匆走出去时,看见他们各自站在一方,没有交谈,但也没有剑拔弩张。

我松了一口气,没话找话地问:"邱志,好久不见,你还好吧?"邱志这个人自尊心挺强的,自从我对他明确表示连朋友都没得做时,他已经在我的生活中默默消失很长一段时间了。

"我啊，就那样吧，吃吃喝喝，走走玩玩。"邱志耸了耸肩，反问道，"你呢，怎么样？"

我说："挺好的。"

对邱志，其实我一直有微微歉意的，我忙岔开话题说："刚刚那是你女朋友吧？"

"她啊，算是吧。"邱志不置可否，继续问我，"你呢，修成正果了？"

我含含糊糊地说："算是吧。"

这时我的肩膀被人搂住了，程熙在我身边说："她现在是我未婚妻。"

"挺好的，恭喜。"邱志望着我，若有所思地说，"小昭，你开心就好。"

邱志还想说什么，可这时他的宝宝出来了，手提着新裙子的裙摆，轻盈地转了个圈，不停问他："宝宝宝宝，我穿这条裙子好看吗？"

邱志说："挺好看的。"

我实在是不愿意再尬聊下去了，说声再见就溜了。

在我们背后，那位大号芭比已经迫不及待地问起了邱志："我穿好看还是她穿好看？"然后我听见邱志回答："当然是你啦。"

听了这话，我心里隐隐有些不适，被前任当着现女友点评，自尊心多少受到了伤害。

吃饭的时候，我还是有些耿耿于怀，程熙宽慰我说："其实，还是你更适合穿那条裙子。"

"哪有啊，邱志都说他女朋友穿起来比我好看得多。"

"我看他明明是口是心非。"程熙摇摇头，"你不是男人，不会明白男人的心思。"今天吃的是杭帮菜，偏甜，我却从他的语气里听到了一丝酸意，虽然只是轻微的。

"这条西湖醋鱼好酸啊，多半是醋喝多了。"我故意借题发挥逗他。

"好啦,不说这些了。"他为我夹了一块桂花糖藕,说,"那都是过去的事情了。"

"你还说呢。"我睨他一眼,"我什么时候成你未婚妻了?"人家邱志,好歹还曾捧着巨大的粉钻向我求过婚。

"很快就是了。"程熙笃定地说,"等着吧,小昭,我会上门向你提亲的。"

第十二章
往后余生都是你

1

程熙兄弟俩常年在 G 市周围跑,但他的父母还是驻守在吴镇的大本营。我以前去的时候,他们家还是住在租来的平房里,这次去一看,已经换了大别墅。

程熙一家人都站在别墅门口迎接我的到来,程爸爸穿着一身西装,还打着领带;程妈妈则穿了件丝绒旗袍,端庄里透着股雍容;弟弟妹妹一个潇洒,一个漂亮,一家子光鲜出众得如同芝兰玉树一般。

见我一下车,他们就迎了上来,程妈妈亲热地挽着我的手,边走边说:"小昭啊,你再不来看我们,我都打算去 G 市看你了,你瞧瞧你,多少年没来了。"又说我瘦了,等下要多做点菜给我吃。

那种熟悉的亲切感一下子将我包围了,尽管多年没来,却一点都不感到陌生。程熙先去停车,再将我买的礼物提了过来,程家人客气了一番后,一个个就在客厅里欢天喜地地拆着礼物,直夸我品位高、眼光好,选的礼物都是他们喜欢的。

程妈妈切了一大盘子水果过来,放在我面前,不停地招呼我:"小昭,你吃点菠萝蜜,特别甜。还有这个,莲雾,刚买的,保证新鲜。"程熙的小妹妹程沐在一旁撒娇说:"妈,你看小昭姐姐来了,你眼里就只有她了。"程妈妈瞪她一眼:"你这孩子,天天待在妈跟前,不烦你就算不错了,小昭这多少年才来一次呢。"

"妈你放心,以后小昭会常来的。"程熙当着一大家子的面,亲亲热热地揽住了我的肩膀。

"小昭啊,现在离吃饭时间还早,不如我带你去看看我们家的厂房怎么样。"程爸爸提议说。

程妈妈笑他:"你啊,多大岁数的人了,还想着要在小辈面前显摆吗?也不怕小昭笑话。"

我忙说"不会的",程爸爸也说:"那有什么?小昭又不是外人。"

吴镇的发展算得上日新月异,数年没来,程熙问我有什么变化,我老老实实地告诉他:"车更堵了。"程爸爸乐得大笑,说:"不是一家人,不进一家门啊。"这话说得我满脸通红。不过我很为程爸爸高兴,和多年以前负债累累那时候相比,他意气风发多了,整个人的精气神都不一样了,以前的他,言语神情间都有股怯意,现在则举手投足间充满自信。

"小昭姐姐,可惜你来晚了点,错过了今年的灯博会。"程熙的弟弟程煦从副驾上转过头来跟我说。

我说:"哦哦,那个灯博会我几年前来看过,确实很美、很震撼。"

"不一样的。"程煦自豪地介绍说,"今年的灯博会,我哥可是总设计师之一,广场上的灯光秀,就是他的手笔。"程煦平时话不多,这会儿打开了话匣子,赞不绝口地说起今年的灯博会是如何如何成功,他哥程熙又是如何如何居功至伟。

我听得又是赞叹又是遗憾,程熙倒是面色如常,时不时还打断他弟弟说:"你嘚瑟够了啊。"他很少跟我说这些,尤其是从不炫耀已有的成绩。我坐在他身边，却瞬间感到他的形象更加高大起来，对比之下，我则显得平凡极了。

车子七绕八绕的，很快到了郊区，然后面前出现了一片厂房，我联想起古时候那种动不动家里有几条街的土豪地主，那么我以后应该改口叫程熙什么，程半街吗？

"这都是你们家的厂房？"我深深地吸了一口气。

"是的。"程熙还是云淡风轻的。

我又深深地呼了一口气，才勉强恢复平静，又问道："都买下来了吗？"

"那倒没有，现在还是租的。"程熙顿了顿，又补上了一句，"不过总有一天，我会买下来的。"

"还是不要了。"我惨叫一声，"现在我就只能仰望你了，等到那一天，怕是只能这样看你了。"我做了个蹲下来看向他的动作。

"不要这么说，你永远都是那个可以跟我并肩远行的人。"程熙一把拉起了我，"小昭，如果你愿意过来帮我的话，我相信我会走得更快。"

"开夫妻店吗？"我像多年前一样调侃，不过这次我们都坦然多了。

"大哥，废话少说，先带大嫂过来参观下吧。"程煦这小子，连小昭姐姐都不叫了，直接升级成大嫂，我又想起那句话，真是枉担了这个虚名啊。

这一大片厂房主要分为设计和生产两个部门，生产那块我也不懂，只在车间待了一会儿就走了，但这一会儿工夫，已经让我体会到工人们那一丝不苟的精神，以及女工们对身为 CEO 的程熙毫不掩饰的热烈仰慕。

设计部大多是些非常年轻的小伙子，程熙介绍了几个他的得力干将给我认识，说他们都是光源与照明专业毕业的，算是科班出身。

"还有这个专业啊？"回去的路上，我好奇地问他。

"有啊，就是挺少的。"程熙说，"全国开设这个专业的只有十二所大学，很冷门的。"

把朋友变成男朋友的第一天

"这可都是些香饽饽啊,光是吴镇就有这么多灯饰企业,那招人岂不是要抢破头?"

"是啊,我费了九牛二虎之力才招了十几个人,没办法,人家公司薪水开得高,我只能用美好前景来诱惑他们,招个人还得用上画饼的功夫,真是头痛啊!"程熙微微蹙了蹙眉。

我忽然灵光一闪,想起一件事来,便建议他说:"其实你们可以试试向本地大学定制人才。"

"定制人才?愿闻其详。"程熙很感兴趣地看着我。

"我们房产公司,就会向一些设计建筑之类的专业预定人才,不过我觉得更好的方式是和学校签约,让他们量身定制输送人才。"我分析说,"现在学校也愁就业率,可以试试去找几间职校谈谈,能不能开设一下与灯具设计、生产以及营销相关的专业,入校时签订合同,毕业时就直接到企业就业,这样既解决了就业,也可以满足企业的人才需求,算是双赢吧。"

"你说的是校企合作。"程熙陷入了沉思。

"不错,不过比一般的校企合作要更深入,算是深度的校企合作吧。"我说,"这个需要一个中介,如果政府愿意搭台就最好了。"

"这个思路不错,回头我去拜访下相关部门的领导,也去找几所学校谈谈。"程熙点头表示赞成。

"小昭姐姐,你现在年薪多少啊?让我哥给你翻个番,我敢保证,你过来帮忙的话,我们公司市值肯定也会翻番的。"程煦在一旁也听得两眼放光。

"好倒是好,不过我也有点担心。"程爸爸突然说。

"担心什么?"程煦问。

"我看他们拼事业的劲头,比谈恋爱的劲还要大。"程爸爸一边开车,一边从后视镜意味深长地看我一眼,"这样的话,只怕我和你妈抱孙子的指望就要延后了。"

"哈哈哈哈，这不还有我吗？"程煦乐得开怀大笑，程熙也跟着笑了。

我那一丝丝尴尬，也消失在他们爽朗的笑声之中。

回到程家时，程妈妈已经做了一大桌子菜。她身体不大好，平常都是保姆做饭，可程熙悄悄告诉我，知道我要来了，程妈妈一大早就提着菜篮子亲自去菜市场买菜，谁都劝不住。

我粗粗看了一眼，剁椒蒸鱼、青椒炒皮蛋、腊味三蒸、农家小炒肉、血粑鸭、辣子鸡丁，等等，简直是经典湘菜大荟萃，每一道都是我爱吃的。

"辛苦阿姨了。"我由衷地说。

"不辛苦，阿姨就盼着你能常来。"程妈妈笑眯眯地将鱼脸上那块肉往我碗里夹。

一大家子都忙着给我夹菜，很快我的碗里就堆成了小山，我只好使眼色向程熙求救，谁知道他不慌不忙地说："你们都悠着点吧，难道以后顿顿都这么夹菜吗，你们不累，小昭还吃不下这么多呢。"

"大哥你这么偏心，我知道你不是怕我们累，你是怕撑坏了小昭姐姐。"小妹妹程沐笑着打趣。

"我哪里偏心了？"程熙也笑着给她夹了一筷子菜。

"小妹你真是没眼色，人家大哥大嫂相敬如宾，你瞎掺和啥啊？"程煦说，"还有，你怎么还不改口呀？"

"哦哦，大嫂，你就接受小妹这点敬意吧。"程沐一边冲大家挤眼睛，一边将一大块肉夹进了我的碗里。

我脸早就红透了，心里却是高兴的。那一大碗堆成了小山般的菜，我奋力吃了小半碗，剩下的一大半都偷偷转移到了程熙碗里。

下午程熙去厂里有事，程妈妈就陪我在客厅里拉家常。她喜欢说程家三兄妹小时候的趣事，我也挺喜欢听。正聊得起劲，小妹程沐拿着一本相册过来了，挤在我身边说："大嫂，给你看看我哥小时候长啥样。"

把朋友变成男朋友的第一天

我接过那本厚厚的相册,打开第一页,就是一张全家福,照片还是黑白的,穿着中山装的程爸爸年轻英俊,那时还很瘦的程妈妈斯文漂亮,两个小男孩站在他们两旁,看上去年纪差不多大,应该是程熙兄弟俩,他们只相差一岁。

程爸爸年轻时开过照相馆,就是从那个时候开始,他们家几乎每年都要拍一张全家福,照片从黑白变成了彩色,大人们一年年变老,小孩们则一年年长大。最新的一张照片里,程家三兄妹和程家父母一起站在他们家的别墅前,笑得灿烂无比。

程妈妈也找了副老花镜戴上,我们三个挤在一张沙发上,继续翻看着老照片。

我指着一张婴儿照问她们:"这个大胖小子是谁呢?程煦吗?"照片里是个胖乎乎的婴儿,胖得相当喜庆,手臂一节节莲藕似的,额头上还点了红胭脂,乍一看活像年画上的招财童子。

"小昭姐姐你猜错了。"程沐得意地说,"这是我大哥呢。"

"啊?"我不禁乐了,"他小时候这么胖啊,不用化妆就可以去演招财童子了。"

"是啊,你不知道吧,熙熙生下来足足有九斤呢,在月子里就是吃了睡,睡了吃,一天一个模样,谁都说他像年画上的娃娃一样好看。"程妈妈一提起宝贝儿子小时候,就有说不完的话,"其实他直到读高中时,还有点婴儿肥呢,若不是来 G 市那两年受了罪,总是替他爸操心,也不至于瘦成现在这个样子……"

"行了,妈妈,你说这个爸爸听见又得难过了。"程沐忙打断她说,"再说瘦点不好吗,要是胖成小时候那个样子,小昭姐姐才不会看上他呢。"

程妈妈这才停止了伤感,又领着我们往后翻照片。三个人说说笑笑的,一本厚厚的相册很快就要翻完了,其中有一页程沐匆匆翻过。

我觉得有点奇怪，忙往回一翻，只见满满两大页，都是程熙和施施的合影，照片里的他们从两小无猜一直到长大成人。

"别看了。"程沐迅速合上相册，抱怨说，"大哥真是的，她那样对他，他却还保留着她的照片。"毕竟是年纪小，不会掩饰，她的语气里充满对施施的不满。

"其实，当时那个情况你可能不太清楚。"我说，"施施是个很好很好的姑娘……"

"再好也比不上你。"程沐打断我的话说，"小昭姐姐，在我心目中，只有你才配做我大嫂。"

看她一副表忠心的样子，我啼笑皆非。程沐还是个小姑娘，追求的爱情可能还是"一生只爱一个人"那种绝对的纯粹，不知道感情其实是复杂多变的。如果搁以前，也许我还会心有芥蒂，可自从重新和程熙在一起后，我压根就没那种想法了，再说人生苦短，我又何必再给自己找堵？

程熙晚上回来后，特意跟我聊到了这件事。

他拉着我的手，开诚布公地跟我说："小昭，我承认我和施施有过美好的回忆，但你要相信，我现在爱的是你，想要共度余生的也是你，在我心目中，你和我的家人一样重要，你千万别多想。"

"我当然相信啦。"我撇撇嘴，"多想的是你。"

程熙如释重负，高兴地抱着我转了个圈，吐槽说："那就好，我还以为你们女生那么小气的。"

"喂喂，你这是性别歧视啊。"我不依了。

他连忙找补："不包括你啦，我们家小昭可是万里挑一的大气。"

"谁是你们家的人了？"我捶他一拳。

"好啦好啦，知道你脸皮薄，那就只好先生米煮成熟饭了。"程熙一把抱住我，轻轻咬上了我的耳垂。

把朋友变成男朋友的第一天

一室如春。

2

人一舒心，日子就过得特别快，转眼就快过年了。程妈妈亲自打电话邀请我去她家过年，我想了想还是婉拒了。程熙本来说要送我回家的，可临近年关时公司里的事特别多，走不开，他只好给我买了一大堆特产，让我带回家去。

结果刚回到家里，七大姑八大姨汹涌而至，都忙着给我介绍男朋友。大姨说村里有个海归男，一年收入得有好几十万，三姑那边也给介绍了一个，听说是 IT 行业的，有房有车。

我妈知道我最烦这些催我相亲的，于是三言两语将她们都打发走了。谁知等她们都走后，我见她脸色有点不好看。

"妈你怎么啦？"

"小昭，这些年，你一心顾着家里，都怪妈妈没用，要不你也不至于耽搁到现在。"她说着，偷偷用手背抹起了眼泪。

"妈，我是长姐，照顾家里人是应该的。"我不忍心看她再自责下去，"再说了，我已经有男朋友了。"

我拿出手机，点开程熙的朋友圈，找了张他正在健身的照片出来。

"这是你男朋友？"我妈凑过来将信将疑地看了眼，旋即表示怀疑，"这一看就是明星吧，长得这么端正。"

"这真是我男朋友。"我哭笑不得。

"那你们怎么连张一起拍的照片都没有。"我妈还是不信。

都怪我平常迷信秀恩爱死得快，所以不爱拍照也不爱晒朋友圈。我还想翻翻看有没有什么可以证明的照片，心急之下手一抖，手机就掉到了旁边的火盆里。老家的冬天天气阴冷潮湿，乡下大多是烧火盆来取暖的，这下糟了,等到我妈用火钳把手机夹出来时,手机外壳都融了。

我鼓捣了一阵,发现已经开不了机了,只得把手机卡从里面取出来,想着明天去镇上先买个差点的手机凑合着用几天,好在我刚刚已经给程熙报过平安了。

我们姐弟四个平常分散在东南西北,也只有过年时才有机会聚在一起,大家都很珍惜这样难得的团聚机会,小年夜吃了顿丰盛的团圆饭,饭后我和弟弟妹妹们打起了牌,爸妈在旁边看电视,一家人其乐融融。

可其乐融融只是一种表象,就像一条河,表面看上去平静无波,实际上暗流汹涌。主要是我和我爸不对付,都是成年人,虽不至于吵闹,但就是互相看不顺眼。

北方有俗谚说:"二十三,祭灶官;二十四,扫房子;二十五,磨豆腐;二十六,去割肉;二十七,杀只鸡;二十八,蒸枣花;二十九,去打酒;大年三十儿捏饺儿。"南北风俗不大一样,但繁忙的程度是一样的,特别是在农村,为了那一桌年夜饭,通常是从过小年就开始忙碌了,磨豆腐、杀年猪、干塘捕鱼、做糍粑……什么都要自己准备。

我忙得浑然忘了去买手机这档子事,大年二十九那天,我和妈妈正蹲在家门口的晒谷坪上拔鸡毛,忽然听见有人叫我妈:"刘大娘,你们家郎把公来了,还不快出来接接!"我老家这里的方言,是把女婿叫成"郎",又称"郎把公"。

我离乡已久,乍一听还以为是"狼来了",不禁吓了一跳,我妈更是莫名惊诧,不知道哪里冒出来个"郎把公"。两个人双双狐疑地抬头望去,只见有个小伙子跟在村口秀水婶后面,手里拎着几个大包小包,正笑吟吟地看着我们。

"这后生仔(小伙子)谁啊?"我妈一脸蒙。

"程熙!"我高兴得放下了手中的鸡,笑着迎了上去,走到半路才察觉

到手上有鸡毛,忙对他说了声,"你等等我。"这才折返去洗手。

等我洗完手回来,正听到程熙向我妈自我介绍说:"阿姨您好,我是小昭的男朋友。"

两个妹妹倒是伶俐,双双出门把程熙迎了进去,一个接过他提的东西,另一个招呼他坐下喝茶。

我妈把我拉到一边,悄悄地问:"小昭,我看电视里说有些人一过年就租个男朋友或女朋友回去,他不是你租的吧?"

我哭笑不得:"妈你想哪去了,要是租的话,他怎么不跟我一起回家?"

"真不是租的?"

"真是我男朋友。"

"哇,那这后生仔真是人才出众啊!"我妈这才换上了一脸的欢天喜地,她白我一眼,看我因为怕冷裹着她那件臃肿的大红袄,让我赶紧去换件衣服,"你这穿的啥,不嫌丢人吗?"

"没事,程熙不会嫌弃我的。"

"不行,赶紧去换。"我妈将我推上楼,笑逐颜开地去招呼程熙,"那个,后生仔,你叫什么来着?"

我找了件宝蓝色的羽绒服换上,又抹了点口红,这才下楼去。我妈和程熙相谈甚欢,两个妹妹在一边旁听。程熙的面前,放着一杯热气腾腾的生姜红枣柿饼茶。这算是我们老家特有的茶吧,将红枣和柿饼切碎,加上姜丝、盐和白糖,冬天喝能够祛寒暖身。这茶泡起来费事,因此只有在特别重要的客人上门时,才会隆重地泡上一杯。

"哇,红枣柿饼茶,我的最爱!"我当仁不让地拿过程熙面前的茶喝了一口。

"你给我放下!这是给客人泡的!"我妈一声暴喝,我只得乖乖放下,她忙对程熙说,"不好意思啊,这茶她喝过了,我再去给你泡一杯吧。"

"阿姨你真是太客气了,你就拿我当自己家孩子就行了,不用这么费心招待的。"程熙倒真是不拿自己当外人,拿起我喝过的茶,不以为意地喝了一大口。

这下喜得我妈眉开眼笑,一下子就不怀疑我们之间的关系了。

"小昭你陪程熙聊聊天,我再去杀只鸡。"

"不是已经杀了一只吗?"

"一只哪够?那只留着明天过年吃,再杀一只今天就吃。"妈妈说着就叫妹妹们帮她去外面捉鸡了。

我跟程熙说:"你知道吗,在我们乡下,杀只鸡来招待客人算是最高规格了,所以孟浩然才在诗里面念叨,故人具鸡黍,邀我至田家。"

"嗯嗯,阿姨真是太热情了。"程熙由衷地感叹。

"就怕她太热情了。"我估计我妈刚刚已经把程熙祖上十八代的事都盘问出来了,忙给他打预防针,"程熙,我们家不比你家,我们家的人……"我压低了声音说,"除了我和二妹之外,都有点奇葩,你要有个心理准备。"

"你啊,哪有说自己家人奇葩的,这不挺好的嘛。"

吃饭的时候,我妈无比热情,我爸也难得地出现在饭桌上,我猜平常这个时候他肯定还在牌桌上奋战呢。

程熙见到我爸,刚坐下又站了起来,恭恭敬敬地叫了声"叔叔"。

"嗯,吃饭吧。"和我妈相比,我爸明显要冷淡得多,不冷不热地打了个招呼后,就只顾喝酒吃饭,连客套的话都没说几句。

饭后,程熙拿出了他给我们一家人精心准备的礼物,茅台、中华烟、苹果电脑等,我妈都还没来得及客套,就听见我爸漫不经心地说:"你是城里人吧?我们农村人不喜欢玩虚的,你这些礼物,看上去花花绿绿的,对我们来说,没多大用处。"

我按捺不住,当场就想发飙。程熙不动声色地按住了我,笑眯眯地对我

把朋友变成
男朋友的第一天

爸说："叔叔您是长辈，我有什么想得不周到的地方，您尽管指教。"

"你喝多了就躺着去吧。"我妈替我说出了藏在心里的担忧。我爸这个人，一向混不吝，尤其是喝了酒之后，什么该说什么不该说哪里还拎得清。

我爸看了眼程熙，懒洋洋地发话了："我就直说了吧，你们家有钱吗？"

我的脑子里嗡地一响，深感无地自容，却听见我爸还在自顾自地说下去："程先生，你可能不知道这个行情，我们村嫁女儿都是要收彩礼的，有些妹子只读了小学，彩礼都可以收个十万八万的，这个彩礼嘛，理应书读得越多，就给得越高，你说是不是？"

我忍无可忍，一把拉起程熙就往外冲："我们走！"

"小昭你别冲动啊！小昭他爸，你也少说两句！"

等冲出了家门口五百米外，我才停了下来，程熙劝我："小昭，你先别生气。"

"我不生气。"事实上我气得眼泪都出来了，我一边擦着眼泪，一边对程熙说，"你回去吧，现在就回去，免得被人当冤大头。"

"小昭，你冷静一点。"程熙一边给我擦眼泪，一边柔声地安慰我，"大过年的别哭了，都这个时候了，也没车了，等过完年，我们再一起回G市好不好？"

"不好！"我咬住嘴唇，决绝地说，"现在就走吧，我们一起走。你看看我爸，他把我当成什么了，他这是嫁女儿还是卖女儿呢？"

"别这么说，风俗如此，是我疏忽了。"

"小昭，小昭，快回去吧，大过年的不要给邻居们笑话。"我妈和二妹也拿着手电筒追了出来。

程熙压低声音说："小昭我知道，你自己多大委屈都可以受，你是怕我不开心，你尽管放心，我对你的感情不会受这件事影响的。"

这正是我藏在心里难以启齿的隐忧，他居然懂得我的心思，一刹那，我仿佛整个人都得到了抚慰。

那晚程熙和我爸聊了很久，自那以后，我爸尽管还是不咸不淡的，但是再也没有提过彩礼的事。

尽管如此，我还是对这件事耿耿于怀，程熙却对我说，我爸并不像我想象的那么势利，他只是觉得我这些年受了不少委屈，担心我出嫁之后过得不好，所以才会借着彩礼的由头，希望替我要一份保障。

"小昭，人都是会变的，也许你爸爸曾经不是一个好爸爸，但他现在也在努力变好，你要往前看。"

这些年我跟我爸关系一直挺僵的，对他的埋怨已经根深蒂固地根植在我心里。这几年，我不是没听妈妈或弟妹们说起过爸爸的一些改变，但我都选择了忽视，现在连程熙都这么说，我陷入沉思。

那晚的团年饭气氛有点不一样，程熙陪着我爸喝了一杯又一杯，我爸很开心，喝得兴起，我爸居然端起酒杯站了起来，说要敬程熙一杯。

"小程，这杯你一定要喝了。"我爸严肃地望着程熙说，"喝了这杯酒，我就把小昭托付给你了。这个女儿，在我们刘家吃了不少苦，是我这个当爸爸的没能力，我希望你能够好好照顾她。"他说这话时没有多看我一眼，我却蓦地感到，心里一直冰冻的地方突然解冻了。

程熙端起酒杯一饮而尽："叔叔，您尽管放心吧！"

晚上一家人守着火盆看春节联欢晚会，我爸居然拿着一摞红包出来了，派完了弟弟妹妹的，他给了程熙一个，程熙说什么都不肯收，直到我说："你就收下吧，这也是老人家的一片心意。"他才没再坚拒了。

"喏，这是你的。"我愣了愣，才接了过来。

等我爸领着弟弟妹妹去放鞭炮时，我才告诉程熙，这还是我第一次收到我爸的红包。小时候家里穷，谁也没有红包，等到日子好过点，我已经工作了，只有派红包的份，"这都是沾了你的光啊！"我笑着说。

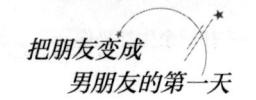

"是我沾了你的光才对，叔叔阿姨很爱你，所以才爱屋及乌的。"程熙认真地说。

我妈爱我，这点我是肯定的，至于我爸，也许他是爱我的吧，尽管这份爱，并不像我期待的那么多。

大年初一的早晨，我是被噼里啪啦的鞭炮声唤醒的。到了楼下才发现，我家这栋小楼已经被装饰得焕然一新了，门口挂起了两盏红彤彤的灯笼，门框上贴了金字红底的春联，程熙正在那贴"福"字，我爸指挥他："左边一点，再高一点。"

看着这一幕，我的眼眶忽然有点热，但一对上程熙含笑的眼睛，马上就变成笑意绽放出来。

"福"字贴好了，程熙忽地提议说："我们来照张全家福吧。"

一家人各就各位，爸爸妈妈坐在中间，大妹和二妹站右边，小弟站左边，我站在爸妈后面，程熙调好手机，飞快地冲到我旁边。

手机闪光灯亮起，留下了一张珍贵的全家福，我们家的第一张全家福。

尾声

当程熙提出要去那个岛时,我的内心稍微咯噔了一声。

他最近的态度让我有点捉摸不透。过了年后,我毅然辞了职,过去和他一起创业,所有人都以为我们应该水到渠成修成正果了。宋倩儿经常取笑我说:"夫妻店都已经开了,怎么还不做夫妻呢?"我妈更是三天两头给我打电话,叫我不要太矜持,意思是只要程熙一开口,我最好马上答应。可关键是人家根本就没有求婚,总不能倒过来我向他求婚吧。

程熙对我好是极好的,就是绝口不提这事,我有点灰心地想,看来我是不能如我妈的愿,在三十岁生日之前嫁出去了。

"不会的,肯定能嫁出去的,我还等着你跟我开娃娃亲呢,姐弟恋岁数相差太远可不行。"宋倩儿刚生了对双胞胎女儿,热切盼望着我也能加入新手妈妈的行列,"等着吧,他会给你一个惊喜的。"

结果惊喜没等到,小小的惊吓倒是有的,因为程熙跟我说,今年我生日时,他想谁也不惊动,跟我去一个小岛上共同庆祝。

"小岛?"我一听这两个字就心惊肉跳,心理学上把这叫作创伤后应激障碍。

把朋友变成男朋友的第一天

"是啊!椰林银滩,水清沙细,保证和麦兜想去的马尔代夫一样美。"他似乎没有察觉出我的心理障碍。

我不好直说,只能支支吾吾地推托说:"就过个生日而已,不用这么兴师动众,叫上家里人一起吃顿饭就可以啦。"

"等回来了再和他们一起庆祝,那天就我们俩单独庆祝。"平常程熙对我称得上千依百顺,这次却异常固执。

见他如此,我只好答应了。

我生日是七月初,正是一年中最热的时候,我永远记得那一天,天气非常好,没有一丝雾霾,真正是万里无云。

那天吃了午饭后,程熙开车载我去码头,我问他究竟去哪,他不肯说。到了码头上,等了一会儿,有只船入港了,他拉着我就上了船。汽笛声一响,船就开动了,我忽然发现,偌大一艘船上,就只有我们两名乘客。

"怎么只有我们俩?"

"我把这艘船包下来了。"

这也未免太奢侈了点。"包下来了,那肯定很贵吧?"

"你嫁过来后,再去操心财务问题,现在你先享受这一刻吧。"

天气真是非常好,我和程熙并肩站在甲板上,看阳光在海面上洒下万道金光,迎面吹来了凉爽的海风。太阳太大了,我们在外面略站了一会儿就进去了,我无所顾忌地躺在躺椅上,有一搭没一搭地和程熙说着闲话。船身在海浪中有节奏地摇摆着,我便在这富有韵律的摇摆中,不知不觉地睡着了。等我睡醒了,船还在开,大海像一匹蓝色的绸子般往前方无尽无穷处铺展开来,一眼望不到头。

程熙给我倒了杯水,细心地加了切好的柠檬片。

我喝了口柠檬水,问他:"还没到吗?"

"就快到了。"我透过船舱玻璃,顺着他手指的方向,看到远处的大海中有一个小黑点，想必就是他所说的海岛了。

"那个岛叫什么啊？"

"还没名字呢，姑且叫它星雨岛吧。你看它像不像一颗星星？"我本来不觉得，可他这么一形容，眼前的大海就好像变成了天上的银河，海上分布的座座小岛就成了银河中散落的星星。

"这船到底还要开多久，你不会要把我卖掉吧？"我半开玩笑半认真地问他。

"瞧你这细胳膊细腿的，卖也卖不出好价钱。"程熙捏捏我的胳膊，"你饿了吗，要不要吃点东西？"

我还真有点饿了，片刻之后，程熙就从后舱端出了两大盘海鲜意面，散发着浓郁的香味。虾仁滑嫩，意面渗透了虾和蛤蜊的鲜味，一口下去满满都是海洋的味道。吹着海风，望着落日，吃着海鲜意面，实在是太惬意了。

等到了岛边时，天已经黑透，夕阳敛去了它的最后一丝余晖，夜幕下的岛就像一头巨大的兽，在星空下静静地沉睡着。

程熙拉着我从搭好的跳板上走了下来，我以为那船会停泊在岸边的，谁知道我们下船之后，它就掉头开走了，迅速消失在夜色苍茫之中。

现在只剩下我和程熙两个人了，对着这一座黑灯瞎火的孤岛。岛上怎么荒凉成这个样子，连盏灯都没有。我打了个冷战，想起了一部恐怖片。

"别怕，有我在呢，你看星星多美。"程熙拉着我的手往前走，可我此刻哪有心情欣赏星空，只觉得这星光实在太模糊了，不足以照清脚下的路。

"我们这是要干吗呢，学鲁滨孙开垦荒岛吗？"

"什么荒岛啊，一会儿你就知道了，这是全世界最美的小岛。"

我是不太相信他的话了，他还说过要给我一个完美的生日呢，但目前为止我体会到的惊吓远远多于惊喜。小岛也许是美的吧，但我现在什么都观察不到，眼前只见黑漆漆的一片。

把朋友变成男朋友的第一天

又勉强前行了一会儿，黑暗中忽然有一双手蒙上了我的眼睛，然后我听见一个声音说："小昭，先闭上眼睛吧。"这是要干吗，我浑身的汗毛都竖了起来。

就在我即将尖叫出声时，程熙松开了手，我睁开眼睛，脚下是一条石阶，两旁都被灯火点缀。

"走吧。"程熙做了一个邀请的手势。

我脑子有点眩晕，牵着他的手走上了这条石阶，我们每往上走一步，两边就有灯跟着我们的脚步声依次亮起，在黑暗中宛如一道银色的光带，一路迤逦向前。

我们一路拾级而上，灯火在我们身后次第亮起，像是将我们送到了银河之上，程熙向我介绍说："你看这两旁的灯，没有一盏是一样的，每一盏的造型都是独一无二的。"

我连连点头，事实上我这个时候哪还顾得上仔细观察这个，我唯一关注的就是这条灯河将通往何处。

石阶一级级向上，越来越高，我们即将到达这座小岛的最高处，程熙再次对我说："还是先闭上眼睛吧。"

我闭上双眼，把我的右手交给他，任由他带着我前进，数十秒之后，才听到他说："可以睁开啦！"

出现在我面前的是一座灯火辉煌的房子，房子的每个角落都有灯光点缀，在黑如墨钻的夜幕之下，就像是一座水晶城堡，被明亮的灯光照得通体透亮。

"我这是在做梦吗？"

"你就当是在做梦吧！来，让我们先去漫游一下梦境。"程熙看着我笑。

我随着他一起踏入了这座水晶城堡。城堡的内部比外观还要璀璨，客厅中间悬挂着一盏盏巨大的水晶灯，将流银般的光辉倾泻而下，没有一处不光明，没有一处不透亮。

"太美了，是谁这么大手笔啊？"我嘴里惊叹着，"不会是你吧？"我将信将疑地看向他。

他看着我，点了点头。

"你不会告诉我，这整座岛也是你的吧？"

"算是吧。"他照样给了我一个肯定的答复，说："做岛主不一直是你的梦想吗？"

"等我们有钱了，就去买个小岛隐居吧。"这句我无心念叨过的话，居然被他一直放在心上。我心潮起伏，激动得想说点什么，愣了半晌说出口的话竟然是："有钱也不是这么花的……"

程熙哭笑不得："没你想象的那么有钱。这个岛小，也偏僻，严格来说，我只是买了四十年的使用权。也就造房子多花了点钱，至于灯，我们家不有的是。"

"那投资也不少了。"我灵机一动，"不如再多投点，干脆开发成旅游小岛。星雨岛这个名字太文艺了，就叫千灯岛怎么样？小岛灯景，倒是别具一格，肯定能吸引不少游客。"

"你还真是务实啊，"程熙拉我上楼，"不过现在，有更重要的事情要做。"

这座房子修建得不高，总共才三层，最上层的卧室是一间玻璃屋，三面墙都是用玻璃打造的。走进去之后，程熙摁灭了玻璃屋内的灯。

等眼睛适应了昏暗的光线后，我顿时发现，一抬头就能看见星星，一颗颗星星在流云中闪烁，如同碎钻，将整个深蓝色的天幕点缀得密密麻麻的。那么多的星星，一下子全部涌到了我的眼前，仿佛伸手就能摘到。

"太美了！"我讷讷地赞美。

就在这漫天星光下，程熙向我求婚了，没有单膝下跪，没有万众瞩目，他只是握着我的手，平淡而又郑重地问："小昭，你愿意和我共度余生吗？"他拿

把朋友变成男朋友的第一天

着戒指,简单的白金指环,上面用碎钻镶出了一个别致的形状。

"这是什么?"我摩挲着戒指问他。

"灯,是一盏灯。小昭,在我人生中最灰暗的时期,所幸还有一盏灯亮着,那就是你,你给了我光明和温暖。"程熙再次握着我的手,问,"小昭,你愿意嫁给我吗?"

我注视着眼前这个男人,这个我爱了很多年的男人。星星在他身上镶上了一圈柔和的光芒,他的眼里有星光在闪烁,如果我是他生命中的一盏灯,那么他就是我的星星,夜空中最亮的星,永远都不会熄灭。

"我愿意。"我伸出手,示意他帮我戴上戒指,等戴好之后,才莞尔一笑,侧头对他说,"那么程先生,此生,承蒙关照了!"

他没有说话,而是郑重地点了点头。

看他这么严肃,我忍不住想调戏下他,便伸出手去,托住他的下巴,装着轻薄的样子说:"大功告成,不亲个嘴儿吗?"说着就凑过头去。

就在这时,所有的灯都亮了,一大群人突然冒了出来,我妈、我爸,还有程爸爸、程妈妈……他们所有人都笑眯眯地看着我们,使劲地鼓着掌。

我脸上直发烫,有一点羞赧,更多的是感动。平生第一次,我确凿无疑地感觉到自己被这么多人爱着,仿佛被无数颗灯与星环绕着。有了他们的存在,我的生命才不会晦暗无光。

程熙,你还记得你常唱的那首歌吗?过了这么多年,我想我终于听懂了五月天的情怀:"其实我们都一模一样,无名却充满了莫名渴望,一生等一次发光。"

我不曾做出过伟大事业,但我一生也等到了一次发光——我遇到了你。

承蒙关照,
不负此生。

☆ ☆ ☆